講談社文庫

# 慟哭《どうこく》の家

江上 剛

目次

# 慟哭の家

# プロローグ

皺《しわ》だらけの猿のようだ。かわいいことなんかちっともない。

母さんのお腹が大きくなっていく時は、どんな赤ちゃんが生まれて来るのかとても楽しみだった。

男の子？　女の子？　母さんに聞いても、お前には関係ないよと怖い顔で言うだけで教えてくれない。

なぜ関係ないのだろう？　僕の弟か妹になるのに。だから生まれた時、おばさんから妹が出来てよかったねと言われたけど、ただ、うんと頷《うなず》いただけだ。嬉しくなかった。僕には関係のない妹なんか、どうでもいい。

母さんが大事そうに妹を抱いている。優しそうに見つめている。どうしてあんなに優しい目をしているのか。僕のことなんか抱いてもくれないし、優しい目で見つめてくれたこともない。

母さん、母さん。

呼びかけても答えてくれない。じっと妹ばかり見つめている。

母さん、母さん。

うるさいね。あっちにお行き。お前の顔なんか見たくもない。お前の顔を見ていると、腹が立つんだ。あの女を思い出してしまうからね。お前のしつこいところ、妙に他人の機嫌を伺うところなんかあの女にそっくりだよ。

母さんは、僕の顔を憎々しげに、いやそれ以上に、汚いもののように睨《にら》む。妹に対するのとは正反対だ。なぜ、そんな目で睨むの？　あの女って誰だよ？　あの女って誰だよ。

とにかくあっちにお行き。お前の相手なんかしていられないんだ。

そういって母さんは、妹の名前を呼んで、いい子、いい子とあやしている。

僕は悲しくなった。そして悔しくなった。

こんな妹、ちっとも可愛くないや。

僕は、妹の顔を手で叩《たた》いた。

すると、妹は火がついたように泣き出した。

酷く叩いたわけじゃない。力なんか入れていない。触った程度だ。なのに部屋中にこだまするくらいの大声で泣いた。嘘泣きに決まっている。

なに、するんだよ。

母さんは、鬼のような顔になった。本当に鬼のようだ。絵本で見た、女の鬼だ。着物の裾《すそ》をはだけて、牛飼いを追いかける山姥《やまんば》という鬼だ。

触っただけだよ。

お前は嘘をつくのかい？　触っただけでこんなに酷く泣くもんか！

突然、僕の顔が焼けるように熱くなった。目を閉じて、慌てて顔に手をやった。

あちちっちっ！　熱いよぉ！

お前なんか、死んでしまえばいいんだ。

母さんの手には空になった湯呑茶碗があった。その中に入っていたお茶を僕にかけたのだ。僕は何が起きたのか、一瞬、分からなかったが、母さんからお茶をかけられたこと、死んでしまえばいいんだと言われたことに、やっと気づいて、身体が震え、涙が溢《あふ》れてどうしようもなくなった。

いつまでそこにいるんだ。とっととどこかに行っておしまい。

僕は、思いっきり大声で泣いた。もうどうでもよくなった。どこかに行ってしまえと言われても、行くとこなんかない。

その日から、母さんは、なにかあると僕を棒きれで殴るようになった。父さんに隠れて。僕は、母さんを殺したいと思うようになった。妹も……。

# 第一章　事件

# 1

山脇信吾《やまわきしんご》巡査が幸《しあわせ》が丘《おか》駅前交番の勤務になって一年になる。

幸が丘は、千葉県の北西部にある人口十八万人ほどの市だ。千葉県なのだが、市民は千葉県民というより東京都民である自覚が強い。多くの市民が都内に勤務先があり、日常的に都内に通っているからだ。千葉都民と言われる所以《ゆえん》で、それほど千葉県に愛着は持っていない。

今まで通勤の手段は京成線が主だったが、人口増加による混雑緩和のために第三セクター方式で東葉高速線が開通した。この電車は西船橋で地下鉄東西線に連絡しており、都内に行くのに非常に便利だ。そのために幸が丘市の人口は再び上昇を始めるのではないかと予測されている。

幸が丘の警察の中心であり、全市を管轄しているのは、幸が丘警察署だ。交番は市内に九ヵ所ある。その中でも山脇が勤務する幸が丘駅前交番は忙しい部類に入るだろう。なにせ京成線の駅前にあるから、なにかと人が出入りする。

山脇は、千葉県の出身で、高校を卒業して、学校の先生に勧められるままに警察官になった。市民の安全を守るという強い目的意識があったわけではない。警察学校を卒業して最初に赴任したのが幸が丘だが、山脇はこの街についてよく知らなかった。千葉県民でありながら、遊びに来たこともなかったからだ。辞令を見たとき、幸が丘って、なんて月並みな街の名前だろうと思った記憶がある。

幸が丘は、昭和四十二年に市制がしかれた。街の歴史によると大正十五年に京成線が開通してから開発が始まった。飛躍的に人口が増えたのは昭和三十年代に日本で初めての大規模公団住宅団地、幸が丘団地が造られてからだ。それからというもの続々と団地やマンションが建つようになり人口が急増した。

名前からして新しい街だと思っていた。若い人が溢れ、活気に満ち、建物も斬新なデザインで、明るいカフェやレストラン……。

そんな山脇の期待は見事に裏切られた。幸が丘駅は朝夕、多くの人が乗降するにもかかわらず、駅舎は貧相なプレハブのような造り。それにも増してがっくりするのは駅前の寂《すた》れようだ。

駅前のロータリーに目立っているのは『不二家』のレストランだけだ。ショッキングピンクとでもいうのだろうか、鮮やかな看板が目を引き、ペコちゃんが愛想を振りまいている。

巡回がてらに店内を覗いてみると、子供は一人もいない。いるのは暇を持て余している老人ばかりだ。仕事を定年退職し、やることもない老人が、テーブルに白い生クリームで飾られたショートケーキを置き、コーヒーを飲んでいる。開発当初は、子供たちの笑顔や歓声で店内は喧騒を極めていただろう。しかし、高齢化が進んだ今は、残り少ない時間を静かに味わっている人が憩う場所となっている。

駅前のロータリーから続く、メイン通りというには狭い通りを見ても、老人ばかりが目立つ。キャリーバッグを杖代わりにしてふらふらと歩いている老婆がいる。特に目的があるようには見えない。同じ道を行ったり来たりしている。通りにある牛どん屋や、あまり美味そうに見えないラーメン屋を覗いたりしている。

老人に歩いている理由を尋ねたら、ちょっと恥ずかしそうに健康のための散歩と答えるか、なにも答えられない老人は認知症による徘徊に違いない。

実際、だいたい毎日、午後二時ごろになると徘徊老人を探してほしいという市内放送が流される。そんな時は、山脇もパトロールカーによる巡回に力をいれなければならない。

今日も老婆が通りで一番のファッション店のウインドーの前にぼんやりと立っている。

この店が昔は幸が丘のファッションをリードしていたとは信じられない。壁は薄汚れ、看板文字の一部が欠け落ちている。ウインドーの中に飾られているのは、どうみても流行遅れの洋服と年配者用のワンピースだ。どれをとっても購買意欲をかきたてるものじゃない。老人だって、いつも地味な服ばかり身につけたいわけじゃないだろう。そう考えれば、もう少し明るく、派手な色を使ったらどうなのだろうか。それだけでも通りが明るくなる。ただでさえ秋から冬に向かう、街から色がなくなっていく季節だ。ショーウインドーぐらい鮮やかに飾って欲しい。

幸が丘が、どうして老人ばかりの街になったのか。それは簡単なことだ。急速な人口増が急速な高齢化をもたらしているのだ。

幸が丘に団地ができ、多くの若い人が住み始めた昭和三十年代から昭和四十年代にかけての高度成長期には、まさに名前の通り若い人たちの夢が満ち、幸せが溢れていた。それから三十年以上が過ぎ、子供たちは成長し、どこかに去ってしまい、団地は残された老人たちの住処《すみか》になってしまった。六十五歳以上の老人が人口の約二十%も占めるようになったことが、この街から活力を奪っている。

もう一つ問題があると山脇は思う。それは街の人たちの繋がりが弱いことだ。今、よく人口に膾炙《かいしゃ》する絆ってやつだ。

老人と言われる範疇に入れられた人たちも、かってこの街に来た時は流行の先端だった。個人主義がもてはやされる時代を生きて来た。それを団地住まいが加速した。団地はドアを閉めると、自分たち家族だけの世界に入ることができる。勤務は都内だ。幸が丘で過ごす時間はほんの少ししかない。会社で煩わしいことが多いのに地元で人間関係を深めるのは面倒だと思う人がいても、それを責めることはできない。そうして数十年が過ぎれば、人間関係が希薄で、幸が丘に愛着のない人々の群れができ上がる。

新しく住み始めた若い人たちも同じだ。仕事が忙しく、積極的に人との繋がりを求めない。そのためにどうしても地元での人間関係が希薄になってしまう。

困るのは問題が起きた時だ。例えば、盗難騒ぎが起きたとしよう。山脇は、被害にあった家の近所に聞き込みに回る。しかし、たいてい誰も何も見ていない。不審者に注意を払っていない。犯人逮捕に至ることは余程の幸運に恵まれないと、あり得ない。

もっと悲しいのは、老人の孤独死があることだ。一人寂しく、誰にも看取《みと》られることなく亡くなってしまう。病気だったり、たまにはお金がなくなって、何も食べることができなくなり餓死なんてこともある。おぞましい限りだ。取り返しのつかない事態になってから、何かできることがあったのではないかと言ってみても遅い。

老人が増え、活気が失われ、人との関係が希薄だからといって決してこの街が嫌いなわけではない。初めての交番勤務の街だということもあるだろうが、どちらかと言えば好きだ。お巡りさんと親しく呼ばれ、自分が絆の糸口になれればいいなと思って仕事をしているせいでもある。

山脇の楽しみは、非番の日にちょっと車を走らせ、大型ショッピングモールで時間を潰すことだ。

大手流通企業の経営するモールだが、デパートとは違う。なんて言ったらいいのだろう。まったく日本の香りがしない。アメリカンと言えば言えないことはない。天井は吹きぬけで高く、店内は広々とし、衣料や家具から食品、日曜大工、ペット用品など、ありとあらゆる店が並んでいる。食堂もラーメンや牛どん、ハンバーガーなどのファストフード系から家族で行くことができるレストランまでなんでもそろっている。買い物や食事だけではない。映画から医療までなんでもござれだ。生活がまるごとモールで完結してしまう。

東京の都心にもこれほどの施設はないだろう。造り得ないと言う方が正確だろう。ちょっと自慢ではないか。不精な自分には最適だ。ここにくれば映画を見、食事をし、酒を飲んで一日中、楽しむことができる。

このモールの中だけは平日の日中から若い人でにぎわっている。ここに街の若い人が全員、集まっているのではないかと思ってしまうほどだ。だから昔ながらの通りは老人だけになるのだろうか。学校はどうしたの？　と職務質問をしたくなるような制服姿の少女も群れている。中には、タレントのようなかわいい子がいるから本当に職務質問をして、ちょっとばかり話をしたいと思うことがあるが、今時はツイッターなどで呟かれたら大問題になるから、余計なことはしない。

辺りが暗くなってきた。秋の陽はつるべ落としとはよく言ったものだ。気がつくと暗くなって、肌に当たる風もひんやりとしてくる。もう十一月の中旬を過ぎてしまった。もうすぐ十二月だ。忙しくなる。先生ばかりでなく、悪い奴らも走りまわるから。

「おい、山脇」

神足勇夫《こうたりいさお》巡査部長が呼んでいる。仮眠していたのが、目を覚ましたようだ。

神足は、勤続二十年の大ベテランだ。しかし、なかなか警部補試験に合格しない。

まあ、いいんだよ。あんなのに合格するのは、現場で仕事をしていない奴だからと負け惜しみを言っているが、本音は悔しいだろう。

山脇から見れば、神足は優しすぎるのではないかと思う。それが昇格試験の合格を阻《はば》んでいるのではないか。神足は、酔っ払いが絡んできても、上手に慰め、説諭して、自宅まで送り届けることさえある。金がないと言って交番に立ち寄ってくる人に、ちょっとした金を貸すことなんかしょっちゅうだ。職務以上に人に尽くしている人と、何もかも仕事と割り切っている人と比べると、割り切っている人の方が昇進していくような気がする。神足もそうなれば合格するのではないだろうか。

でも、そんな神足でよかったと思う。嫌味な上司と一日中、顔を突き合わしているなんて、想像するだけでうんざりだ。

「はい」

山脇は返事をする。

「なにかあったか？」

「なにもありません」

「それはなによりだ。飯を炊《た》いておけよ」

「はい。米は研《と》いであります。炊飯器のスイッチをいれるだけです。今日のおかずはとんかつですが、いいですか。『とん政《まさ》』から取ります。とん汁もお願いしました」

交番は二十四時間勤務だ。翌朝の九時に別のコンビと交替する。

食事は山脇の担当だ。ご飯は炊くが、おかずは業者から運んでもらう。

「おう、『とん政』のとんかつか。そりゃ楽しみだな」

神足が相好《そうこう》を崩す。とん政は、評判のとんかつ屋だ。

「あの店のとんかつは美味いですからね」

山脇が台所に行こうとしたら、電話が鳴った。急いで受話器を取る。焦った女の声だ。言葉に独特の調子《イントネーション》がある。外国人のようだ。

「駅前交番です」

「おまわりさん、来て下さい」

「どちらですか？」

「通りのスナック、『夜の城』です」

「どうしましたか？」

「お客さん、喧嘩しています」

「わかりました。すぐに行きます」

山脇は電話を置いた。

「どうした？」

「『夜の城』で喧嘩のようです」

「しょうがねえな。あのピンサロ。また年寄りからぼってんじゃねえのか」

『夜の城』は駅前通りにある唯一の風俗営業店だ。

「店の人間は、健全な大人のスナックって言ってますけどね。さて、行きますか」

山脇は台所に行き、炊飯器のスイッチを入れた。神足が帽子を丁寧に被《かぶ》ると、外に出た。山脇もその後に続いた。

表通り沿いにあるにも拘わらず『夜の城』が入居しているビルは、外装が廃墟のような崩れた印象だ。タイルが剝《は》げ落ち、排気ガスのせいなのか薄汚れている。ビルの一階に一時間三千円と書かれた『夜の城』の電飾看板が置いてある。店は三階だ。エレベータに乗って上がる。

三階に着くと、すぐ目の前にドアがある。

「今、十八時十分だ。ドアをあけるぞ」

神足が時計で時間を確認し、ドアを開ける。

「なんだよ！」といきなり大声が聞こえてきた。

いつもは耳を塞《ふさ》ぐほどの音楽がかかっているのに今日はない。客が揉《も》めているので消しているのかもしれない。

　店は狭く、カウンターの中でバーテンダーが酒や料理を作っている。テーブルは、細長い店内に四人がけが三つだ。ホステスは四人。年配のママと若いのが三人だ。若いのうちの誰かが外国人なのだろう。もしかしたら三人ともそうかもしれない。店内は薄暗く、顔だけ見て国籍まで判別はできない。

「どうしましたか？」

　山脇が、近づいてきた若いホステスに聞いた。客は、たった一人だ。まだ店を開けた直後だから、当然だろう。

「あの人、突然、怒った。ママ、慰めている」

　ホステスは、困惑した顔でテーブルの方を見た。

　神足は、ホステスに頷くと、テーブルに近づいて行った。

　客は、突然、警察官が来たことに一瞬、驚いた。しかし、「ポリ公」とひと言、声を荒らげた。

　男は、薄暗い中ではっきりしないが、六十歳は十分に過ぎているだろう。眼鏡はかけていない。目の周りの皺は深く刻まれている。髪の毛は白く、パサついているようだ。服装は、きちんとしたスーツを着ている。どこかの会社の幹部社員なのかもしれない。山脇を見る目は焦点が合っていない。この店に来る前からかなり飲んでいたようだ。

「はい、はい、ポリ公ですよ」

神足がにこにこしながら言う。

「よかったわ。お巡りさん、この人、ひどく酔っているのよ。うちじゃ飲ませていないのに、店に入って来た時から千鳥足《ちどりあし》なんだから。それになんだか分からないけど怒りだしちゃって」

ママが困惑して立ち上がる。

「どうしましたか？」

「どうもこうもねえよ。気にいらねえんだ」

「なにが気にいらないのですか」

「なにもかもだ。おい、そこの若いポリ公、その女らは関係ねえだろう」

山脇が、関係者としてホステスの名前などを記録し、事情を聞きながらメモしていると、客の男が怒鳴った。

「世の中、気にいらないことばかりだよ。さあ、迷惑しているから、帰ろうか。交番で詳しく聞こうじゃないか」

「交番、行かねえぞ」

男は、両手でテーブルを抱え込んだ。

「どうしたのかな？　お店の人が迷惑するでしょう」

神足はあくまで優しく言う。

「仕事が見つからねぇのは、俺のせいじゃない」

男がテーブルに顔を伏せたまま言った。

「仕事がなくなったのかい」

「女房は、俺が、だらしないからだというんだ。おい、ポリ公、そんなことないだろう」

男が、神足をすがるような目で見つめた。目に涙を湛えている。失業して、夫婦喧嘩をしたようだ。

「あんたは悪くないよ。さあ、店を出ようか。交番で酔いをさましたらいいから」

神足の言葉に、男はテーブルから両手を放し、大きなため息をつき、身体の力を抜いた。

「さあ、行こうか。おい、山脇、この人の身体を支えろ」

山脇は、男に近づき脇に手を差し入れ、男を立ち上がらせた。

「お巡りさん、俺は、一生懸命に仕事を探してるんだ」

男は泣き声だ。

「わかった、わかった」

神足は優しく言い、ママに「じゃあね」と敬礼をした。ママも釣られて敬礼をした。

「ありがと、ね」

外国人ホステスが、たどたどしく山脇に礼を言った。

山脇は、笑みを浮かべ、ホステスを見た。なかなか美人じゃないか。遠い国に来てるんだから、真面目に働けよ、と心の中で思った。

外に出た。すっかり暗くなっているが、街灯が人通りの少ない街を照らしていた。

男の両脇を支える神足と山脇の前に親子連れが歩いてきた。

「こんばんは」

子供が挨拶をした。小学校低学年ぐらいだ。

「こんばんは」

神足と山脇が子供に答えた。

親子が通り過ぎて行った。

「ダウン症だな」

神足がぼそっと言った。

山脇は、黙って親子の後ろ姿を見送った。

「さあ、お父さん、行こうか」

## 2

山脇はパトカーを運転して、市内を回っていた。隣には、神足が乗っている。

時間は、午後九時を過ぎている。ヘッドライトが狭く曲がった農道の先を明るく照らしている。この辺りは、まだ開発される前の、昔の様子を残している。畑が広がり、木造で今にも倒れそうな物置のような家もある。その家の軒先には、柿の木の枝が延び、その先には色づいた実がたわわに実り、ヘッドライトに照らされる。

「段々、寒くなっていくな」

「もうすぐ十二月ですからね」

「あの男、どうしたかな」

「あのヨッパライですか？」

「そうだよ。六十歳を過ぎていると思ったけど、まだ五十代だったんだな。会社をリストラされて、仕事を探したけど、見つからず、女房に怒鳴られて、自棄《やけ》になって、酔っ払って……。身につまされるな」

「そうですね」

山脇は同意をしたものの、実感はわかない。山脇はまだ若い。

無線の呼び出し音が鳴った。神足が無線機を取った。パトカー内に緊張が満ちた。

山脇はハンドルを握る手に力が入る。

「こちらパトカー二号、こちらパトカー二号、どうぞ」

「傷害事件が発生した模様。現場は幸が丘第五団地七号棟一〇三号。二十一時二十分ごろ一一〇番通報あり。男性。氏名など不詳。人を刺したとの通報あり。至急、現場に急行し、通報者から事情を聴取し、状況を把握せよ。一一〇番受理番号は×××」

「了解。パトカー二号、幸が丘第五団地七号棟一〇三号に急行します」

神足が無線を置いた。

「幸が丘第五団地七号棟一〇三号だ。人を刺したという通報だ。刺した本人からかもしれん」

「はい」

山脇は、サイレンの自動スイッチボタンを押す。暗闇の中を切り裂くようにサイレンの音が響く。アクセルを踏んだ。

幸が丘第五団地は、昭和五十年代から昭和六十年代にかけて開発された団地だ。高層建築ではなく、五階建ての低層団地だ。賃貸ではなく全て分譲タイプ。住民は、古くから住んでいる人もいるが、売買されたり、所有者から賃借したりして新しい住民が住んでいることの方が多い。住民の過半は、当初とは入れ代わっているだろう。

一〇三号には誰が住んでいただろうか？　山脇は、巡回した時のことを思い出そうとしたが、誰の顔も浮かんでこない。

農道を走り抜け、国道一六号に出る。大通りにはファミリーレストランや家電量販店が並んでいる。自動車を利用しての買い物客を狙っている大型店だ。最近の郊外の景色は、どこもかしこも同じようになった。時々、どこを走っているのか分からなくなるほどだ。これ見よがしに大型店の派手な色遣いの看板が道路に向かって突き出ている。せっかくののどかな風景を殺伐としたものに変えている。

最近は、葬祭場の看板が目立つようになった。街の高齢化に伴って利用が増えたせいらしい。

「そこを右だ」

「はい」

ハンドルを切る。

パトカーは国道から一般道に入る。僅《わず》かに坂道になっている。道の両脇には、桜の木が植えられているが、今の季節は寂しい。枝のところどころに枯葉がしがみついているだけだ。

坂を昇り切ると、目の前にずらりと団地群が広がった。同じ形状の建物がこれだけ並んでいると、迷ってしまう。酔って帰宅すると他人の家のベルを押すことがある。月に何回かは、不審者がベルを押したと一一〇番通報があるが、たいてい酔っ払いの仕業《しわざ》だ。ここには約七千の戸数がある。サイレンのスイッチを切った。

「七号棟だ」

神足の指示で正確に七号棟に向う。

一一〇番通報は、どれだけ早く現場に到着できるかが重要だ。山脇と神足は、この団地の各棟の位置を正確に把握している。普段、無目的に巡回しているわけではない。こういうときにこそ日常活動の成果が試される。

団地内に狭い道路が走っている。その道路を挟んで、同じ規格、同じ大きさの建物がずらりと並んでいる。少しぐらい違う建物にした方が変化があっていいんじゃないかと思うのだが、最も効率のいい建物を選んだのだろう。この団地が造られた時代は日本がまだまだ成長していた。成長するためには何もかも効率よくしなければならなかったのだろう。

団地内の道路ではパトカーのスピードを落とす。慎重に走らねば、誰かが飛び出してくるかもしれない。

団地棟の側面がライトに照らされている。「7」の番号がくっきりと見える。七号棟の前でパトカーを停車させた。

神足が無線を取り、「パトカー二号、幸が丘第五団地七号棟に到着しました。二十一時二十五分です。現場に向かいます」と報告した。

「行くぞ」

「はい」

山脇と神足はパトカーを出た。状況は分からない。人を刺したということだから、緊張する。腰につけた拳銃ニューナンブ式M60のホルダーに手を触れた。

一〇三号室は、階段のすぐ傍だ。部屋には明かりがついている。明かりが、ベランダ越しに庭を照らしている。一階は庭が付いているのだ。ごみや落ち葉などは落ちていない。冬枯れしているが、芝生だ。庭に突き出たベランダには、空っぽの植木鉢が、白いプラスチック製だが、いくつも重ねられている。きちんとしており乱れはない。この家に住む人の性格を表わしているようだ。春には、あの植木鉢に花を植えるのだろう。ただし、あまりの殺風景さにどこか冷たさを感じてしまう。

庭に面した窓にはカーテンがかかっている。部屋の中をうかがうことはできない。人影は見えない。

「玄関ドアから入るぞ」

神足が言う。

「開いていればいいですが……」

山脇が答える。

「ダメなら、ベランダのガラス戸を破るしかない」

神足について玄関ドアに向かう。

「私が開けます」

山脇が前に出る。不測の事態が起きることが予想される。危険は、若い自分が担わねばならない。

表札を確認する。『押川《おしかわ》』とある。思いだした。障害のある息子がいる家庭だ。

玄関ドアに近づき、ノブに手をかける。ゆっくりと回す。抵抗なくノブが回転する。

「開いています」

山脇は、神足を見た。

「入ろう」

神足は、厳しい表情で頷いた。

ドアを静かに開ける。

「押川さん、押川さん、警察です」

ドアの隙間から部屋の中を覗く。玄関に靴が並んでいる。紳士物も、革靴、スニーカーもある。女性の靴もある。ハイヒールではない。実用的な踵《かかと》の低い靴だ。

「あっ」

思わず声を出した。

「どうした？」

背後から神足が聞く。

「人の手が見えます。倒れているようです」

人の手が見えた。倒れた人が伸ばした手だ。

「なんだと、開けろ！」

神足が強く指示する。

「はい」

山脇は、ドアを思い切り全開し、部屋に入った。

男性がうつぶせに倒れている。手には受話器を握っているが、その手は血まみれだ。かなり大量に流れ、腕にも付着している。

よく見ると、玄関やドアの内側にも血がついている。ドアロックを外したのは、この男性のようだ。

生きているのか、死んでいるのか分からない。

「この男は俺が見る。山脇は室内を調べろ」

「はい」

神足に言われ、山脇は靴のまま室内に上がった。

玄関を上がったところのホールからすぐにダイニングキッチンがある。テーブルや椅子が見える。血は、その向こうから続いている。

山脇は、血を踏まないように気をつけて歩く。

背後で「息があるぞ。おい、大丈夫か」と男性に話しかける神足の声が聞こえる。男性は生きているようだ。神足が携帯無線で救急車の手配を要請している。

山脇は、血の跡をたどり、部屋の前に立った。血は、この部屋からだ。引き戸になっている。慎重に戸を引く。明かりがついている。この部屋の向こうがベランダになっている。外に漏れていた明かりはこの部屋の明かりだ。

布団が目に入る。和室になっており、寝室のようだ。物音は聞こえない。引き戸を全開にする。布団が敷かれている。

一瞬、立ち止まる。足元に血が溜まっている。あの男の血だろうか。

布団は二人分が敷かれている。掛布団が人型に盛り上がっている。中に誰かがいるのだろうか。掛布団には血は見えない。

山脇は、慎重に掛布団を剝ぎ取った。仰向けに寝た女性がいる。中年の女性だ。男性の妻だろうか。枕に載った頭の周りに血だまりができている。大量の血がカバーや布団に沁み込み、赤黒く染めている。じくじくと下から沁み出して来るように感じるほど、大量の血だ。血は、首から流れ出ている。首を刺されたのだ。

もう一つ、掛布団の盛り上がりがある。山脇は、おそらくあの障害のある息子だろうと予測をつけた。母親と並んで庭にいるところを見かけたことがある。こんにちはと声をかけると、優しい笑顔が返ってきた。まるで天使のような屈託のない笑顔だった。体格は、母親を凌《しの》ぐほど大柄で、太っていた。年齢は見かけからは分からない。

顔だけ見ると、幼いが、体格からは成年に達していると思われた。

山脇は、もう一つの掛布団を剝いだ。

そこにはあの優しい笑みをしていた若い男性、間違いなくこの家の息子だが、はれぼったい瞼《まぶた》を閉じていた。母親と同じように首を刺されている。そこから流れ出た血が、枕や敷布団に広がっている。

二人とも息はない。

山脇は、玄関にいる神足に向かって叫んだ。

「女性と男性が刺されています。残念ですが、亡くなっています」

## 3

午前六時、新藤七海《しんどうななみ》は、スマートフォンの呼び出し音で心地よい眠りから、急に現実に引き戻された。

ちょうどいいところだった。七海が、憧れている韓流スターの厚い胸に身体を預けて、今にも唇を奪われそうになっていた。

携帯電話の発信者番号を見る。大楠《おおぐす》キャップからだ。キャップは、今日は泊まりだ。

「うぇえ、眠いっすよぉ」

目を擦《こす》りながら話しかける。

「事件だ。詳しいことは分からないが、二人、死んでいるらしい。とにかくすぐに行ってくれ」

大楠の声が緊張している。いつものだらけた感じがない。

「えっ、殺しですか」

七海の重かった瞼が軽くなり、視界が冴えた。

「そうだ。初めてだろう。しっかりやれ」

大楠は、現場を幸が丘第五団地七号棟一〇三号だと言った。

朝毎新聞に入社三年目でようやく念願の社会部勤務になり、千葉支局に配属になって一ヵ月だ。こんなに早く殺しに当たるとはラッキーだ。今までは小学校の展覧会などの街ネタばかりだったが、ようやくやる気が出る。

七海は、ベッドから飛びおきると、パジャマを脱いだ。ベッド脇に脱いだままのパジャマを丸めて放り投げる。まるで蛇の抜け殻のようだ。下着だけの姿で洗面所に行き、歯を磨き、顔を洗い、化粧水、乳液をつける。ファンデーションなんてここ何ヵ月も使ったことはない。それでもマスカラだけはつける。

こんなところは憧れのアイドルに見せられない。

白の長袖のシャツに濃いグレーのパンツにジャケット。このパンツは、スゴ伸び、と言って伸び縮み自由になっている。それに汚れ防止加工が施されているすぐれものだ。ゆっくり買い物には行けないから、酔っ払って帰って来た時にネットで買ったものだ。百五十三センチ、体重四十七キロの体格には多少大きめだが、構っていられない。これに一着しかないトレンチコートを着込んだら、いっぱしの敏腕記者に見えるだろう。

バッグにノートやカメラやレコーダーなど必要なものを詰め込んでアパートの部屋を出たのは、大楠から電話を受けた十五分後だ。

七海が住んでいるのは、事件現場に近い花岡町だ。愛用のスーパーカブを飛ばせば二十分もかからないだろう。

駐車場に停めてあるスーパーカブに乗る。取材が千葉県全域になるので、タクシーなんかを使うより便利だと思って買った。自費だ。社に経費請求をしようとしたが、ダメだと言われた。大楠に相談したって自費だと言われるだろう。また機会を見つけて請求してみよう。領収書はちゃんと取ってあるから。

裾の長いトレンチコートが邪魔にならないように腿の下に巻き込む。ヘルメットを被り、ペダルを踏んだ。軽やかな排気音を立てて、スーパーカブが動き始める。秋の朝は、ひんやりと冷たい。

二人も殺されたと大楠は言っていたが、どんな事件なのか。幸が丘団地は殺人が起きるような場所ではない。比較的古い団地で、穏やかな表情で散歩している年配の人たちの姿しか思い浮かばない。

幸が丘第五団地が見えた。県警のパトカーが団地の入り口に数台止まっている。七号棟に向かう。

現場近くにも数台のパトカーが止まっている。適当な空き地を見つけてカブを停めた。他社の記者が数人たむろしている。煙草を吸って、雑談をしているようだ。事件は一階で発生したので、七号棟に向かう道路には立入禁止のテープが張られ、警官がいかめしい顔で立っている。

「遅かったのかな」

七海は、悔しそうに呟いた。もう現場検証なども終わってしまったのだろうか。

「おう、七海ちゃんじゃないの。遅いね」

東日新聞の柏木秀樹《かしわぎひでき》だ。ベテランで千葉が好きと言い、転勤を拒否し、根が生えているかのように支局にいる記者だ。

「遅かったね。男とでも飲んでいたのかな」

現代通信の桑原毅《くわばらつよし》だ。彼もベテランで、平気でセクハラ発言をしてくる。県警の記者クラブ内で酒に酔って赤い顔をしているのは、彼くらいのものだ。

「馬鹿言わないで下さい。男がいれば、こんな職場にいませんよ」

「そりゃ悪かったね。事件は単純さ。親父が女房と障害のある息子を殺して、無理心中を図ったんだ。親父は病院に運ばれたよ」

「障害のある息子ですか？」

七海は眉根を寄せた。

「ダウン症らしいな。将来を悲観したんだろう」

柏木が言った。

ダウン症？

スマートフォンを操作して、ウィキペディアで調べる。

〈一八六六年に英国人眼科医ジョン・ラングドン・ハイドン・ダウンによって発見された。染色体異常。かつては蒙古症《もうこ》と呼ばれていた……〉

特徴を確認してから桑原に訊く。

「目撃者とかはいるんですか？」

「さあね」と煙草を吸っていた桑原があまり関心がなさそうに首を傾げ、「警察発表を待って書くさ」と言った。

柏木と桑原は、容疑者が確保され、事件も心中未遂と分かり、関心を失っていた。しかし、七海は現場へ遅れてやってきたことの反省もあって、もう少し取材をしてみることにした。

「俺たち、帰るわ」

柏木と桑原が消えた。

七海は、立入禁止テープのところに立っている若い警官に近づいた。

「おはようございます」

笑みを浮かべながら声をかける。こういう時は女は強い。このかわいい笑顔が男の警戒心を緩めるはずだ。

ところが彼は面倒くさそうな顔を向けるだけ。挨拶も返してこない。

私の魅力が分からないのかしら。

七海は、キュートに見えるように小首を傾げて「ちょっと聞いてもいいかしら？」。

「新聞を見てください」

警官は無愛想に答えた。

ちきしょう。その新聞記事を書くために取材しているんじゃないか。警察発表を待って、それだけを記事にするのでは記者じゃない。

「私、朝毎の新藤というんだけど、あなたの名前は？」

「えっ、私ですか？」

警官はとまどいを浮かべた。

「そうよ。参考に伺っておくわ」

「山脇といいます」

勢いに押され声をつまらせながら答えた。

「山脇さんね。何か情報があったら教えてね」

七海は名前をメモに記し、自分の名刺を無理矢理に手渡した。

七海は近所をうろうろと歩き、犬を連れて散歩している人や、好奇心を失わずに現場を見ている人たちに話を聞いた。分かったことは事件のあった家庭の父親の名前と年齢くらいだけだった。

「どんな人でしたか？」

「どんな家庭でしたか？」

質問をぶつけてみたが、どの人も「さあ」と首を傾げ、困惑した顔で「あまり付き合いはなかったですね」「仲が良さそうにみえましたけど」と言葉少なに答えた。

壁一枚を隔《へだ》てただけで暮らしながら、人間関係は希薄なようだ。それは事件を起こした家族に原因があるのだろうか。それとも、と七海は団地群を見上げた。それらは、どんよりと曇った秋空を背景に白々と立ち並んでいる。まるで巨大な牢獄か棺桶のようだ。

強い風が吹いた。立入禁止のテープが風に震え、ヒューイと哀しい音を立てた。

七海は、親しい刑事や病院関係者などに電話取材をかけた。そして再びスーパーカブに乗り、国道沿いのファミレスに入った。温かいコーヒーを頼み、バッグの中からパソコンを取り出し、記事を書いた。

「〇日、午後九時二十分ごろ、千葉県幸が丘市幸が丘第五団地の押川透さん（57）方から「妻と息子を殺した」と一一〇番通報があった。駆けつけた県警幸が丘署員が、一階玄関で押川さんとみられる男性が手首から血を流して倒れ、奥の和室の布団の上に五十歳くらいの女性と二十五歳くらいの男性が、首から血を流して死亡しているのを発見した。台所に遺書のようなものがあったことから同署は、押川さんが妻子を殺した後、自殺を図ったとみて調べている」

記事を添付した大楠宛てのメールに、

「今から障害者施設をあたってみます」

と付記した。

# 第二章　弁護士

## 1

銀座といっても築地に近い地下鉄東銀座駅を出た辺りは、下町のような雰囲気が漂っている。古い日本家屋の前で老人が植木鉢に水をかけているというわけではないが、表通りの大きなビルの裏側には、コンビニやラーメン屋、牛どん屋、居酒屋など、庶民の生活の臭いがぷんぷん漂う雑居ビルが細い路地を挟んで林立している。

巨大な現代的なビルに勤務するOLたちは、昼時になると、逃げ出すようにビルから溢れ出て、裏側の雑居ビルのパン屋や中華料理店、弁当屋に向かう。解放された晴れやかな表情でパン屋に並ぶと、評判のコロッケパン、焼きそばパンなどのおかずパンと牛乳を買う。別の一団は、中華料理店や弁当屋でエビチリ弁当や、「これが美味しいのよ」とか言いながら申し訳程度に薄い肉が入った牛肉しゃぶしゃぶ弁当などを買って行く。上司に上手く取り入ったOLは、誘われるままに小さなレストランのオムライスなどの洋食に舌つづみをうち、周りに注意しながら、今夜の待ち合わせ場所の再確認を行っている。

一階が中華料理店になっている小さな雑居ビルの三階に『長嶋駿斗法律事務所《ながしまはやと》』はあった。

「大変だよ。毎日、毎日」

ぶつぶつ言いながら、新藤哲夫《しんどうてつお》が弁当の入った袋を下げたまま、乱暴に事務所のドアを開けた。

「叔父さん、すみませんでした。僕の好きな牛肉のそぼろ弁当はありました？」

机に向かって書類を読んでいた長嶋駿斗が待ち遠しそうに顔を上げた。

「残念でした。売り切れだよ。仕方ないから下の『江楽《こうらく》』で、餃子とニラ玉弁当にしたよ」

「えーっ、また『江楽』ですか？　昨日の夜も『江楽』で餃子ライスを食いましたから、腹ん中、餃子だらけですよ。うんこまで餃子臭いんだから」

駿斗が顔をしかめる。

「居候《いそうろう》が贅沢言うんじゃないぞ。餃子で文句を言うな。俺の大事な店子《たなこ》なんだから」

新藤が応接セットの小さなテーブルの上に餃子やニラ玉弁当を二人分、並べた。

「駿斗、茶を淹《い》れろ」

「はいはい」

駿斗は、読んでいた書類を伏せ、椅子から離れた。

新藤は駿斗の母方の叔父。このビルのオーナーだ。駿斗は彼からほとんどタダ同然で事務所を借りていた。文句を言えた義理ではない。

駿斗は都内の私立大を卒業し、朝毎新聞に記者として入社したが、上司と折り合いが悪く、一年で退職してしまった。それから一念発起したと言えば聞こえがいいが、新聞記者崩れなど、どこも雇ってくれないため、仕方なく法科大学院に入り、弁護士を目指して勉強した。そして二回目で司法試験に合格した。その間も新藤が経済的支援をしてくれたのだが、これでようやく恩返しができると思ったら、世の中、甘くなかった。

司法試験に合格しても、仕事がないのだ。司法修習生を経て、晴れて弁護士登録し、大手弁護士事務所を受験したが、軒並み不合格。

大手弁護士事務所は、東大などの国立有名大学で在学中に司法試験に合格したような、ぴちぴちの新卒しか採用しない。

駿斗のように、一度、社会人になり、上司と喧嘩するような手垢《てあか》のついた、いわゆる癖のある人物は敬遠する。社会経験や人生の挫折がある方が、困った人を助けられるのじゃないかと思うのは早計で、大手というところは企業と同じで、社員を自分色に染めたいのだろう。

就職を困難にしている最大の原因は、二〇〇四年の司法改革だ。弁護士の需要増加を見越して、司法試験合格者を倍増させると意気込んでスタートし、従来五百人から千人しか合格者を出していなかった司法試験に二千人以上も合格するようになった。ところが不景気などの理由により、一向に需要が盛り上がらない。従来通り千人しか需要がない。毎年千人の失業弁護士が生まれるようになったのだ。

まさか駿斗も、就活大学生と同じようにいくつもの弁護士事務所に採用依頼のレターを出すはめになるとは思わなかった。

弁護士という者は、当初は弁護士事務所に勤務し、ボス弁の下に居候の形で、いわゆるイソ弁として働き、実務修業をする。しかしそれがままならなくなったため、駿斗と同時に合格した連中は、弁護士事務所の軒先を借りて、ノキ弁として独立採算制で仕事をしている。そこでちょっとした仕事のおこぼれにあずかるわけだ。大きな魚の腹にくっついて、餌の残りを食べるコバンザメのように情けない姿だ。

「破産するぜ」

司法試験に共に合格した友人が嘆いていた。

実際、ノキ弁は年収百万円にも満たない場合がある。法科大学院で勉強するために借金をしている者も多く、それが返せずに破産を心配している者も少なくない。そのうちホームレス弁護士なんて笑えない者も現れるに違いない。

駿斗も一時は、やけくそになりそうになった。その時、助け船を出してくれたのが、新藤だった。年齢は六十歳を過ぎているのだが、親の遺産でそこそこ優雅に暮らしている。

「駿斗、銀座にビルがあるからさ。今、一部屋は空いているんだ。そこを使って、いっそのこと独立しちゃいなさいよ。私も手伝うからさ」

新藤は気楽に言った。

「銀座の家賃なんて払えませんよ」

駿斗が躊躇《ちゅうちょ》すると、まあ、そんなものは気もちでいいからと再び気楽な調子で言われて、とうとう二年前に『長嶋駿斗法律事務所』を立ち上げた。

依頼人は、新藤が友人たちを紹介してくれることになっていたが、なかなか思うに任せない。交通事故の示談や離婚、不倫、借金の督促などの小さな案件ばかり扱って、糊口を凌いでいるような状態だ。大手の弁護士事務所は企業の買収や法律問題など、大きな案件を扱っているが、個人事務所では経験が積めないのが難点だ。社会正義の実現のために、と大きなことを言って弁護士になったものの、このままじゃなんのために弁護士になったのか分からない。新藤に家賃をまともに払えるようになりたい。駿斗は、最近、焦る気持ちが強くなっていた。

しかし、新藤は気楽なものだ。駿斗の弁護士活動を助けるために調査を手伝ったりしてくれるのだが、ビルの管理をしていただけの時よりも随分楽しくなったと大喜びなのだ。

「『江楽』の餃子は美味いと思わないか。にんにくもそれほど強くないし、女性にも人気があるんだ」

新藤が餃子を口に入れ、ご飯も一緒に頬張っている。結構な食欲だ。

「でもたまにはどーんとステーキでも食べたいですね」

駿斗がニラ玉を箸で切り分ける。

「いい仕事をしたら、そんなものいつでも食えるさ。どうだい、仕事の依頼は？」

「ええ、この間、叔父さんに紹介してもらった片山《かたやま》さんの離婚ですけど、和解が成立しそうなんです」

「そりゃあよかった。あいつは金持ちだけど、慰謝料はケチっていたからな」

「まあ、そこそこの水準で決着しそうです。あの事さえバレなければね」

「本当にひどい奴だよな。還暦を過ぎて、若い女と再婚するために古女房を捨てようと言うんだからな。それも慰謝料を値切るために再婚することは内緒だって言うんだから」

「苦労しましたよ。奥さんが、調査をかけていましたから、バレたらどうしようって」

「まあ、駿斗も、あんないい加減な男の弁護ができるようになったんだから、一人前だよ。ああ、食った、食った」

新藤は、すっかり空になったパックの上に箸を置き、茶を啜った。

「ちょっと変わった依頼が来たんです」

駿斗も食べ終わって茶を飲んだ。

「どんな依頼だ？」

「国選の依頼です」

国選弁護人は、刑事訴訟手続きにおいて被疑者や被告人が貧困などの理由で私選弁護人を頼めない時に、国が費用を負担してつける弁護士だ。

国選弁護人の実務は、二〇〇六年に開設された『日本司法支援センター』、いわゆる『法テラス』が担っている。駿斗もここに登録し、国選弁護の依頼があれば受諾すると申し出ている。弁護士報酬は少ないが、今や依頼仕事は争奪戦の様相を呈している。最近は、駿斗のように仕事が少ない弁護士が多いからだが、たとえ報酬が少ない国選弁護でも貴重な収入源なのだ。

「変わってるってどんな依頼なんだ」

「重大な刑事事件なので弁護士が絶対必要なんですが、被告人が弁護士はいらないと言っているんです。だから当然、私選弁護人も頼まないんですよ。裁判所も弱り切って国選を頼んできたのですが、あまりに頑《かたく》なな要求なので引き受ける人がいないようで僕に回って来たんです」

「変わり者なのか？」

「『法テラス』に行って内容を聞いてきましたが、被告人は死刑にしてくれと言って譲らないそうなのです。それでまともな話ができなくてみんなお手上げで」

「受けるのか？」

「受けようと思います。仕事しなくちゃ家賃が払えませんからね」

駿斗は笑みを浮かべた。

「まあそうだな。家賃の引き上げもそろそろ考えないとな」

新藤は、にやりとした。

「勘弁してくださいよ」

駿斗は手を合わせた。

「まあ、それはいい。後で考えるから。それにしても死刑にしてくれっていうのは、いったいどんな事件なんだ。死刑相当なら、希望通り死刑にしてやればいいじゃないか」

新藤が音を立てて茶を啜った。

「そんな、単純じゃないんですよ。二人、亡くなっているんですがね」

「二人もか！　そりゃ死刑だろう」

「それがですね。事件を少し説明しますと、被告人は五十七歳の普通の元サラリーマンです。彼は、障害がある息子と、その養育に疲れて、ややノイローゼ気味と思われる妻の二人を刺殺したんです。妻の方は、彼に殺して欲しいと言っていた。それで承諾殺人、同意殺人ということになるでしょう。息子の方は、殺人」

「無理心中で生き残ったってわけか」

新藤が眉根を寄せた。

「そういうことです。本人も手首などに相当な切り傷があって……。二十数ヵ所もです」

「二十数ヵ所ねぇ。それでも死に切れなかったってことか。それで生き残ったから、国の手で死刑にしてもらおうということか」

駿斗は、テーブルを離れて、書類棚から国選弁護依頼事件の書類を持ってきた。

「これです」

## 2

「でもさ、承諾殺人ってのはどうなの？　なぜ罪が軽いわけ。人を殺すことには違いがないだろう」

新藤は、不機嫌そうに書類をテーブルに置いた。

「当然の疑問だと思います。人が人の命を奪っていいわけがありませんからね。殺人は、刑法第一九九条で死刑または無期もしくは五年以上の懲役となっています。ところが承諾殺人といって、本人の承諾を得ていた場合は、刑法第二〇二条に人を教唆《きょうさ》し、もしくは幇助《ほうじょ》して自殺させ、または人をその嘱託《しょくたく》を受け、もしくはその承諾を得て殺した者は、六ヵ月以上七年以下の懲役または禁錮に処すとなっているんです。罪が軽減されているわけです。それに彼の場合、連日にわたって妻と自殺について話しあっていたようですから、心神喪失及び心神耗弱《こうじゃく》ってことも主張できます。ですからたとえ二人を殺害したとしても検察は死刑を求刑することはないでしょう」

駿斗が説明した。

「刑法第三九条、心神喪失者の行為は、罰しない。心神耗弱者の行為は、その刑を減軽する、だな」

さすがにこの条項は有名なので新藤も知っている。

「でも納得できない。彼の妻は本当に自分を殺して欲しかったわけか？　遺書があろうが、なかろうが、いざ、自分が殺されるとなったら、止めて！　と言いたくなるのが人間なんじゃないか」

新藤は納得いかないという顔だ。

駿斗も、新藤の気持ちは分からないでもない。彼は、三年前、最愛の妻を癌《がん》で亡くしていた。癌細胞が、身体をむしばみ、妻は痛みに苦しんだ。きっと何度も殺してほしいと新藤に頼んだことだろう。痛みから逃れるためと夫に介護の苦労をさせたくないという配慮からだ。しかし彼は、妻を励まし続けた。臨終の時、妻は、彼に「ありがとう。幸せだったわ」と告げたという。

「この承諾殺人というのは、僕は優しさ故の殺人だと思うんです。現在のようなそれぞれが孤独にならざるを得ない環境では増加する傾向にあります。例えば姥《うば》捨て山の話がありますよね」

「ああ、聞いたことある。『楢山節考《ならやまぶしこう》』って小説もあったな。年寄りを山に捨てに行く話だ」

「あれも老人介護に疲れた息子が老人を殺す承諾殺人と考えることもできますね。決して老人を捨てて、殺したくはない。しかし、息子も老人も社会的な弱者ですよね。それで姥捨てを選択せざるを得ない状況に置かれるわけですね」

「実際、例は多いのか？」

「ちょっと待ってくださいね」

駿斗は書棚から書類を取ってきて、新藤に見せた。

「これは二〇〇九年八月におきた事件です。八十九歳の夫が八十四歳の妻をビニール紐で絞め殺しました。老人は、妻の介護に疲れ、厭世観《えんせいかん》に捉《とら》われたのだと思います。妻を殺した後、自分も小刀で自殺を図りますが、死に切れず、同居の長男に通報され、逮捕され、承諾殺人の罪に問われています」

「相当、長い間、介護したのか？」

「そのようですね」と駿斗は書類の事件記録を指差し、「妻は、一九八二年に脳溢血で右半身麻痺になります。事件の二十七年前ですね。そして二〇〇七年には寝たきりになります。妻は夫に排泄の世話をしてもらいながら『こういう世話をされるくらいならもう死にたい』と洩らすようになります。妻は、自分が死ねば、夫が楽になり、同居の家族にも迷惑がかからないと思うようになったんですね」

「辛いよなぁ」

「寝たきりの妻の介護を続けた二年後の二〇〇九年の八月に、夫は、介護に疲れ、自殺しようと思い、遺書を書きます。介護施設に妻を入所させようとしたのですが、月額十二万円もかかることがわかり、その費用のことも負担になったようです。その時、妻を独りで残していけないと考えたのです。他の人に介護させるのは可哀そうだし、迷惑をかけるからです。それで妻に『自分は今から死ぬ。婆さん、どうする？』と問いかけます。妻は『早く死にたい』と答えます」

「それで妻の首を絞めて殺し、自分も後を追うように自殺しようとしたってわけか。検察は何年を求刑したんだ」

「四年です。高齢化社会になり、同じような境遇の人は大勢いる。心情は理解できないことはないが、社会的影響は大きいというのが理由です。判決は懲役三年、執行猶予五年となりました。弁護士は、重大な事件だが、被害者の承諾もあり、被告は社会内での更生が可能だと弁護しました」

駿斗は、じっと新藤を見つめた。

新藤は、冷たくなった茶を啜っている。

「でもな……」

新藤がぽつりと言った。

「なんでしょうか」

駿斗が耳を傾ける。

「地獄だよなぁ。その夫。ずっと長く刑務所に入れられている方がいいんじゃないかな。婆婆で生きて、自分の手で首を絞めた女房のことを思って暮らすなんざ、地獄だぜ。俺ならもう一度、自殺するな。俺もさ、駿斗はよく知っているだろうが、女房の看護をしている時に、いっそのこと二人で死んだ方がいいって場面があったよ。特にあいつが痛い、痛いって苦しんだ時にはな。あの時は楽にさせてやりたいと本気で思った。あの時、あいつに、『死ぬか』って聞いたら、『殺して下さい』と言ったと思うよ。介護の苦しみってのは、やった者しかわからないと思うけど、無理心中を試みるってのは、一種の安楽死と言えるかもしれないな」

「そういう考えもあると思いますよ。相手を思う、自分たちの家族を思うあまりに安楽死としての無理心中を選択する……。だから一般的に刑は軽くなっています。ところで叔父さんは、叔母さんの苦しみを見ていたのに、無理心中を選択しなかった。それはなぜですか？」

駿斗の問いに新藤は、首を傾げ、口を結び、目を閉じた。妻を介護していた日々を追憶しているのかもしれない。

「どうしてかな。やっぱり女房をこの手にかけて殺すなんて選択はないな。一分でも一秒でも一緒に居たいと思っていたからな。それに娘の七海に申し訳ない。俺と女房が、突然、いなくなって、それも俺が女房を殺したとあっちゃあ、どんなにショックを受けるかと思うと、ちょっと無理だな。あいつは女房が回復することを信じていたし……」

新藤は呟くように言った。

「相当に追い詰められ、孤独になり、誰にも相談できない状況になったんでしょうね。こうした介護にまつわる事件は哀しくてやりきれないところがあります。どうして周囲は、社会は彼らを救えなかったのかと問われますからね」

「でも二〇一五年には国民の四人に一人が六十五歳以上になるんだろう？　こうなる

とますますこうした介護にまつわる事件がおきるんじゃないかな。他人事じゃないな」

新藤がしんみりと言った。

「みんな元気⁉」

事務所のドアが勢いよく開き、七海が入ってきた。

3

七海は、新藤の一人娘だ。朝毎新聞に記者として勤務している。その意味では駿斗の後輩に当たる。明るくて、目に力のある活発な女性だ。美人と言えるだろう。だが、他人を寄せ付けないような美しさというのではなく、誰でもがいとおしむような可愛さがあるのだ。妻が亡くなった後、新藤は、七海のことを本当に大事にしていたが、今は、七海が千葉支局勤務のため、離れて暮らしている。

「おう、七海、どうした？」

新藤が振り向きざまに言った。

「ちょっと本社に用があったの。どうしているかなと思ってね」

七海が笑みを浮かべる。

「久しぶりだね。千葉はどう？」

七海が入ってきただけで、先ほどまで湿っぽくなっていた事務所内が、花が咲いたように明るくなった。

「まあまあってとこかな」

「おいおい、いくら従兄《いとこ》だからと言って、その口のきき方はないぞ」

新藤が眉根を寄せる。

「いいですよ、叔父さん。気にしてませんから。昔からです」

駿斗は今、三十二歳。七海とは七歳も違う。しかし、幼いころから兄と妹のようにして遊んできた。その気安さが七海の言葉づかいから抜けきらない。それに活発な七海に対して駿斗はどちらかと言うと静かで、無茶をしない方だった。そのことも影響している。

「まあ、座ってよ。コーヒーを淹れようか。叔父さんとは、お茶を飲んでいたんだけど、どっちにする？」

「コーヒーがいいわ。ちょうどマックを買って来たから、食べるね」

七海は、重そうな黒いバッグからハンバーガーを取り出した。パティが何層にもなっているビッグなバーガーだ。

「インスタントだけどすぐ淹れるから」

駿斗は立ちあがって、キッチンに行き、ティファールの湯沸かし器に水を入れ、スイッチを押した。数分で沸くだろう。

「お前、そんなものばかり食べているのか」

新藤が心配そうに言う。

「たまたまよ。昼、食べる時間もないことがあるんだからね。くんくん」

七海は、小鼻を動かし、匂いを嗅ぐ。

「餃子食べたわね。一階の『江楽』？」

「そうだよ。美味いぞ」

「餃子とラーメン、出前頼んでよ」

「でもそのでかいハンバーガー食べるんだろ？」

「大丈夫よ。それくらいなんでもないわ」

七海は大きな口を開け、ハンバーガーにかぶりついた。

「コーヒーできたよ」

駿斗が七海の前にコーヒーを置いた。

「あんがとさん」

七海は、ハンバーガーを含んだまま、コーヒーを飲んだ。

「ラーメンと餃子を頼んで欲しいんだってさ」

新藤が、あきれ顔でソファから立ち上がり、机の上の電話を摑んで、『江楽』に注文を入れた。

「これなあに？」

七海が、ハンバーガーで頰をいっぱいに膨らませたまま、テーブルの上の書類を手に取った。

「おいおい、機密文書を勝手に見るなよ」

駿斗が慌てて書類を片付け、注意する。

「この事件、知ってる」

七海が言った。

「えっ？」

駿斗と新藤が同時に七海を見た。

「千葉の事件なのに、駿斗に国選が回って来たんだね」

「そうなんだ。なかなか変わった人らしいね」

「そんなことないよ」と七海は取材ノートを取り出し「押川透《おしかわとおる》、五十七歳。一九五四年生まれ。幸が丘第五団地七号棟一〇三号に居住。都内にある『墨田信用金庫』の業務課主任だった。兵庫県出身で、奨学金を得るなど苦労して都内の私立大学を卒業し、そのまま『墨田信金』に入庫した。三十四年間真面目に勤務し、二〇一〇年三月に五十六歳で退職。上司は、定年まで勤務するように言ったが、翻意せず。言い出したら聞かない頑固なところがあった。そのまま自宅でダウン症の息子の養育に従事する。職場の関係者は、そのような障害のある息子がいるとは知らなかったとのこと。妻、押川由香里《おしかわゆかり》、一九五六年生まれ、享年五十五歳。明るい性格で、同じ兵庫県出身。地元の高校を卒業し、地元の寝具メーカーに事務職として勤務していたが、親戚の人の紹介で透と出会い、一九八二年結婚。東京に行くのを嫌がっていたが、上京し、幸が丘に住む。一人息子健太《けんた》が誕生。一九八三年生まれ、享年二十八歳。重度のダウン症。一九八八年『あさひ幼稚園』に入園。心臓に欠陥があると診断され、余命一年と宣告される。一九九一年『幸が丘養護学校』入学。二〇〇二年『幸支援センター』入所。二〇〇七年自立支援施設『ほうぷ』に入所。まあ、ざっとこんなところね」と読み上げた。

「たいしたもんだ」

新藤が感心している。

「取材したんだね」

駿斗が聞いた。

「私が事件の記事を書いたのよ。ほんの小さく掲載されただけだけど」

七海は、照れるように肩をすぼめた。

入り口のドアをノックする音が聞こえる。

「出前、来たかな？」

新藤が入り口に近づき、小窓から相手を確認し、七海を見て「出前、来たぞ」と言った。

七海の顔が喜びで崩れた。

「お待たせしました」

『江楽』の店員が出前箱からラーメンと餃子を取り出し、テーブルに並べた。湯気が立ち上っている。

「おいしそう！」

七海は、待ち切れずに箸を握った。

「あんなでっかいハンバーガーを食べておいて、よく食べられるなぁ。代金は？」

新藤が財布を取り出し、店員に聞いた。

「千二百円です」

新藤が財布から金を出す。

「おごりだぞ」

新藤の表情が渋い。

「ありがとうございます」

七海が餃子を口に入れたまま言った。口の端から肉汁がこぼれた。

「七海ちゃん、少し手伝ってくれるかな？」

七海の前に座った駿斗が言った。

「うん？」

七海が麺をくわえたまま、目を大きく見開く。

「今回の事件を担当することになったら、七海ちゃんもこっそり力を借してくれないかな」

駿斗の頼みに、七海は表情を緩ませ、箸を持った手で、オーケーマークを作った。

「七海ちゃんが知っていることを教えてくれないか？」

　駿斗は言った。

# 4

「いいわ。私もこの事件、興味あるのよ。だってやるせない事件なんだもの」

「押川さんは死刑にして欲しいと言っているそうだ。弁護士も拒否するものだから、僕に回って来たんだ」

「そうなんだ。真面目な人らしいわ。でも近所付き合いがほとんどなかったのよね」

　七海が顔を曇らせた。

「でも昭和五十七年から幸が丘団地に住んでいるんだろう。かなりの古参住民なのに付き合いがないのかい？」

　新藤が驚いた様子で聞いた。

「今回、事件が起きて初めて、押川さんの家にダウン症の息子さんがいたことを知ったと言う人もいるくらいなの。近所に住んでいるのにね」

　七海も顔をしかめた。

「それは余りにも人間関係が希薄だな。砂漠のような都会という表現がぴったりだ」

駿斗が憤慨している。

「そこが今回の事件の本質をついている面があるの。幸が丘っていうのは、高度成長時代に急激に開発されて発展、拡大した街なのよね。それが低成長時代になって、街の成長が止まったばかりではなく、高齢化が急激に進んでいるの。みんな会社をリタイアして、今から新たな人間関係を築こうとしている街なのよ」

「ほとんどが東京で働くサラリーマンだったため、現役時代は地元になんかこれっぽっちも関心がなかったってわけか。だから同じ団地に住んでいても隣は何をする人ぞということだったんだ。それでも母親はどうなんだ。近所との付き合いはあったのだろう?」

新藤が聞いた。

「殺された妻の由香里さんは明るい人だったみたいね。旅行などに行くとお土産を配ることもあった。でもそれ以上に積極的に近所の人と付き合うことはなかった。だから息子の事で悩んでいる素振りも見せなかった。近所の人の中には、毎日、健太さんを施設から来るお迎えのバスに乗せている由香里さんの様子を見ていた人もいるそうよ。悪い評判はないわ」

七海は、食べ終わったラーメン鉢や餃子の皿をキッチンに運んだ。

駿斗は七海の話をメモしている。

「なぜ七海ちゃんは、近所付き合いが少ないことがこの事件の本質だと思うんだい？」

キッチンで食器を洗っている七海の背中に向って駿斗は問いかける。

「ダウン症に限らず障害のある子供を持って悩んでいる家族は他にもたくさんいると思うのよ。ううん、それだけじゃない。障害がなくたって家族に問題を抱えて苦労したり悩んだりしている人はいっぱいいると思う。だけどその家庭で、必ず殺人事件が起きるわけではないでしょう。それはなぜだと思う？」

「さあね」

駿斗は首を傾げた。

「お父さんはどう？」

「近所付き合いとか？」

新藤が答える。自信はなさそうだ。

「そういうことよ。家族が積極的に相談できる人がいたら防げたんじゃないかと思うの」

七海は、濡れた手をハンカチで拭きながら駿斗たちの方へ歩いてくる。

「そうだな。そういう人がいればよかっただろうな」

新藤が同意する。

「でも家族の介護で苦しんで殺人事件に発展することが多い事実を見れば、積極的に相談できる人がいるというケースはそんなに多くないんじゃないかな。むしろ周囲がその家族に関心を持つべきじゃないのか。例えば行政とかもね」

駿斗が言う。

「真面目な人は、かえって他人に相談できないものさ」

「お父さんもそうだった？」

「ああ、母さんの世話をしている時に、思いっきりストレスを発散したいとか、誰かに相談したいという気持ちになったことはあるよ。でもね。誰かに相談したからといって母さんの痛みが和らぐわけじゃない。それに段々追い詰められていくと、所詮、他人には理解されないと思うようになるんだ。まあ、弱みを見せたくないってこともあるからね。だから誰かから、大丈夫ですかって尋ねられたとしても、大丈夫ですって答えてしまうんだ。どちらかと言うと、構わないで欲しいオーラが出ていたと思うよ」

「近所の人との付き合いがあれば助かるというほど単純なことじゃないかもしれないわね。特に幸が丘団地は、どの家もその場所に住みながら、その場所との関係が薄い人が多い。今から人間関係を再構築しているって言ったけど、その通りなの。みんな高度成長の戦士だったり、仕事の虫だったたような人ばかりでしょう。あまり近所づきあいが上手くないのよ。そういうところで相談する相手を見つけるっていうのは難しいかもね」

七海が目を伏せた。

「ところで自立支援施設、さっきの話だと『ほうぷ』とかいったっけ？　取材したの？」

駿斗は聞いた。

「そんな風に近所付き合いがないから探し出すのに苦労したわ。『ほうぷ』という施設。そこはダウン症の人だけではなく、知的障害のある人の授産施設で、ＮＰＯ法人なんだけどね。そこの責任者に連絡が取れて、概略だけは聞いたわ。近いうちに正式に取材する予定よ」

七海は、ノートをめくった。『ほうぷ』、希望という名の施設だ。そこで親子はどんな様子だったのだろうか。

健太は、二〇〇七年三月に、自宅から近いと言う理由で、『幸支援センター』から『ほうぷ』に移ってきたらしい。

「特に親しくしていた人はいたの？」

「友納喜代美《とものうきよみ》さん。電話番号は、えーと、〇四七－×××－××××……ね」

七海は取材メモを確認した。

駿斗はメモを取った。

「しっかりしてるじゃないか」

新藤が誉めた。

「事件の数日前、押川から『ほうぷ』に『都合で休ませます』という連絡があった。都合とはなんですかと施設側が尋ねたけれども、彼は、あまりはっきりしたことは言わず、『熱があるから』と答えただけ。母親の由香里のことを尋ねても『妻も風邪で一緒に寝込んでいます』という答えだけ……。それまで『ほうぷ』側と父親の押川とは接触がなかったので、なにか変な感じを受けたそうよ」

「その時、死ぬ相談をしていたのかな」

「そうかもしれないわね」

「事件前日も押川から『今日も熱が下がらない』と連絡があったの。その日の朝、所員が団地の前を通りかかり、庭を覗いたら洗濯物がかかっていた。事件の日には洗濯物はなかったから、亡くなる前日まできちんと生活していたのね」

「律儀と言うか、哀れだな」

新藤が呟いた。

「親子の印象はどうだったの？」

「母親も息子もきちんとした服装だったようね。母親は、ちゃんとおしゃれをしていて、決してお金がないとかいう印象はなかった」

「なにか大きな変化ってなかったの？」

駿斗の質問に七海はノートを見ながら、少し考えていたが、「押川が、二〇一〇年三月に退職したことかな。由香里さんは喜んでいたそうよ。押川も健太さんの世話を手伝ってくれるってね。それでパートにも出るようになったらしい」

「パートにね……」

「でもすぐに辞めたみたい。体調が悪くなったらしい」

「由香里さんは病気だったの」

「心臓が悪かったみたいね。押川の退職後に、それが悪化したことも、厭世的な気分になった原因じゃないかな」

「健太さんはどういう人だった」

「明るくて施設の人気者だった。リズム感がよくて音楽に合わせてよく踊っていたそうよ」

メモの内容を聞きながら、駿斗は、幸せそうな家族の姿を思い浮かべた。

真面目な信用金庫職員の父親。早期退職したことで息子の養育を手伝えるようになった。三人の穏やかで明るい日々が続くはずだった。それなのに父親が退職して二年も経たない内に不幸のどん底に落ちた。いったい家族に何があったのだろうか。

「叔父さん、東京拘置所の被告人に会いに行きましょうか?」

## 5

かっと目が開く。闇の中にいる。何も見えない。身体が浮遊しているようだ。いや、沈んでいるのかもしれない。もはや私自身の実体がない。

由香里……、健太……。

声にならない声で二人の名前を呼んでみる。しかし、誰も何も答えない。

闇の中で、自分の前に手を持ってくる。手は見えない。手があると思われる場所をじっと見つめる。

今朝、布団を畳み、洗面所で手を洗おうとした。七時四十分になると、刑務官が朝食を運んでくるからだ。

この手が、妻と息子を殺したと思った。すると手が血で真っ赤に染まった。ぼたぼたと赤い血が落ちて来る。妻と息子の血だ。

思わず目をそむけた。

ひたすら水を流し、手を洗い続けた。それでも血は落ちない。水道の水が手に当たる度に、真っ赤な血が飛び散る。

この手が、妻と息子を殺したのだ。ナイフで妻の首を刺した。息子の首を刺した。妻の首にナイフを刺し入れた時、まるでチーズを切るような感じだった。実際、甘く、濃厚なチーズの香りが漂ってきた。

あの時、妻は眠っていた。顔を覗き込んだ。スタンドの明かりをつけた。最小の輝度にした。妻の寝顔が、ほんのりとした明かりの中に浮かんでいる。流行のＬＥＤランプだと冷たい光だが、スタンドはフィラメントランプだ。妻の顔は、ややオレンジ色を帯びている。

軽い寝息を立てている。熟睡しているのだろう。ナイフを握った手に力が入る。寝ている間に刺してやれば、幾分か痛みも少ないかもしれない。

お前を独りで死なせないからね。私もすぐに後を追うから。

妻が、ううんと小さな唸り声を上げた。

妻と出会ったのは、昭和五十六年の夏だった。

めったに故郷に帰ることはなかったが、伯父さんに強く帰ってこいと言われた。

伯父さんは、私の育ての親のようなものだから逆らうわけにはいかない。気が進まないが仕方がない。取引先の煎餅屋の社長が、これを持って帰れと自分の会社で作った草加せんべいを持たせてくれた。東京土産のつもりだった。

新幹線で新大阪に下り、そこから特急に乗る。特急は一時間に一本しかないから、上手く乗り継ぎしないといけない。

福知山線のホームに向かう。特急列車は、山陰の温泉地で名高い城崎まで行く。私が下りるのは、一時間二十分ほどで着く柏原という小さな駅だ。

故郷にはいい思い出がない。辛いだけだった。家は決して貧しくはなかった。農家で、米の他にその地方特産の花や薬草などを栽培していた。収穫されたものは、家で使用する分を除き、全て農協が買い上げ、都会へと出荷していた。

父は、おとなしい人だった。母は厳しかった。私は長い間、母がなぜ私を殴るのか理解できなかった。

自分を生んでくれた人なのに、「憎たらしいね」とか「可愛くないね」とか言い、母は私を殴った。ある時、確かあれは十歳の時だった。風呂の湯を沸かすための薪で殴られたことがある。その時は、目の前がまっくらになり、火花が飛んだ。血が流れた。私は、火がついたように泣き叫んだ。

隣に住んでいた伯母さんが飛んできて、母から薪《まき》を奪った。

「殺すつもりなんか」

伯母さんが叫び、薪を遠くに放り投げた。そして泣いている私の傍にかけより、手拭いで頭を拭いてくれた。白い手ぬぐいが、血で赤く染まった。

「憎たらしいねん」

母は、私を睨みつけて言った。

その日は、伯母さんの家で夕飯を食べた。伯母さんには、子供がいなかったから優しくしてくれた。伯父さんが仕事から帰って来て、頭に包帯を巻いた私を見て、「どないしたんや」と聞いた。

その声があまりに優しく聞こえたので、思わず泣いてしまった。

「泣いたらあかん」

その日は、私の大好物のカレーライスだった。じゃがいもや人参がいっぱい入った牛肉のカレーだ。

「たくさん、食べなさい」

伯母さんは、お皿にご飯をたっぷりと盛り、その上からカレーを溢れんばかりにかけてくれた。

私は二杯もお代わりした。

その時、父が訪ねて来た。

私は迎えに出なかった。カレーライスを食べていたからだが、父に会いたくなかった。

「今日は、うちに泊める」

伯父さんが父に話をしている。怒っているようだ。

父が、なにか謝っている。

「ひどい女や。透君を可愛がるようにお前からもよく言っておけ。もし何やったらうちで育てる」

伯父さんの家の子になるのか。それもいい。

「継母はきついと聞いとったけど、あの女は特別や。このままやと、透君はまともに育たん」

継母？　どういうことだろう。継母というのは、本当の母親ではない。私はカレーライスを食べる手が止まった。

本当の母ではないのか？

私は気がついたら、父の前に立っていた。手にはスプーンを持ったままだった。

「お母ちゃんは、ほんまのお母ちゃんやないんか」

私は、父に聞いた。

父は、なんとも情けないというか、哀しそうな目をして、私を見つめていた。伯父さんは、厳しい表情で、唇を固く閉じていた。あの時、父が何を言ったかは記憶にない。

母が、本当の母ではないと知った時から、私の目つきが変わってしまったのだろうか。

「なに、その目は」

母は、以前にも増して私を苛めるようになった。気にさわることがあると、私を殴った。食事も与えてくれない時があった。

あまりの酷さに伯父さんと伯母さんが、母を叱ったことがある。

母は、伯父さん夫婦の前に身体ごと伏せて、大声で泣き出した。

「あの子を見ていると、あの女がいるような気がして、憎くて、憎くて」

母が言う、あの女というのが本当の母のことらしい。

伯父さんから聞いた話では、私の本当の母は、父と離婚し、どこかに行ってしまった。離婚の原因は、継母で、父の浮気相手だったようだ。町の料理屋の仲居《なかい》をしていて、父と関係し、強引に家に入りこんだという。

「今に、弟もあの女に殺されるわ」

伯父さんが言った。弟というのは、父のことだ。

母による虐待は、ずっと続いた。伯父さんが怒っても効き目がなかった。躾《しつけ》だと言われれば、どうしようもない。私は耐えた。とにかく早くこの地獄から抜け出そうと思った。辛かった。泣き出しそうになることがあったが、母の前では泣かなかった。泣けば、また酷く殴られるからだ。

高校二年生の時、突然、父が亡くなった。山に入って仕事をしている時、崖から転落して頭を強く打ったのだ。悲しくはなかった……。

私は、母と一緒に暮らした。高校生にもなると、身体も大きくなり、母は肉体的に虐待するようなことはなくなった。しかし、母に対する怯えは残っていた。母は妹のことばかり面倒を見て、私のことなど何も気にかけなかった。

私は、大学に進学して、東京に行きたかった。東京に行けば、この地獄から抜け出せる、そう確信していた。

そこで伯父さんに相談して、大学に進学させてもらった。

鬼のような母を見ているので女は嫌いだった。

しかし、と私は、妻の寝顔を見た。

由香里、お前に会った時は、天使に会ったような気がしたものだ。目の前が、一気に華やぎ、楽しい音楽が聞こえてきたように心がうきうきしたものだ。小柄で、ショートカットの髪のお前は、女子高校生ぐらいにしか見えなかった。頬だってまだ赤かったんじゃないかな。とても二十五歳には見えなかった。ひと目で、好きになってしまった……。

涙が出て来た。

妻の顔が、若い頃、そのままに見え始めた。

とても殺せない。どうしてこの妻を殺せるだろうか。

私はナイフを布団の上に落とした。

「お願い……」

目を閉じたまま妻が言った。

私は、はっとした。起きているのか？　妻の顔をまじまじと見た。妻の目は閉じられたままだ。寝息が聞こえる。

「ああ、寝言か……」

私は、もう一度ナイフを掴んだ。スタンドの明かりに照らされ、冷たく光った。

# 第三章　被告人

# 1

駿斗と新藤は『東京拘置所』に向かっていた。

常磐線綾瀬駅《じょうばんせんあやせ》で電車を降り、荒川方面に歩くと、殺伐《さつばつ》とした空気を漂《ただよ》わせている東京拘置所が灰色の空を塞《ふさ》いでいる。十二階建てで、丸いホールのような構造物を中心に左右に翼を広げたような建物だ。都心のホテルに似てなくもないのだが、とてもそんなに華やいだ雰囲気はない。

通称『小菅《こすげ》』。昔は豊島区西巣鴨にあったことから『巣鴨拘置所』と呼ばれ、日本の対米英開戦時の首相東條英機《とうじょうひでき》らA級戦犯が入所し、処刑された。

今は、刑が確定する前の刑事被告人が主に入っている。

建物に入り、受付をする。

「妙に明るい奴が多いな」

新藤が呆れている。

広めのロビーは驚くほど混んでいる。まるで遠足気分の子供が遊んでいる。派手な色合いの、決して似合っているとは思えない服を着た、太った女がその子の母親のようだ。大声で子供の名前を呼び、叱っている。その傍らには、大リーガーの帽子を被った、太った男が、白いスーツにエナメルの靴を光らせて歩いている。周りを見ると、拘置所という、現実世界から隔離された場所に集まっているという雰囲気がない人間たちばかりだ。まるで演歌歌手のコンサート会場に来ているみたいだ。

「友達や家族が入所しているんでしょうね」

「なんだか慣れっこになっているような奴ばかりだな」

新藤が苦笑する。

「慣れてるんじゃないですかね。暴力団関係者も多いですから」

駿斗が係員に面会票を渡す。

弁護士以外の関係者や家族は面会は一日一回最大三人までと決められているが、弁護士だけは被告人と自由に会うことができる。これを接見というが、時間の制約も立会人もなく会うことができるのは弁護士の特権だ。これは憲法や刑事訴訟法に定められている被告人、被疑者の権利だ。

駿斗と新藤は、緩くカーブした、なんだか気のきいたホテルにあるような通路を歩き、接見場所に向かう。

「あんまり難しい事件じゃない。よくある無理心中だろう？」

「この手の事件の場合、検察や裁判員も同情的になるでしょうから、罪は軽く済むんじゃないですか。二人亡くなっていますが、懲役五年から十年以内で収めたいと思います」

「そんなもんかねぇ。被告人は、死刑にしてくれと言っているようだが、まあ、普通は二人殺せば、死刑だわな」

「刑法第一九九条、人を殺した者は、死刑又は無期若しくは五年以上の懲役に処する、とありますから、一人でも最高刑は死刑なんです。過去にも一人を殺して死刑判決を受けた事例もあります。でも死刑判決って、やっぱり人の命を奪うわけですから難しいんですよ。ですから被告人に殺人罪の前科があって更生の可能性がないと判断されたり、あまりにも残虐であったり、その時々で揺れますね」

「でも二人殺せば死刑だって言われているじゃないか」

「昔、『永山則夫《ながやまのりお》連続射殺事件』というのがありましたでしょう」

「おお、覚えている。十九歳でピストルで連続殺人事件を起こしたんだったな。後に作家になった」

「ええ、その裁判で最高裁が昭和五十八年に死刑の基準、通称『永山基準』というのを示したのですが、一．犯罪の性質、二．動機、三．態様、特に殺害方法の執拗性、残虐性、四．結果の重大性、特に殺害された被害者の数、五．遺族の被害感情、六．社会的影響、七．犯人の年齢、八．前科、九．犯行後の情状の九項目を挙げて、これらを考慮して死刑を判断することになったんです。現在の基準では、三人以上殺害した場合は、死刑の可能性が高い、二人殺害の場合は、総合的に判断し、死刑か無期刑か有期刑か判断する、一人殺害の場合、有期刑か無期刑の可能性が高い。ただし犠牲者が有力者、有名人である場合、死刑の可能性が高くなる、とこんな具合です」

「そんなもんかね。人を殺せば、自分も死んでお詫びするというのが筋じゃないのかな」

駿斗の説明に新藤はあまり興味がなさそうだ。

新藤のような普通の市井の人は人を殺せば、自分が死んで責任を取るという倫理観の中に生きているのだろう。

「とにもかくにも人を裁くというのは難しいことです」

## 2

接見場所についた。

ガラス窓の向こうに白い壁の部屋がある。飾りも何もなくいかにも寂しげだ。

「座って待っていましょうか」

用意された椅子に腰かけ、待っていると、係員に連れられて男が入ってきた。押川透だ。

小柄で、痩せており、頬はくぼんだようにこけ、見るからに神経質そうだ。頭は丸刈りで、額に太く血管が浮き出ている。服装は、拘置所スタイルとでもいおうか、上下ともジャージ姿だ。

駿斗の前に座った。係員は席を外した。ガラス窓越しに話をすることになる。

押川は、うつむいたままだ。駿斗を見ようとしない。

新藤がメモを取りだした。駿斗が質問したことを新藤がメモする役割になっている。新藤は、見かけは雑な感じだが、意外と細かい。メモを詳細に取るばかりではなく、書類の整理などもきちんとしている。年配の叔父に向かって申し訳ないが、非常に有能な秘書だ。

「押川透さんですね。弁護士の長嶋駿斗、こちらは同じ事務所の新藤哲夫です」

新藤が頭を下げた。

やっと押川が顔を上げた。あらためて正面からじっくりと見ると、押川の顔からは強烈に暗い印象を受ける。視線が異様に強く、まるで目が飛び出るのではないかと思えてくる。

「国選弁護人としてあなたの弁護を担当します。なんでもご相談ください。一緒に頑張っていきましょう」

押川は、じっと駿斗を見つめているが、口を固く結んだままだ。

「事件について質問させていただいてもよろしいですか？　答えにくいこともあるかもしれませんが、良い弁護をするためには、私を信頼して事実を正直にお話し下さい」

駿斗は押川の気持ちを和らげようと笑みを浮かべた。

「あのぉ……」

押川が口を開いた。

「はい、なんでしょうか？」

「私は弁護士さんを必要としていません。とにかくすぐに死刑にして欲しいのです」

押川は顔を歪ませ、手をカウンターの上に置いた。ジャージの袖が少しまくれ上がった。左腕の手首に青黒いあざが幾筋も見える。その内の数本は、肉が盛り上がってミミズが横たわっているようだ。相当に深く切ったに違いない。押川が、妻と息子を殺した後、自殺を図った傷跡だ。

「押川さんが、そうおっしゃっているのはお聞きしました。しかし、今回の事件には、どうしても弁護士が必要なのです。法律で決まっているんですよ。殺人事件ですからね」

駿斗は、殺人と言葉を発したところで不用意だったかと思い、瞬間に声が小さくなった。

「そうですか……」と先ほどまでの強い視線が急に和らぎ、押川は駿斗から視線を外し、物思いにふけるかのようにどこか遠くを眺めた。

「ご理解ください。正当な裁判を受ける権利が押川さんにはあります。私、努力しますから。若いですが、経験豊富です」

駿斗は再び笑みを作った。

経験豊富と言ったもののたいしたことはない。刑事事件の弁護なんて、盗癖のある老人の万引き事件くらいのものだ。その事件だって、情状を訴えて、執行猶予を勝ち取ろうとしたら、検事から聞いたこともないような前科を次々に暴露され、あえなく撃沈されてしまった。

押川がじっと駿斗を見つめている。

「それなら弁護士さん」

「長嶋と呼んでください」

「分かりました。ナガシマさん、漢字は、あの長嶋監督と同じですか」

ふいに押川の顔に笑みが浮かんだ。信用金庫に勤務して客に応対していたことを彷彿とさせる柔らかい笑みだ。少しでも頑なな気持ちが溶ければいい。

「ええ、あの長嶋ですよ」

駿斗も微笑んだ。

「弁護士って依頼人に忠実でないといけないですよね」

「その通りです。弁護士は依頼者の意思を尊重して職務を行うものとする、と規定されています」

「それなら私の依頼を実現して下さるわけですね」

「ええ。勿論です。それが仕事ですから」

「だったら私を死刑にして下さい。お願いします」

押川は頭を下げた。

「それはできません。押川さんが、そのような希望をお持ちで、それに応えられない弁護士を拒否されているのは存じ上げています。それで私が選ばれた訳ですが、私は押川さんを死刑にできません」

「検事さんに働きかけて死刑を求刑してもらって下さい。それができないなら弁護はいりません」

押川の顔から笑みが消え、再び厳しく固い顔になった。

「国選弁護人として選ばれた以上、私が弁護士をつとめます。そうでないと裁判ができません。ご理解下さい」

駿斗は、押川の気持ちを和らげようと、優しく言った。

「弁護士さんが必要なことは理解しています。ですが、弁護士さんはなぜ私の依頼を本気で聞いて下さらないのですか。ねえ、長嶋さん、私は二人も殺したのですよ。この手で」

押川は両手を顔の前に広げ、今にも泣き出さんばかりに顔を歪めた。

「奥さんと息子の健太さんでしたね」

せんか」

「この手で殺したんです。妻と息子です。息子には知的障害があり、私には生きる意味さえ十分に理解していなかったのではないかと思えるのです。無辜《むこ》の人間を二人も殺したんですよ。そんな私が死刑にならないなんてこの国の法律はおかしいと思いませんか」

押川は両手で顔を覆った。

「死刑にならないと決まったわけではありません」

駿斗は言った。

押川が、両手をカウンターに置いて顔を上げた。目に勢いがある。

「死刑にしてもらえるんですか？」

「そうではありません。裁判が始まってもいないのに刑を確定させることはできません。私は、押川さんの罪をできるだけ軽くするなり、早く社会復帰できるようにするなり努力したいと思います」

駿斗は言葉に力を入れた。押川は、急に椅子に背を預け、ふてくされたようになった。

「どうしましたか？」

「それが嫌なんです。できるだけ罪を重くして欲しいんです。極刑の死刑を望みます」

押川は、背もたれから弾かれたように顔をガラス窓に近づけた。

「あのさ、あまり困らせるんじゃない。確かにあなたは二人をあやめたけど、それには同情する余地があるから、通常は死刑にはならないと思うよ。だけどそれはこれからの裁判を見てみないとわからない。でも弁護士っていうのは依頼人の利益と権利のために働くんだよ。あなたが考えるべきなのは、あなたの犯した罪に相応しい刑罰を受けて、それを真面目に服役して、そして二人の菩提を弔うことじゃないのかい？」

新藤がたまりかねて口を挟んできた。

押川は、じっと新藤を見つめていた。

「いろいろと身勝手なことを申し上げてすみません。しかし、私は、一番愛する者たちをこの手で殺してしまった罪深い人間です。生きている資格はありません。そう思って自殺を図りましたが、恥ずかしながら死にきれませんでした。こうなればいっそのこと死刑になり、早く二人の元に参りたいのです。今は、毎日、毎晩、そのことを願っています」

「辛い気持ちは、俺にも分かるよ。俺は女房を病気で亡くしたからね。あいつが死んだ時、俺も一緒に天国に召されねぇかと願ったものさ。しかしねぇ、押川さん、あんたは奥さんと息子さんを殺したくて殺したんじゃないだろう」

新藤は、押川の目をぐっと見据えた。

「叔父さん……」

駿斗は、思わず言葉を詰まらせた。

「妻や息子を殺したいと思ったことは一度もありません。殺している時でさえ、そんなことは思っていませんでした。申し訳ない、これしか方法はない、私もすぐ後を追うからという気持ちでした」

押川は思った以上に素直に口を開いた。新藤の殺したくて殺したんじゃない、という強烈な言葉が刺激になったのだろう。

「奥さんが殺してくれとおっしゃったのですか？」

駿斗は聞いた。

「妻の由香里は、健太の世話で疲れていました。夜も眠れないような日が続いていました。体調もすぐれず、もう生きているのが嫌になったと言いました。私は、そんな由香里を励まし続けてきたのですが、もう限界だと、この先、私たちが老いてしまったり、病気になったら健太はどうするのかと泣き出して……」と押川は言葉を詰まらせ、目を赤くして「いっそのこと三人で死にましょうと言い出したのです。それで私も止むを得ず三人で死のうと決意しました」と言った。唇を痛いほど噛みしめている。

「どこかに相談するという考えは浮かばなかったのですか？」

「私たちは三人で生きてきました。三人だけで……」

## 3

七海はスーパーカブに乗って幸が丘市の外れまできていた。

市の中心部は、鉄筋コンクリート造りの公団のマンションが建ち並んでいるが、この辺りは建売住宅が多い。どの住宅もお仕着せのように同じようなデザインだ。規格品の家に住んでいると、規格品の人間になってしまう。みんな同じ顔、同じ声、同じ考え……。

「ここだわ」

住宅の間を縫うように細い道を走ると、行きどまりに広場があった。地面には砂利が撒いてあるだけで特別な舗装は施されていない。周辺には野草が伸び、なんとなく荒れた雰囲気だ。そこにプレハブ二階建ての建物が建っていた。一階は地元の政治家の選挙事務所になっている。派手な選挙用の幟《のぼり》が風にはためいている。

——政治家の事務所の二階に間借りさせてもらっているのね。いろいろと支援を受けないと大変なんだな。

ここは亡くなった押川健太が通っていた障害者の生活をケアする自立支援施設だ。七海は、ここの責任者に取材の約束を取り付けることができた。押川親子の話を聞こうと思っている。記事になるかどうかはわからないが、駿斗の助けにはなるだろう。それに七海自身にも押川の事件が強い問題意識を持って迫ってきていた。障害を持つ子供を育てている家庭は多い。どの家庭にも問題があるのだろう。テレビドラマに描かれるように「子供が障害を持って生まれて来たお蔭《かげ》で私たちも成長しました」などという綺麗事だけではないはずだ。押川透はなぜ妻と子供を殺したのか、殺さざるを得ない程、追い詰められなくてはならなかったのか。今日の事件には現代社会の抱える人間の闇に迫るテーマが潜んでいるかも知れない。『絆社会』なんて見せかけに過ぎないという闇……。

プレハブの側《そば》に駐車場らしきスペースがある。車体に『ほうぷ』と書かれたワゴン車が一台停車している。七海は、ワゴン車の隣にスーパーカブを停めた。ヘルメットを脱ぎ、ボックスに入れた。

七海は、自分の姿を見た。バイク用のパンツにジャケットという姿だ。冬になり、スーパーカブで風を切るとかなり寒いのだが、厚手のものではない。ちょっと見たところ普通のタウン着としても通用する。きちんとしたスーツ姿じゃないと信用してもらえないところもあるが、「大丈夫だろう」と自分に言い聞かせて、外階段を上った。ドアを開け、半身で中を覗き込み、「ごめん下さい。浅岡《あさおか》さんはいらっしゃいますか？」と声をかけた。

女性が七海の方を向いた。

細身で眼鏡をかけた四十代後半くらいだろうか。セーターにジーンズと言うラフな姿だ。

室内は物が少なくがらんとしている。正面には舞台のようなものもあるが、そこで何か演劇めいたものでも行われるのだろうか。

作業台が幾つか置かれ、その周囲に五人ほどの人が座り、熱心に手を動かしている。

「すぐにわかりましたか」

女性は明るい口調で言った。七海は安心した。取材などに行き、露骨に嫌な顔をされることがあるが、彼女はそうではないようだ。

「朝毎新聞の新藤七海です。お忙しいところすみません」

「ここの所長をしています浅岡千恵子《ちえこ》です。健ちゃんのことをお話しする前に、少し案内させていただけますか」

「ええ、もちろんです」

こちらからお願いしたいくらいだ。今までこんな施設を見学する機会はなかった。

「平成十八年四月に『障害者自立支援法』が施行されて、それでこの施設を作ったのです。私自身は、家族に障害者を持つわけではないんですが、以前からお手伝いしていて、法律が変わって補助をもらうためにもNPOを立ちあげないといけないということになって、私が代表になったというわけです」

国は、今まで身体や精神にある障害ごとに支援法を整備してきたが、障害の別なく支援し、自立支援や社会参加を促そうとして制定、施行されたのが『障害者自立支援法』だ。

この法律ではNPO法人（特定非営利活動法人）や営利法人が支援費を受給して、障害者に福祉サービスを提供することになっている。それまでの法律では『措置制度』といい、言わば自治体からのあてがいぶちのサービスしか受けられなかったが、『支援費制度』に変わり、障害者はニーズに応じてサービスを受けられるようになった。

　しかし、サービスを受ける障害者も応分の負担を強いられるようになったため、福祉の切り捨てだという批判が、依然として多い。

　この『ほうぷ』もＮＰＯとして立ち上げ、自治体から支援費の支給を受け、障害者の自立支援サービスを提供しているというわけだ。

「ここには障害の種別なく、通って来ています。ダウン症ばかりじゃないんです」

　浅岡は、はきはきとした口調で話す。細くしなるような体つきで、内部にエネルギーが充満しているかのようだ。

　一つの作業台の前に来た。そこでは男女五人が作業をしている。

「こんにちは」

　一人の女性が七海に挨拶をした。優しい笑みだ。その顔はダウン症の特徴を示している。

「彼女はさゆりちゃんです」

「なんの作業をやっているのですか」

「手帳から紙と金属の部分をばらしているんです」

　さゆりは、手袋をはめた手で、丁寧に金属のバネを外し、ケースに入れ、紙の部分を別のケースに入れている。

「ここには障害認定三級以上の人しか来られないことになっているんです。三級以上というのは、たとえば自分ひとりでは歩行や衣服の着替えなどが困難であると認定された人のことです」

浅岡の説明に反して、熱心に作業をしている中年の男性はとても器用に作業をこなしている。

「あの人は？」

「野村《のむら》さんと言いますが、彼は自閉症なんです。障害の程度は認定を受ければ、三級以下でしょうね。自立支援法は、できるだけ社会で障害者を受け入れようということになっているんで、彼は一般会社に就職したんです。ところが、見かけがあれでしょう？」

浅岡の顔が歪んだ。

「あれ、というのは？」

「一見すると自閉症だとわからないんですよ。それで会社では、なぜ仕事ができないんだ、怠けているんじゃないかとか言われて、苛められ、行き場を失って、家に閉じこもってしまったんです。障害認定級が軽いほど、そういうことが多くあるんです。

理不尽ですよね。それで彼をここに引っ張ってきているんです。ここにいると落ち着くみたいですね」

野村が七海にふりむいた。

「こんにちは」

七海が言うと、「こんにちは」と穏やかな笑みが返ってきた。四十歳を過ぎていると思われるが、その笑顔は少年のように素直だ。

「十八歳以上になって学校や養護施設を卒業すると、行くところがない人が多いんですよ。ノーマライゼーションとかなんとか言って、障害のある人がない人と同じように社会で生き生き暮らしましょうっていうんですが……。どうしても在宅になってしまう……」

浅岡の顔が曇った。

「つまり引きこもりってことですか？」

「なんとか外に出そうとするんだけど、難しいんです。でも引きこもっていては、将来の発展はない。本人も家族もとても辛いんです。ですから私たちのようなＮＰＯが施設を運営して、彼らの生活を援助しているんです。大きな福祉法人にはできない地域のためのきめ細かい生活自立支援を行っているんです」

浅岡の強い口調には、自らの仕事に対する使命感やプライドが溢れていた。

「ねえ、こんにちは。私は、山際一郎《やまぎわいちろう》です。今日も元気でお仕事しています」

隣の作業台から声がかかった。七海がそちらを見ると、細身の青年が立って、手を伸ばしている。握手を求めているようだ。目は生き生きとしている。

「一郎君は、とても明るいんです。訪問する人に挨拶をするのが好きなんですよ」

浅岡の話を聞いて、七海は手を伸ばした。山際はその手を強く握りしめた。痛いと思ったが、顔には出さず笑みを浮かべた。

大柄の青年が視界に入った。立ちあがったまま盛んに頭を振っている。作業をしている様子はない。男性スタッフがつききりになっている。重度の自閉症で暴れることがあるからだと浅岡は説明した。

「不景気で、彼らでもできる、こうした仕事が減っているんで困っています」

「失礼ですが、仕事は楽しいんでしょうか」

七海は思わず聞いてしまった。

浅岡は、驚いたように目を見開いて、「彼らは働くことが大好きです。少しでも何かの役に立ちたいと思っています。また働くことでお金がもらえます。そりゃあ、少ないですよ、一番多い人で月五千円、少ない人は千円から二千円です。このお金で好きな物を買うんです。それが彼らの楽しみなんですよ。百円ショップに行くのが楽しみだっていう子がいます。もちろん貯金だってしますよ」と言った。

「そうなんですね」

七海は、胸の奥の方から熱いものが込み上げて来る気がした。とても健気に生きている彼らが、素晴らしい存在に見えて来たのだ。そして「楽しいんでしょうか」と質問した自分を心底、恥ずかしく思った。

「写真を一緒に撮ってくださいますか」

男性スタッフがカメラを抱えて来た。

「写真、写真」

山際が手を叩いた。すると周りで作業していた彼らも手を休めて、「写真」と言いだした。

「いいですか？」

浅岡が申し訳なさそうに聞いた。

「ええ、でも私でいいですか」

七海は芸能人でも有名人でもない。写真に収まる意味があるのだろうか。

「みんなよろこんでいますから」

男性スタッフの指示に従って七海を真ん中に、その周り、後ろに彼らが並んだ。山際は七海の右隣に立ち、彼女の手を握っている。浅岡も彼らの中に混ざった。

男性スタッフがカメラを構えた。

「はい、笑ってね。チーズ」

「チーズ」

## 4

肉が焼ける音がする。気持ちのいい音だ。食欲をそそる。

「石垣牛だからね」

ママが自慢げに言う。

駿斗と新藤は、銀座の鉄板焼き割烹『よし村』に来ていた。ここは新藤の馴染みだ。値段以上の美味い肉を食べさせるが、やはり銀座だ。貧乏弁護士の駿斗には敷居が高い。新藤に同伴してもらわなければ来ることはできない。

「美味そうだな」

「ねえ、駿斗君、ちょっと元気ないわね」

ママが肉を切り分けながら駿斗を覗きこむように見た。

赤ワインのグラスをじっと見つめていた駿斗がママに顔を向けた。

「いろいろな人生がありますね」

「なにを気取ったことを言ってるのよ。その人生に深くかかわるのが弁護士でしょうが」

ママは励ますように言い、肉を新藤と駿斗の皿に均等に分ける。

「今日はね、駿斗とある殺人事件の被告人に会いに行って来たのさ」

「そうだったの？」

「それがね、死刑にしてくれっていう変わった奴なんだよ」

新藤が赤ワインのグラスに口をつけた。渋くて重みのある好みの味のワインで、いとおしく味わうように新藤の口が細く伸びた。

「死刑にしてくれ？　してやればいいじゃないの。望む通りに。何人殺したの？」

「二人……」

「そりゃ、死刑よ」

ママがあっさりと言う。二人殺せば死刑という相場観は銀座の割烹のママも共有しているようだ。

「それがそう単純じゃないのさ。なあ、駿斗」

新藤が駿斗に呼びかけた。

「そうですね。彼の希望通りに死刑にするのは、ちょっとね。彼は国家に殺してもらって、自殺を図ろうとしているんですね」

「誰を殺したの？　ストーカー？」

ママは、野菜などを焼き始めた。アスパラや茄子や椎茸だ。

「ノイローゼの妻とダウン症の息子だ」

新藤は、箸で肉を摘み、口に入れた。肉汁が溢れる音が口内に響く。

「無理心中なの？」

「まあ、そういうところだな」

「可哀そうだわね。はい」

椎茸、アスパラ、茄子を皿に盛りつけた。焦げ目が美味しそうについている。

新藤はアスパラを齧った。野菜の旨みと鉄板に残っていた肉の旨みとが合わさって、より深い味になっている。

「いいアスパラだな」

「うちは悪い食材なんか使ってないわよ」

「ママみたいな元気な人が彼の周りにいたら少しは変わっただろうにね」

駿斗がしみじみと言った。

「ママだって無理心中と聞いたら、可哀そうだと答えただろう？　だから二人が死んで自分が生き残ったからといって死刑にはできない」

新藤が少し笑って言った。

「まあそうね。なにか悪いことをしようとしたんじゃなくて、自殺だものね。それに至る過程が切ないわね。だれも手を差し伸べる人はいなかったのかしら」

ママの顔が歪んだ。

押川の話を聞く限り彼及び彼の家族は孤独だった。三人で生きて行くと覚悟した通りなのだ。

押川は継母に苛められて育った。産みの母はどこにいるかもわからない。父は高校生の時に亡くなった。そして継母から逃げるように東京に出て来た。

妻の由香里も決して幸せな生い立ちではない。押川の話によると、由香里の両親は彼女が二歳の時に離婚した。姉は父親が引き取り、彼女は母と一緒に暮らすことになった。

母は、貧しさと心労から精神を患い入院してしまった。彼女が中学生の時だ。そのため彼女は、親戚の家を転々として暮らすことになった。地元の高校を無事卒業して、寝具メーカーの事務職として働いている時、押川と見合い結婚をした。押川も由香里も共に両親が離婚し、親の愛を受けずに育って来たのだ。

初めて押川に会った時、深く冷たい湖の底に沈んでいるナイフのような孤独をその表情から感じた。

「誰も信用できませんでした。誰も自分を助けてくれないのだと思って生きてきました」

押川は、接見室の窓越しに言った。表情は固いままで、蠟細工のように変化しなかった。

「信用金庫ではどうだったのですか？　友達とか上司とかいらっしゃるでしょう」

駿斗は聞いた。

押川は力のない目を駿斗に向けて「私はあまり役に立つ職員ではありませんでしたから。特定の人はいません。健太のことも金庫には内緒にしていましたから」と言った。

「三十四年も勤務されていたんでしょう。誰にも健太さんのことを相談されなかったのですか？　人事部にも？　それに誰か仲が良くて信頼している人はいないのですか？　押川さんの弁護をしてくださるような……」

駿斗は驚いた。

「具体的に思いあたりません」

押川は拒否するように言った。

「私は弁護士です。信頼してください。一人くらい押川さんの弁護をしてくれる人はいるでしょう」

駿斗は、押川が弁護を拒否するあまり彼に好意的な上司や友人の名を挙げるのを拒否しているのだと考えた。

「死刑にしてくださるようにお願いします。弁護はいりません」

「何度も同じことを言いますが、押川さん、そういうわけにはいきません。弁護士としてあなたを死刑にするわけにはいきません」

駿斗はきっぱりと言った。

押川は駿斗を見つめ、黙ってしまった。

「墨田信金での仕事振りなどは私の方で調べます。思い出されたら友人やお取引先のお名前などを教えてください。ところでそれだけ友人や上司の名前が出てこないということになりますと、相当、嫌な職場だったのですね。よくそんな嫌な職場に三十四年間も勤務しましたね」

駿斗は、多少皮肉に聞こえるのを承知で言った。

押川は、駿斗から視線を外し、天井を見上げてからため息をついた。

「もう一度伺います。それだけ長く勤務されていたら誰か親しい人がいるのが普通だと思いますが……」

「思い出したくもない職場でした。親しい人は誰もいません。職場に調べに行かれてもきっと誰も見つからないでしょう」

押川は言った。暗い目だ。

「でも調べてみます」

「長嶋さん、今日はもういいですか。なんだか疲れました」

「わかりました。今日はここまでにします。次は事件のことや押川さんを弁護して下さる人を教えてくださいね」

駿斗と新藤は腰を上げた。

「長嶋さん、絶対に死刑にして下さい。そのお約束ができれば、もっとご協力します」

押川は、立ち上がると頭を下げ、接見室から出て行った。

「変な野郎だな。あんな奴、望み通りに死刑にしてやればいいじゃないか」

押川の後ろ姿を見つめながら、新藤が腹立たしそうに呟いた。

「叔父さん！」

駿斗は押川に聞こえたら拙《まず》いと思い、新藤を制止した。


皿の上の肉がほとんどなくなってしまった。

「食ったなぁ。駿斗、腹は膨れたか」

「ええ、もう充分です」

「ガーリックライスはどうする？」

「叔父さんだけ注文してください。僕はいいです」

「そうか。じゃあ、そうするか。ママ、ガーリックライス、一人前」

ママは、「はい、はい」と言い、鉄板でにんにくを炒め始めた。

「なあ」

新藤は、駿斗に寄りかかるようにして尋ねてきた。

「なんでしょうか」

駿斗は、赤ワインを飲んでいた。

「弁護士は、依頼人の要請に忠実でないといけないんだろう？」

「そうですよ」

「だったら死刑にして欲しいと言っているなら、そのように行動するのが弁護士じゃないのかい？」

ママが、鉄板でご飯を炒める音が聞こえる。にんにくと混ざり合った香ばしい香りが漂ってくる。

「ちょっと違うかもしれませんが、被告人が無罪なのに有罪にして欲しいと言ってくる場合があります。例えば生活苦で刑務所に入りたいために犯罪を偽装したような場合、あるいは真犯人をかばっているような場合などです」

駿斗は、新藤に視線を向けた。

「面白い事例だな。そういう場合はどうするんだ？」

「とても難しいんです。罪を犯していないことを知ってしまったら、やはり弁護士として有罪の主張をする訳にはいきません。偽証になってしまいますから、被告人を説得するしかないでしょうね。冤罪《えんざい》に加担することはできない。もし誰かをかばっている場合はどうか、ですが、その場合はもっと難しい。有罪の主張はできないし、起訴もされていない人物を罪の確証もなく身替わりですよと訴えることもできない。依頼人の犯人隠避《いんぴ》行為を明らかにして、罪に陥れることはできない。このケースでもやはり説得するしかないのかなと思います」

「すると今回の押川のケースも奴を説得するだけか？」

ママが飯椀にガーリックライスを盛った。食欲をそそる焦げ目がついている。

「そうなりますね。殺人事件ですから死刑もあり得ます。しかし、弁護人の立場で積極的に死刑を望むわけにはいかないでしょう」

駿斗は、赤ワインを口に含んだ。

新藤がガーリックライスに箸をつけた。

「刑法第一九九条、人を殺した者は、死刑または無期、もしくは五年以上の懲役に処す、だよな？」

「なにが言いたいんです。叔父さん」

駿斗は新藤を見た。

新藤が、駿斗を見た。頬がガーリックライスで膨らんでいる。

「奴が死刑に値すると思うに足るような事実などが出てくりゃ、死刑にするべきだと言えるんじゃないか。それが依頼人の要請にも適合し、弁護士は委任の趣旨に関する依頼者の意思を尊重して職務を行うものとするという弁護士の職務規程にも合う。奴は無罪じゃない。無罪を有罪にしてくれと言っているわけじゃない。その逆の有罪なのに無罪にしてくれと言っているわけでもない。有罪、それも死刑もあり得る殺人を犯したんだ。適正な責任を負わせてほしいと願っているんだ。お前は、端から過去のケースから見て死刑はないと考え、また弁護とは依頼人の量刑を軽くすることだと思い過ぎているんじゃないのか。奴が犯した妻と子を殺したという行為は、本当に死刑に値するのかということを検証すれば、いいんじゃないか」

新藤の口からガーリッククライスが少しこぼれ落ちた。

駿斗は、身体を固くして新藤を見つめていた。赤ワインを飲んだ。

「そうですね……。そういう考え方もありますね」

## 5

私は、他人を信じることができない性格だった。それは記憶にない時に実母に捨てられ、継母には苛められ、父にも愛されなかったからだろう。

両親の愛を受けた記憶がない。それが他人を信じられない、疑ってしまう性格を作りあげたに違いない。

高校、大学、社会人となっても、私に対する他人の評価は、根暗、何を考えているか分からない、心を開かないというものだった。

自分でもこの性格が嫌いで、人格改造を試みたことがある。そのきっかけになったのは、大学時代に一時期、つきあったミカだった。

ミカとは同じ授業を取っていた。たまたま並んで講義を聞いていた。小柄で、華やかな雰囲気がする女性だった。私は、ちらちらと盗み見するように見た。目鼻立ちがはっきりしている。盗み見する度にいい香りがする。グレープフルーツのような爽やかな香りだ。

「出ますか？　あまり面白くないですね」

ミカが突然に言った。私が盗み見していることに気づいていたのだろう。

「は、はい」

私は動揺した。まさか声をかけられるとは思わなかったからだ。

「じゃあ、出ましょう。教授が背中を見せたときがチャンスよ。大丈夫？」

「大丈夫です」

私は、教授を穴のあくほど、強く見つめた。背中を見せろ、と念を送り続けた。

教授が、くるりと踵を返した。

「今よ」

ミカが立ち上がった。

私も急いで立ち上がった。

後は、出口に向かって一気に走った。

大教室の外に出て、肩で息をした。あれは風が気持ち良かったから、大学入学直後の五月のことだっただろう。ミカが声を上げて笑った。私も笑った。初めて女性と顔を見合わせて、笑ったのではないだろうか。

「私、葛岡《くずおか》ミカ。あなたは？」

「僕、押川透」

私は思い切って彼女を食事に誘った。ミカは承諾し、私たちは学生街のレストランに入った。何を食べたのかは、今となっては記憶にもない。しかし、アルコールの力も借りて、深夜まで語り合った。ミカは饒舌《じょうぜつ》で、それに刺激されたのか、私も自分の人間性が変わってしまったのかと思うほど饒舌になった。

ミカとの間は急速に縮まった。もう饒舌は不要だった。必要なのは、若いエネルギーだけだった。会うとセックスをする仲となった。私は、彼女と結婚したいと思った。そうしないと彼女がどこに飛んで行くか不安でたまらなかった。

「別れましょう」

突然、ミカが言いだした。

「どうして、僕はミカを愛している。今にも泣き出さんばかりだった。

私はミカの手を取って、今にも泣き出さんばかりだった。

「結婚？　馬鹿なことを言わないでよ。あなた、うざいのよね。なんて言うのかな、暗さが身体に沁み込んでいるの。あなたと抱き合っていると、暗さが私の毛穴《けあな》から入ってくる気がするのよ。別の人と付き合っているから、もう今日限り」

私はミカと出会い、明るく饒舌な、そして少し軽薄な人間に変わったはずだ。少なくとも自分では人格改造に成功したと信じていたのに強い衝撃を受けた。

ミカは脱ぎ散らかしていた服を摑《つか》むと、呆然とする私を無視して着始めた。

「ミカ、別れないでくれ」

私は、ミカの肩を摑んだ。

「痛いわね。止めてよ」

その目は、私を憎むような光を放っていた。つい先ほどまでの優しい光はない。いとも簡単に裏切られた。こんなに人は変わることができるのだ。怒りが沸々と湧いてきた。

「ミカ……」

「もう、新しく付き合う人ができたの。だから私のことは忘れて。付きまとわないでよ」

ミカは、ゴミを払うように肩を摑んだ私の手を払った。

その時、私の意識が急に遠のいた気がした。無意識に手が上がり、その手が下りると、ミカの身体が目の前から飛んだ。悲鳴が上がり、「なにすんのよ」とミカが叫んだ。

私は、自分の手をじっと見つめた。初めて女性をこの手で殴った。ミカの顔と継母の顔が二重写しになってしまったのだ。

ミカは去って行った。

私は、また裏切られた。ミカに気に入られようと努力した。愛していたし、愛されていると信じていたのに……。悲しいのだが、涙は出ない。もう誰も信じない。信じなければ、裏切られることはない。心を閉ざすのだ。本当に信じ合える人と出会うまで……。

友達のいない残りの大学生活を送り、運良く信用金庫に就職できた。そこでも私は心を閉ざしていた。

仲間と遊んだり、研修を受けたりするのは他人と同じだ。表面的には誰かと違うわけではない。ミカから暗いと言われたことの反省から笑みは浮かべるようにしていた。おかげで穏やかな人と言われていた。

しかし友達は作らなかった。恋人もいなかった。仕事はそつなくこなしているつもりだったが、営業には向かないと感じていた。ノルマを与えられ、預金や融資先を獲得することに喜びを見いだせなかった。いくら笑みだけ湛えていても、そうした性格は幹部には分かったのだろう。そのうち私は支店内部の事務処理担当になった。普通預金や定期預金の事務処理を担当するのだ。この仕事は私に向いていた。一日中、誰とも話さなくてもよかったからだ。コンピューターと向かい合って、ひたすら伝票を処理し続けた。気がつくと一日中、誰とも会話しない日が続いた。同年代の若い職員達は運動で汗を流し、旅行に行き、共通の時間を過ごした。当初は私も誘われたが、私は他人と深く関係することでミカの時のように裏切られるのを警戒して、一緒に行動しなかった。その内、声をかけられなくなった。どうせ、あいつは来ないからという嫌味な声が耳に入ったが、私は気にせずひたすら与えられた仕事をこなしていた。

営業に回らないかと言われたこともあったが、やんわりと拒否した。その結果、私は出世ということからは完全に見はなされて行った。それでよかった。出世をすれば多くの人と関わり合うことになり必ず裏切られることが多くなる。それを避けたかった。

「なんだか根暗ね」

私の周りで女子職員達がささやいているのが聞こえた。

私が積極的に他人と関わりを持とうとしないことが根暗と思われたのだろう。それでよかった。私は一人だ。一人で生きて行くのだ。それが運命なのだ。父母に捨てられた時から、私の運命は他人とかかわらずに生きて行く方向に決められていたのだ。それが私に相応しいし、私にとって心地よかった。

ところがそれを変えたのが由香里との出会いであり、結婚だった。

由香里は初めて会った時から、私と同じ匂いがした。心の深いところに孤独を抱えていた。私たちはたちまち意気投合し、結婚した。昭和五十七年二月のことだった。身内だけのささやかな結婚式だったが、由香里の花嫁姿は美しく華やぎ、それを見ているだけで私の人生が変わるのではないかと期待を抱かせた。

由香里を守って生きて行こうと誓った。

「幸せになろうね」

初夜の床で、私は由香里の手を握り確かな口調で言った。由香里は、私の目をまっすぐに見つめて「はい」と答えた。

その時、由香里の身体からは神々しい光が発せられ、周囲を明るくした。神が降りて来たのではないかと私は目を疑った。嘘でも幻覚でもない。それくらい私は幸せだったということだろう。

これからは人を信じることができるかもしれない。由香里と一緒に人生を変えることができるかもしれない。そう思った。私は、由香里を抱いた。

翌年の二月、健太が生まれた。

勤務先を早めに退出して、由香里の入院している産婦人科に飛び込んだ。

「やったな、偉いぞ」

私は、部屋中に響き渡るような声で由香里を誉めた。健太は由香里の胸に抱かれて眠っていた。丸々と太って、三千三百グラムもある、見るからに健康そうな男の子だった。

「あなた」

由香里が私を見つめた。幾分、浮かない顔をしている。疲れているのだろうと思った。弾んだ気持ちに水を差された気分になった。

「よく頑張ったな」

「あなた、ちょっと聞いて」

「なんだい？　なにかお祝いに買って欲しいのか」

「いいえ」

由香里は首を振った。悲しみが浮かんでいる。

「どうした？」

私は不安になった。健太を見た。

「お医者様がね」

「医者がなんて？」

「この子は少し他の子供と違うかもしれない。検査してみるが、ダウン症かもしれないとおっしゃったの」

由香里が健太の頭を支えて、動かし、顔を私に向けた。

「ダウン症？　それってなんだ？」

私は自分の足が細かく震えるのがわかった。

「この子の顔を見て」

「健太の顔か？」

「ダウン症の特徴が出ているというの」

由香里は寂しそうに言った。

私にはよくわからなかった。赤ん坊の顔などみんなどこかおかしいところがある。由香里からダウン症の特徴が出ていると言われてもはっきりとわからなかった。

「ごめんなさい」

由香里の目から一筋の涙が流れた。

「なにが？」

「丈夫な子を産めなくて」

「馬鹿なこと言うな。まだはっきりしているわけではないんだろう。大丈夫だよ」

私は由香里の額にキスをした。

「ありがとう。あなた」

「どんな子であろうと、俺たちの子だ。一生懸命育てよう、世界一幸せな子供にしようじゃないか。俺も頑張るから」

私は言った。

由香里の目からもう一筋、涙が流れた。

退院の時、私と由香里は医者から健太についての説明を受けた。

健太はダウン症で、知的障害が発生する可能性があること、合併症として心臓の機能が弱く二歳くらいまでしか生きられない可能性が高いことを告げられた。

「短い命かもしれません。精一杯、可愛がってあげて下さい」

医者は言った。

その声は優しく慈愛に満ちていたが、私には悪魔の声のように聞こえた。

――もし神さまというものが存在するなら、私をどこまで裏切り続ければ気が済むのだ。私は幸せになってはいけないと言うのか。

医者の声を聞きながら、見えない何者かに恨みをぶつけていた。

由香里と一緒になることで、私はようやく心を開き始めようとしていた。由香里のためにも周囲の人たちを信頼し、良い関係を結び、人生を前向きに生きようと思っていた。

ところがそんな私の決意をあざ笑うかのようにダウン症という障害児を神は私に授けた。幸せになろうという私の気持ちを裏切ろうとしているのか。

「あなた……」

由香里は、医者の言葉に衝撃を受け、涙を流している。

「泣くことなんかあるか。健太は私たちの子じゃないか。大事に育てよう。三人でしつかり生きて行こう」

私は強く言った。

しかし由香里を励ましながらも私の心が暗く沈んでいたことを告白しなければならない。なぜ健康に産まれて来てくれなかったのだ、なぜ私の子が障害を持って生まれて来なくてはならないのか。

なぜ、なぜ、なぜ……。私は冷静ではいられなかった。もう誰も信じない。何かを期待したら、幸せを期待したら裏切られる運命なのだ。三人で誰にも頼らず生きて行こう。それしかない。

「なにかあったら相談して下さい」

医者が眉根を寄せて言った。

心が冷えて行くのをどうしようもなかった。

# 第四章　希望なき子

## 1

「駿斗、何を読んでいるんだ？」

新藤が『江楽』に出前を頼んだラーメンを食べながら聞いた。

「これですよ」

駿斗は、本の表紙を見せた。さほど厚くない。テキストブックのようだ。

「『ダウン症は病気じゃない』。ああ、ダウン症の本か？」

「ええ、僕のような素人にもよくわかるように書かれています」

「でもさ、ダウン症って染色体異常なんだろ」

新藤は、音を立てて麵を啜った。

卵子と精子が結合し、それが細胞分裂を行い、個体を形成していく。細胞には四十六本の染色体がある。もしこれがそのまま結合すれば九十二本の染色体を持つ細胞になってしまう。これでは遺伝情報が正しく伝わらないため、卵子や精子は減数分裂し、染色体数を二十三本と半分にする。そのお陰で受精卵は四十六本の染色体が維持される。ところがその際、卵子または精子の染色体が二十四本になってしまうことがある。この偶然の事態はかなり頻繁に起きていると言われているが、何番目の染色体に異常が起きるかによってさまざまな変化や疾患が引き起こされる。ダウン症は、そのうち二十一番目の染色体が一個多くなるものだ。

ダウン症という名称は、一八六六年に英国の医師ジョン・ラングドン・ハイドン・ダウンがこの症状を発表したことに由来している。今では千人に一人の割合で発症すると言われている。

「染色体異常は病気ではないんです」

「もっと詳しく説明してくれよ」

新藤は、ラーメンを食べ終わったのか、れんげでスープを掬って飲んだ。

「アトピー体質や糖尿病体質と同じ特異的な体質を表わすことばと理解した方がいいと、この本を書かれた飯沼和三先生はおっしゃっています。病気じゃなくて体質だと理解したら、悪い症状が出ないようにすればよいということのようです」

「なんだかそう言われると、気持ちが軽くなるな」

新藤は、最後はラーメン鉢を持ち上げてスープを最後まで飲みきった。

「叔父さん、そんなに最後まで飲んでしまうと、腎臓病になりますよ」

駿斗が顔をしかめた。

「大丈夫だよ。健康診断でお墨付きの身体だからな」

新藤は軽くげっぷをした。

「この本によるとダウン症の子供が生まれたからと言って絶望的になったり、悲観したりすることはありません。ダウン症というと、すぐに知的障害と結びつけがちですが、そうとは限らないようです。普通に大学を卒業している人もいますし、芸術などの分野で才能を開花させる人もいます。また感情面では相手の気持ちを読む能力が抜群だと言われています」

駿斗の説明に、新藤は感心したように「ふーん」と言った。

「だから逆に両親があまり悲観しすぎると子供の発育に悪い影響があるようです」

「ということはさ、押川が健太さんのことを生きる意味さえ理解できなかったって言っていたけど、十分に理解していたことになるわけ？」

「生きる意味なんて私だってまだまだ分かりませんよ。いずれにしても健太さんは、相手の気持ちを察する能力に長けていたのですから、自分が両親の負担になっていたことも十分に理解していたんじゃないでしょうか？」

駿斗は悲しい表情をした。

「まさか眠った振りをして押川に殺されるままになっていたとしたら、それは悲しいな」

新藤は暗い表情になった。

「ダウン症は、病気ではなく体質なのですから」

「押川はダウン症への理解が足りなかったということだな。健太さんのことを生きる意味さえ理解できないと言い切ってしまうなんてことは、彼の傲慢さなんだ」

新藤の表情に僅かに怒りが浮かんだ。

「彼は死刑にして欲しいと言いましたね。僕は弁護士です。いくら依頼人が死刑を求めようと、彼の量刑を軽減するように働かねばなりません。でも人間が犯罪を、特に殺人という究極の罪を犯した場合、法律では外形的に罪を裁き、量刑を決めることができますが、本当の罪や量刑は自分自身で決めることではないでしょうか」

駿斗は眉根を寄せた。

「自分自身で罪、量刑を決める……」

新藤が駿斗の言葉を繰り返した。

「ええ、叔父さんが、死刑に値するのかどうかを検証すればいいんじゃないかとおっしゃったので、考えたのですが、押川は父親として当然に果たすべき義務を放棄したのではないか？　殺人を犯さなくてもよかったのではないか？　実は自分の行為は止むを得ないことで、反省も後悔もしていないのではないか？　そう考えたのです」

「俺も同じだ」

「だから僕は彼に本当の後悔、本当の反省をしてもらい、自分が選択するべき道は殺人以外にもあったのではないかということを心底から理解してもらおうと思います。その上で罪や量刑は自分自身で考えればいい。そうではありませんか？」

駿斗は目を輝かせた。自分の考えが整理でき、腹に落ちたようなすっきりとした気持ちになってきた。

「ただいま」

事務所のドアが勢いよく開き、七海が入ってきた。

「おう、七海。取材は進んだか」

新藤が相好を崩して言った。

「ばっちりよ」

七海が笑顔で答えた。

事務所の空気が一変するほど明るくなった。

七海は、健太が通っていた支援施設『ほうぷ』の代表である浅岡千恵子から聴取したことを駿斗たちに話した。

「とても楽しそうに通っていたらしいわよ」

## 2

＊

──事件のことはどう思いましたか？

（浅岡は七海の顔をしっかりと見つめた）

事件のことを聞いた時はとてもショックでした。どうして、なぜっていう気持ちで胸が潰れそうになりました。

どうして私たちにもっと相談してくれなかったのか、私たちはあの押川さん一家の苦しみをもっと分かってあげることができたのではないかと悔みました。

──事前に何か兆候はなかったのですか？

（浅岡は首を傾げ、考えている様子だ）

由香里さんは、いつも連絡帳を丁寧に書いてこられるんです。連絡帳というのは

『ほうぷ』とお家の方との間で情報を共有しようという目的ですので何を書いてもいいんですが、たいていのお母さんは、さほど詳しく書かれません。まあ、毎日のことですから面倒ですもんね。

(浅岡はちょっと笑った)

でも由香里さんは違いました。きれいな字で、本当に丁寧に書いてこられるんです。健太君が何を食べた、どんな音楽で笑った、庭にいた虫を見て驚いたとか、とにかく細かく書いてこられるので健太君のお家での様子が、こちらにも手にとるように分かったものです。そうそう、家族で映画に行ったとか、食事に行ったとかの記述もありましたから、仲の良い家族だなと思っていました。

でも……。

(浅岡は眉根を寄せた)

最後の連絡帳には「明日休みます」とだけだったんです。

──他には何も書いていなかったのですか?

ええ、ふっといつもとは違うなと思ったのですが、そのままにしていたんです。お父さんから休ませるという連絡はあったのですが、由香里さんからは翌日も、その翌日も連絡がない。ちょっと心配になってスタッフの会で、明日連絡しようということになったんです。まさか、あんな事件が起きるとは思ってもいなかったんです。

あの夜のことです。お父さんから電話があって、「もう一日休ませてください」って……。「健太さんの具合が悪いんですか」ってお尋ねしたら、「そうじゃない」と。「何か問題が起きているのでしたら、スタッフになんでもおっしゃってください」って申し上げたんですが……。お父さんは、何も言わずに電話をお切りになって……。

(浅岡は、ハンカチを取り出して眼鏡を外し、目を押さえた)

実は、それまでお父さんと言葉を交わしたことはなかったのですが、今、思えば、暗い声でしたね。なんだか聞いているこっちの気持ちが沈んでしまいそうになりました。

……あの時、事件は起きていたんですね。

——健太さんはどんな人だったのですか？

とても明るくて、音楽やダンスが好きでしたね。音楽に合わせて踊りだしたり……。この『ほうぷ』でも人気者でした。食欲も旺盛で、かなりポッチャリしていました。

(すこし浅岡の表情に陰りが出た)

でも我儘な面がありましたね。由香里さんが、可愛い、可愛いで育てたんでしょうね。時々、我儘になって私たちの言うことを聞かなくなることがありました。

　ダウン症は知能が遅れていると思われていますね。でも必ずしもそうじゃないんです。ちょっと時間がかかるだけなんです。だから普通の子供に教えるのと同じこと、たとえば他人に迷惑をかけてはいけないとか、協調性を大事にしなくちゃいけないとかを繰り返し教えればきちんとできるようになるんです。

　――健太さんは教えられていなかったのですか？

　ええ、突然、テーブルの物をひっくり返したり、壊したり、静かにしなくてはならない時に騒いだり……。由香里さんも時々、昨日、健太さんに髪を引っ張られたと痛そうにして来られることがありました。暴力を振るわれたんでしょうね。もう少し躾をした方がいいのにと思ったことがありましたね。健太さんは、自己中心的なところがあって、由香里さんの気持ちをあまり考えたりしなかったのではないでしょうか。甘えていたのでしょうね。身体の悪い由香里さんは大変だろうなと思っていました。

　――お母さんの由香里さんはどういう人でしたか？　身体の具合も悪かったのですか？

　健太さんは、由香里さんが親しくしていたお友達の友納喜代美さんの紹介で『ほうぷ』に来られたんじゃなかったかな。

由香里さんは、とても明るい人でね。気を遣う人だったと思います。スタッフによくお菓子をプレゼントして下さったですね。もともと心臓が悪かったようです。最近、顔色が悪かったようですから、かなり悪くなっていたんじゃないですか。『ほうぷ』に来られたときも肩で息をされていたことがありました。健太さんは、どんどん力が強くなるし、辛かったと思います。

いつも笑顔でピュアな印象でしたね。でも……、明るすぎる気がしましたね。

(浅岡は首を傾げ、顔をしかめた。何かを言おうと思うのだが、躊躇する気持ちがあるのだろうか)

——明るすぎる?

ええ、あまりにもね。やはり障害を持つ子供がいるってことは簡単なことではないですよ。悲しいことや悩むことがいっぱいあるでしょう。そんなことを友達に吐き出しながら暮らしていたりするのです。由香里さんは、いつも明るくて、辛い顔をしたり、悩みを吐露することがなかった。もっと自分をさらけ出してもいいのにと思っていました。

でも健太さんのことを本当に可愛がっていましたね。小さな時はいいんですよ。我儘でもね。思春期などがやって来る。反抗期もありますし、性的にも成熟してきます。マスターベーションなども覚えてきます。これらもちゃんと教えなくてはならない。でも由香里さんはそれをやらなかったようですね。誰にも相談しない。私から言わせると、健太さんの中から怪物のようなものが出て来るようになったのではないでしょうか。怪物というか？　由香里さんではコントロールできないものだと考えてください。それでも由香里さんは誰にも相談しなかった。それではいけないんです。

(浅岡の口調が強くなった)

——マスターベーションも教えるんですか？

(聞きながら七海は恥ずかしさを覚えた)

勿論です。

(浅岡は、きりっとした目で七海を見つめた)

ダウン症の性的衝動は健常者と同じです。好奇心も旺盛で、同じダウン症の仲間同士だと猥談もします。世界的にもダウン症の人が結婚する例も増えて来ています。しかし、施設で悪戯されたり、近親姦など性的虐待を受けた結果の妊娠も少なくありません。こうしたことを防ぐことも大きな課題ですね。

ダウン症の子供は、心臓疾患を持って生まれて来るのが四十％だと言われています。他にも合併症を抱えて生まれてくる場合が多い。医者が、二歳ぐらいまでしか生きることができませんなどと言うこともあるそうです。でも医療が発達した現在では適切に治療すれば長生きすることができます。今では五十歳以上になるダウン症の人も普通にいらっしゃいます。すると親は、ただ可愛いと言っているだけではなく、彼らが大人になって行くんだという想像力と自覚をもって教育して行かねばならないんです。普通の子供の教育だってそうですよね、成人になってから慌てても遅いんです。親がきちんと教育していないと、引きこもりのようになってしまう場合があります。そうなっては本人も家族も大変なんです。

健太さんは、楽しく『ほうぷ』に通っていましたが、いつまでも子供のままで大人になる教育が足らなかったように思います。親の責任とはいえ、家族にとっては大変なときがあったでしょうね。

——お父さんの押川透さんはどうですか？　どういう方でしたか？

どういう方かはわかりませんが、実は、お父さんには同情が集まりませんでしたね……。

(浅岡は突き放したように言い、考え込むように眉根を寄せた)

——どういうことですか？

事件の後、同じようにダウン症の子供を持つお父さんに減刑嘆願書を出しませんかとご相談したんです。でも皆さん、反対でした。

あるお父さんがその理由をおっしゃいました。

「同じような障害のある子供を持って暮らし、自分が年老いていなくなった後、この子はどうなるんだろうと、絶望にとりつかれることがたびたびあります。いっそ、この子を殺して自分も死んだ方がどれだけ救われるかと思うこともあります。でもこの子にも人生がある、その人生を親が勝手に奪うことはできないと思い、踏みとどまっているんです。健太さんは殺されることなんかなかった。これは親が育児放棄したのと同じです。障害があるからと言って許されることではない。究極の虐待、父親として許せない。嘆願書なんか出すことはできません。父親失格ですよ」

＊

「究極の虐待、究極の育児放棄、か……」

新藤が七海を見つめた。

「俺たちは特別に考えすぎていたのかもな」

駿斗が呟いた。

「そうなのよ。なにも特別なことはない。一般的な教育と同じように、みんなで助け合って、子供を教育してこそ社会性が身につくわけ」

七海が強く言った。

「でもそこにはそれぞれの苦労があるんだろうね。その苦労を放棄したと見なされる押川にお父さんたちの同情が集まらないのはそのせいだ」

「どんな辛さがあったとしても子どもを殺していい理由なんてないからよ」

「押川はあまり健太さんの教育には関与していなかったのだろうか」

「その可能性は高いわね。『ほうぷ』でも接触はほとんどなかったみたい。勤めを辞めて、健太さんの世話をしようと思ったのはいいけど、思っていた以上に大変で上手くいかなかったんじゃないかな」

七海が首を傾げた。

駿斗は目を閉じた。思いつめたような押川の顔が浮かんできた。

「健太さんは我儘になっていた。大人しい時はいいけど、扱いにくくなった時の健太さんは大変だったのかもしれない。そんな時、押川はどう思ったのだろう。由香里さんを助けようと勤めを辞めたのはいいけど、家庭は自分が思い描いていたものではなかった……」

「それで殺して何もかもゼロにしちまおうと思ったのかもしれないぜ」

新藤の視線が強くなった。

「押川は家庭的に恵まれない育ち方をした。親の愛を知らずに育った。だから自分が家庭を持ったときには理想の家族を作りたいと思ったはずだ。父親は尊敬され、家族を守る。妻でもある母親は優しく、明るく、育児に専念する。子供は賢く、父母を大切に思う。ひょっとしたらそんな現実ばなれしたような理想の家族を思い描いていたのかもしれない」

駿斗はじっくりと考えつつ、言葉を選んだ。その姿は押川になり切っているように見えた。

「ところが理想と違った……」

七海が呟いた。

「由香里と結婚して、明るく、希望に溢れた家庭を築くつもりだった。しかし、生まれた健太はダウン症だった。それでも彼は理想の家族のために働いた。でもそれは子育てを由香里に押しつけただけで、自分は仕事をしていただけなのかもしれない。健太と向きあうことから逃げていたとも言える。そのうち健太は我儘になっていく。時折、暴れたり、騒いだりして由香里を苦しめる。押川は、もう一度、理想の家族を築き直そうと、勤めていた信用金庫を早期退職し、家庭に入る。父親は権威があり、家族から尊敬される、愛に溢れた理想の家族……。しかし、現実はそうならなかった。

彼自身が苛々し、家族に当たるようになった。由香里は精神を病み、押川に殺してくれというようになる。それで一気に清算を図った。ダウン症の子供がいなくても、どこの家でも起こりうる悲劇だよ」

駿斗が新藤と七海を見た。

「それじゃあ、押川が信用金庫を辞めずに勤めていた方が、良かったってことになるのか」

「今まで家庭から逃げていた、関わりを避けていた押川が家庭に戻ったことで、逆に家族全体のリズムが壊れたのではないでしょうか。それで彼は、心中という形で全てを壊してしまった」

「許せないわね。身勝手じゃない」

七海が憤慨したように唇を尖らせた。

「押川が自分のことを死刑にして欲しいと言っているのは、心の深い部分では、今回の事件は自分がなにもかも清算したくなった身勝手さの結果なんだ、同情なんかしないでくれと言っているのかもしれない」

「叔父さんの言う通りです。僕たちは押川に同情してはいけないのだと思います。押川はなぜ妻を殺し、健太さんはなぜ殺されなければならなかったのか、健太さんと奥さんの立場に立って、この事件を考えて行く必要があると思います」

駿斗は強い口調で言った。

「健太さんに代わって押川を裁くのね」

七海が頷いた。

「僕は弁護士で、押川を守らねばならないんだけど、健太さんに代わって押川を裁かなければならない役目があるのかもしれない。それは押川の依頼にも沿うと思う。難しいけどね」

駿斗は七海を見つめた。

「ねえ、いい人に会ってみない。ダウン症などの障害児教育の専門家よ」

3

京浜急行に乗り、東京湾沿いを走り、ＹＲＰ野比《のび》駅に着いた。駅の改札を出ると、冷たい風に乗って潮の香りが漂ってきた。すぐ目の前が海だ。

「ここから歩いて二十分くらい」

七海が両手を伸ばし、潮風を身体一杯に吸い込んでいる。

駅前にはうどん屋とラーメン屋、居酒屋がぽつりぽつりとあるだけ。曇り空の下では寂しい景色だ。

「お父さんもいないし、腕を組んで歩く？」

「僕と？」

「そんな嫌な顔をしないでよ。駿斗は運動しないから、ちょっと歩く方がいいと思ったのよ」

「運動はしない。あまり余分なエネルギーを使うと身体に悪いからね。タクシーはいないのかな」

駿斗が道路の方に目をやった。

運良くタクシーが走ってきた。

「タクシー」

駿斗が手を上げた。

「せっかく海沿いの道を歩きたかったのに」

七海が不満そうに呟いた。

「さあ、乗って。行くよ」

駿斗は七海の愚痴から逃れるようにタクシーに乗り込んだ。

二人が向かうのは『独立行政法人　国立特別支援教育総合研究所』だ。ここはハンディキャップのある子供の教育や支援体制の研究等を行っている。

この研究所に七海の知り合いだという牧瀬《まきせ》謙一《けんいち》博士がいる。七海とは取材で知り合ったらしい。

「とてもいい人よ。きっと今回の事件のこと、関心を持つから」

七海に引っ張られるようにして駿斗はやってきた。

タクシーは海沿いの道を走る。前方の岬に白い煙突が見える。発電所の煙突だ。

「あれは？」

「東京電力の火力発電所の煙突ですよ」

運転手が言う。

発電所というのは火力も原子力も人の住む場所から離れて作られている。孤高を保っているようで、曇り空を背景に厳しい空気を漂わせている。

駿斗は、押川のことを考えた。彼は、どうして社会に救いを求めなかったのだろうか？

身体の弱い妻を入院させ、健太を施設に預けるなどの手段を講じれば、殺人という究極の手段を選択しなくてもよかったのではないだろうか。

孤高を保つ発電所の姿が押川と重なって見えたのかもしれない。

「着いたわよ」

タクシーが止まった。

白い壁の建物で、一見すると病院かと思う建物だ。

七海は、ここに来たことがあるのか、さっさとエントランスに向かって歩き出した。駿斗はタクシー料金を支払って、その後を追いかけた。

受付で用件を伝える。しばらくすると、にこやかな笑みを浮かべた男性が近づいてきた。

「牧瀬先生、ご無沙汰しています」

七海が弾んだ声であいさつし、ぺこりと頭を下げた。

「ようこそ、こんな遠いところまで。ご足労願って申し訳ありませんでした」

穏やかな優しさに包まれた雰囲気の男性だ。

「お時間をいただき感謝しています。長嶋駿斗です」

駿斗は名刺を差し出した。

牧瀬も名刺を出した。上席総括研究員、医学博士とある。

「医学博士なんですね」

駿斗は、牧瀬のことを教育関係の研究者だと思っていた。

「小児科医からこの道に入りました。まあ、ここではなんですから研究室へどうぞ」

＊

牧瀬の研究室で駿斗は押川の事件の概要を説明した。

——こういう事件はめずらしいのですか？

（牧瀬の顔から笑みが消えた）

例外的な事件とは言えません。子供が親に殺されると言うのは、まさに究極の虐待です。

——私もそう思っています。

知的障害がある子供の虐待のリスクは他に比べて高くなります。言うことを聞かない、愛情をかけてもそれに応えてくれないなど、親との良好な関係性を築くことができないことが多い。その結果、虐待や養育放棄などの事態が日常的に起こっています。

現在、児童養護施設には三万人くらいの子供がいるんですが、そのほとんどが虐待、養育放棄された子供です。

——押川の場合、彼が退職し家庭に関与するようになってから事態は深刻化していったように見えるのですが。

団塊の世代によくあるのですが、家庭は奥さん任せ、自分は仕事という状態ですね。社会的にもそれは容認されている家庭のスタイルです。障害児を持つ家庭は、お金を稼ぐだけでは解決しない。

——具体的にはどういうことですか？

表現が適切かどうか不安ですが、どこかで折り合いをつける必要があるということです。生活が安定する『閾《いき》』というものを家族で探さねばならないと思います。これは自宅で老人を介護している場合も同じですね。

障害児は、家庭と学校、施設を往復する生活がほとんどです。同じ生活のパターンを繰り返します。それがとても重要なんですね。このパターンが乱れると、生活全体がおかしくなってしまうことがあります。

押川さんは、会社を辞め、家庭に入って戸惑われたに違いありません。

初めて我が子の昼間の姿を見られたんでしょう。なんだこんなこともできないのかと驚き、苛々を顔に出されたこともあるんじゃないでしょうか。健太さんがパニックを起こしたら、おそらく力ずくで対応されたと思います。それが教育だと……。すると健太さんは怯えて、一層、お父さんから心が離れて行く。どんどん悪循環に陥って行く……。こんな家庭の姿が浮かんできます。

「なんだ、こんなこともできないのか。お前、何を躾けていたんだ」

食事中だった押川が突然、怒鳴りだした。

部屋の中に便の臭いが充満したからだ。

健太は、何事もないような顔をして食事を続けているが、明らかに着衣のままで排便したに違いない。

由香里が慌てている。

「健ちゃん、トイレ、トイレ」

体格のいい健太を、細くて華奢な由香里が抱えるようにしている。大木に摑まっている蟬のようだ。こっけいさと哀れさを感じる。

「トイレじゃないだろう。風呂場に連れて行け」

押川は立ち上がり、健太に近づく。

「健太、飯を食うのを止めろ」

目を吊り上げ、健太から無理やり箸を奪う。こうでもしないと食事を止めない。今夜は健太の好物のメンチカツだ。

「わーっ」

健太が騒ぎだす。箸を奪われたことを怒っているのだ。

「ウンチの始末をしないとダメだろう。分かるな健太」

押川が健太の顔を覗きこむようにして言う。押川にしてみれば、精一杯、穏やかに言ったつもりだ。

「あっ」

押川は叫ぶ間もなく健太の太い腕で突き倒された。床に背中から倒れ、後頭部をしたたか打った。一瞬、気絶しそうになるほどの衝撃だった。

頭を押えながら健太を見上げると、椅子から立ち上がり、興奮した顔で押川を見ている。ズボンの裾から、何かが流れ出ている。黒く、どろりとしている。

便だ。柔らかい便だ。

「この馬鹿！」

押川は、平手で健太の頬を思い切り叩いた。

「止めて、あなた」

由香里が押川の腕を摑んだ。

「この年になってトイレも満足にできないんだぞ、こいつは。叩かないと分からないだろう。甘やかすな」

「止めて、止めて、ちゃんとやるように言いますから」

由香里は泣いていた。

押川は荒い息をようやく整えた。

健太は、叩かれた頬に手を当て、力のない目で押川を見ている。

健太は、以前は、トイレの意思表示をしていたのだが、最近、頻繁に衣服を着たままで排便や排尿をするようになった。それはまるで押川に対する当てつけのようだった。


――押川は子供の頃、継母に虐待を受けていたようです。

(牧瀬は何かを納得したかのように何度か頷いた)

虐待で問題になっているのは世代間連鎖ということです。虐待を受けて成長すると、虐待を繰りかえしてしまう。今でしたら、押川さんの成長過程の話などをうかがって適切な支援ができる体制になっています。虐待の世代間連鎖を食い止める支援ですが……。

――彼は、自分が虐待されて育ったからといって暴力をふるったりする人間ではなかったようですが。

もちろん虐待された人が必ずしも虐待を連鎖させるというわけではありません。深層心理の問題ですね。自分が恵まれない家庭で育った。躾と称して虐待されてきた。だから自分はそうではない明るく穏やかな笑顔のある家庭を築きたいと思う。それで無理をして自分で描いた理想に近づこうとするのだけれど、ない物ねだりのようで、なかなか近付けない。こんなはずじゃないと苛立ちが募り、それが子育てに影響してしまう人が少なからずいるのです。

子育てって一回きりなんです。自分が育てられたプロセスと、自分が育てたプロセスしかない。だから多くのケースに接している私たちのような人間の支援が必要なのです。健太さんのダウン症がどの程度重度なのかはわかりませんが、適切な支援を受けていればよかったのにと残念に思います。

——適切な支援を受けていればこの事件は防げたと思われますか？

ええ、完全に自信を持って大丈夫だとは言い切れませんが、まあ、いろいろありますから。でも私はある時点で相談を受けていれば、健太さんは施設に入り、お母さんは治療を受け、お父さんは両方の世話をする。特にお母さんのケアをしっかりする。健太さんは施設に入って、また状況が改善したら家庭を再構築するんです。今の日本の支援体制でもこれくらいのことはできると思います。

――日本の知的障害者の実態を教えてください。

日本では知的障害者の定義を『知的障害者福祉法』では規定していません。現在は、厚生労働省が実施する知的障害者基礎調査の用語定義や療育手帳の通知に関する規定などを用います。それによると知的障害とは発達期、まあ十八歳までですが、それまでに現れ、日常生活に支障をきたして、何らかの特別な援助が必要な状態にある者ということになっています。知能指数はおおむね70までの者ということで、35以下で日常生活に著しく支障をきたしている者は重度になります。

(牧瀬はデータを記した書類を見ながら)

二〇〇五年のデータですが、在宅の知的障害者は四十一万九千人、施設入所者は十二万八千三百人ですね。そのうち十八歳未満は十二万五千人、十八歳以上は四十一万三百人です。勿論、これらは様々な知的障害が含まれ、ダウン症だけの数字ではありません。

――十八歳以上が多いんですね。

そうですね。これがこれからの課題です。知的障害者の平均寿命が伸びていることによる高齢化は、彼らをケアする親族の高齢化とともに、どうやって負担を軽減し、地域で支えるかが課題ですね。

（牧瀬の顔が曇《くも》った）

――健太さんは排泄物を口に入れたこともあるようです。

（牧瀬は深刻な表情になった）

そうですか、それはかなり重度ですね。家族は辛かったでしょうね。それでも多くの家族は、助け合って生きています。みんな不安なんです。自分の方が先に死んでしまったり、ボケてしまったりしたら障害のある子供の世話は誰がするんだと……。

私の考えは、一般的な考えとは違うかもしれないんですが、障害児を家族で支えなくてはならないと考えなくてもいいのだと思っているんです。欧米ではとにかく自立を促進して親元から離そうとします。社会で支えるんです。日本の場合は、子供が不憫だと言って、いつまでも家族の下に置こうとして、苦しんでしまうケースが多い。日本の家族病理ですね。

それと中には、障害児を食い物にする親もいます。障害児には税金や交通費などの優遇の他に、毎月、八万円から九万円の年金が入ります。それを親が当てにするケースもあるんです。

――事件の率直な感想をお願いします。

介護疲れからの殺人とか、障害のある子供を殺すとか、家庭介護が引き起こした悲劇に対して日本はすごく寛大だと思うんです。日本人のメンタリティの問題かもしれませんが、支援活動を支えている私たちにとっては辛いなぁというのが率直な気持ちです。押川さんは可哀そうだとは思いますが、同情すべきではありません。そうでないと障害児の人権がいつまでも守られない。軽視されたままです。辛いのは分かりますが、社会で支える体制を作って行かなくてはなりません。これは障害児だけの問題ではないんです。これからは高齢化社会です。私たちの誰もが、いずれ社会のお荷物となってしまいます。これはみんなの問題です。その時のための準備として、障害児ばかりではなく、介護を要する人の人権を守るシステムを作らねばなりません。

(牧瀬は、急に明るい顔になった。何かを思いついたようだ)

高崎にある『のぞみの園』を見学なさって下さい。参考になると思います。

——『のぞみの園』ですね。

ええ、ぜひ訪ねてみて下さい。

# 4

医者は、健太は二歳まで生きられないと言った。自力では乳をのむことができない。由香里は自分の乳房を絞り、母乳を哺乳瓶にいれ、健太に必死で飲ませた。二歳までしか生きられないんだ。それまで力を合わせて健太を育てようと由香里に言った。生きられないという子供を育てようとする矛盾など考えも及ばなかった。健太が病気になった時は、由香里は一晩中、まんじりともせず見守った。健太は元気を取り戻したが、由香里は何歳も年をとったように疲れ切っていた。こんな日々が続いた。

父母の愛を知らずに育った私は、家庭というもの、そのぬくもりに誰よりも憧れていた。私は父親として仕事をして、家族を支える。妻は家庭を守る。子供は愛情に包まれて明るく、元気に、賢く育つ。そんな家庭だ。笑顔と喜びに溢れる家庭だ。

しかし、現実は違った。重苦しいため息と疲労感ばかりが漂っていた。この子さえ普通に生まれていれば……という気持ちを拭い去ることができなかった。

「育っても重度の知的障害が伴うでしょう。普通の子供より発育はかなり遅いです。

心臓に疾患がありますから、長くは生きられない可能性があります。せいぜい二歳までです。愛情をかけて育ててあげて下さい」

医者の苦渋に満ちた言葉が頭の中でリフレインする。

健太は寝返りをうつのも、歩くのも他の子供より遅かった。比較しても始まらないのだが、どうしても比較してしまう。

ああ、どうして歩かない。ああ、どうして話さない。なぜパパ、ママと呼んでくれないのだ。

将来が見えない子供として生まれた健太のことを、いつそのこと医者の言う通り二歳で死んでしまえばいいのに、と悪魔のように期待している自分を見つけて、ぞっとしたことがある。

考えてみれば健太は可哀そうだ。死んでしまった方が、幸せなのではないかと思われながら、成長して行ったのだから。

私は、健太の死を望んでいたのだろうか？　分からない。

えっ、分からない？　自分の心の中のことだろう。分からないっていうことはないはずだ。お前は本当は健太の死を望んでいたのだ。それが証拠に勤め先の信用金庫にはダウン症の子供がいることを秘密にしていたではないか？　それは健太の存在を否定していたことではないのか。

信用金庫の上司や仲間に健太のことを相談したか？　完全に秘密にしていたのはなぜなんだ。みんな事件が起きてから、私にダウン症の子供がいることを知って、驚いたはずだ。障害のある子供がいることが、出世や自分の評価に響くとでも思っていたのか。

確かに転勤などに配慮してもらう必要があり、それが評価に影響することもあるだろう。しかし、私は、そもそも信用金庫内での評価は高くなかった。営業をやらせてもダメ、なんとなく陰気で、何を考えているのか分からない。事務は堅いから、内部事務の管理者を続けていたが、特にリーダーシップを発揮するわけでもない。間違いのない事務処理をするだけの男。それが私の評価だ。

幼いころから親から苛められ、馬鹿にされ、無視されて来た私は、とにかく目立たないように、叱られないように、身をひそめる生き方を選択してしまう。これではいけないと思っていても、そうなってしまう。職場においても結局、そうなった。一度、営業に出たことがあったが、客との約束を忘れてしまったことがあった。その時、客がクレームをつけて来て、上司が私を酷く叱ったことがあった。あの継母のように。私は、それきり委縮し、ただでさえ、暗い、陰気だと評判が悪かったのに、さらに評判が悪くなった。

私は、職場にいても、いないも同然のような存在だった。そんな私だから、ダウン症の子供がいることを話したとしても、上司は、ああ、そう、と答えるだけだろう。彼らはダウン症について勉強し、それが家庭生活にどんな影響を与えるかなど、知ろうともしないだろう。

同情くらいしてくれるんじゃないか。でも上司や仲間に同情されてどうなるのだ。私の家庭は、私が守らねばならないんだ。

暗く陰気なのは健太が原因だとでも思っていたのではないか。健太さえいなければもっと明るく振る舞えたのにと思っていたことはなかったのか。

健太は成長を続けた。医者が二歳で死ぬと言っていたのを信じて育てていた私は、健太が二歳を超えた時、信じられないほどの絶望を感じた。目標をいきなり喪失してしまった。将来を期待できない希望もない子供の将来を期待しつつ、育てるという矛盾に解決を与えるのは、二歳で「死」という絶望的な答えを神様が与えてくれると信じていたからだ。それ以降は、もう一度、明るく、穏やかで、希望に満ちた家庭を作り直せばいい。そう信じて頑張ってきた。由香里にも協力をしてきた。

健太の二歳の誕生日、それは彼の「死」の日であり、彼には申し訳ないが、私が家庭を作り直す日でもあった。

ところが健太は、やすやすとその日を生き延びてしまった。それもパパ、ママとさえ言わず、ハイハイも、歩くこともしないで……。

あの日以来、私は健太との関わりを避けるようになった。

「私は外で働いて、給与を運んでくる。健太のことは君がしっかりやってくれ。家庭内での役割分担だ」と由香里に言った。

由香里は、「分かりました」と言った。彼女は明るい性格だ。私と違って社交的でもある。でも今思えば、悲しそうな顔をしていた。彼女は、自分の弱さを外に出さない人だ。鬱屈を中に溜め、外には笑顔を浮かべる。彼女は、あの時、私に「一緒に健太を育てましょう」と言いたかったのだ。

しかし、私は希望のない子供を希望を持って育てるという矛盾に、もうこれ以上耐えられなかった。だから「家庭内の役割分担」というきれいごとを言って、健太の育児から逃げてしまったのだ。ちょうど、私の育児を放棄した私の父親のように。

あれは健太が五歳か六歳の時だったと思う。由香里が忙しいので私が代わって病院に連れて行った。

健太は、最初から私と行くのが嫌そうだった。私も健太と外に出るのは久しぶりで、あまり嬉しいとは思っていなかった。
あの子、変よ。ああ、ダウン症でしょう。
周りの人のささやきが耳に入って来る。空耳かも知れないが、声のする方向を睨みつけてしまう。

健太はじっとしていない子だった。多動の傾向があり、病院になんとか連れて行ったが、受付をしている間も、他の外来患者の間を走り回っている。危なっかしいのと、他の人に迷惑をかけるのではないかと気でなかった。

「大変ですね」

私が健太の腕を掴むと、ソファに座っていた女性が同情とも憐れみともつかぬ表情で言った。

「すみません」

私は頭を下げた。

その時だ。健太が悲鳴を上げた。それはたくさんのカラスが一斉に啼きだしたような声で、私は思わず両手で耳を塞ぎたくなった。目の前に座っていた女性はあきらかに嫌悪の表情を浮かべた。

原因は、健太の腕を私が強く握り過ぎていたことらしい。原因は私にあった。しかし、そんなことより恥ずかしさで身体全体が燃え上がるように熱くなった。私は健太の頬を平手で思い切り叩いてしまった。健太は、私の目を見た。その時は、何を考えているかわからない、いつもの目ではなかった。はっきりとした意識があり、私を怨んでいた。憎しみがあった。

そして再び数百、数千のカラスが啼き、叫んだ。その啼き声は病院中に響き渡った。私は強く耳を塞いだ。

この間、あの長嶋という弁護士がやってきた。

「押川さん、同じダウン症の子供を持っている父親はあなたに同情していない。誰一人としてです」

長嶋は言った。

「同情なんかしてもらいたくない」

私は言った。

「ある人は、健太さんを殺したことは究極の虐待だと解説してくれました。それはあなたが虐待を受けて育ったことの負の連鎖かもしれないとも。あなたは奥さんと健太さんを殺したことを本気で反省しているのですか」

長嶋は言った。

健太を殺したことが虐待だと？　私が虐待されて育ったことが原因だというのか？　本気で反省しているのかだと？

なぜそんなことを聞くのだ。私にどうしろと言うのだ。

由香里は苦しんでいた。殺してくれと必死で頼んだ。あれ以上、苦しめることはできなかった。由香里は、「私が死んだあと、健太を一人にはできない。あの子は私がいないと生きていけない。健太も一緒に殺して」と言った。

反省？　後悔？　そんな気持ちはない。私は二人を苦しみから救ったのだ。あの選択しかなかったのだ。

長嶋に私や由香里の苦しみが分かるものか。希望のない子をあたかも希望のあるかのように育てることの苦しみが分かるものか。

何度でも言う。あの選択しかなかったのだ。

さっさと死刑にしてくれ。

# 第五章　ノーマライゼーション

## 1

七海は、由香里と親しかったという友納《とものう》の名前を『ほうぷ』の浅岡から聞いて、彼女の自宅を訪ねた。

友納の自宅はすぐに見つかった。押川の家から少し離れていたが、近所付き合いをできない程ではない。

辺り一帯は、さほど大きくない似たような木造二階建ての家が、まるで長屋のように並んでいた。かなり以前に建てられた建売住宅のようだ。外観はかなり古びている。玄関脇に置き放しにされた鉢植えのサツキがすっかり枯れてしまっている。それがこの家に住む住人の余裕のなさを示しているようで一層、わびしさを募らせている。

インターフォンを押すと、どうぞという女性にしては低い声が聞こえた。七海がドアを開けると、そこに小柄で小太りな女性が立っていた。

顔立ちは地味だ。どこにでもいる生活感が溢れた雰囲気を漂わせている女性だ。七海を見つめる笑みがなんとなくぎこちないのは、押川一家のことを聞きたいと言った取材の趣旨のせいだろうか。

居間に七海を案内する際、友納は右足を引きずるようにして歩く。

何年か前、交通事故に遭い、痛めたという。完全に治るかと思ったが、リハビリが上手く行かなかったと恨みがましく言った。空気が重く湿った梅雨時には痺れるような痛みが走る。そんな時は、足を切り離してしまいたいほど憂鬱になると話す。

夫は、ペンキ塗りの職人だが、仕事が減ったことと、屋根から落ちて怪我をしたことから仕事をしなくなった。今は、どうされているのですかとの七海の質問に、友納は、気が抜けたような笑いを浮かべて、二階を指差し、引きこもってますよ、鬱になってしまって、と言った。

「私がね、入院している間、娘、沙織《さおり》というのですが、あの人、その世話をしていたんですよ。仕事もないからちょうどいいって言ってね。ひと月ちょっとです。そうしたら鬱になっちゃった。こっちは毎日世話しているのにね、あの人、職人で普段、何もしないのに弁当作ったり、着替えを手伝ったり、しんどかったんでしょうね。それにね」

友納は、固く閉ざされた窓を見た。道路に面している窓だ。

「隣の家がうるさいんですよ。沙織が時々、奇声を上げたりすると、うるせぇ！　黙らせろ！　て大声を上げるんです。そりゃ、ひどいったらありゃしない。あんたの声の方がうるさいよって怒鳴りたくなるくらいだ。他の家の人は、うちの沙織が自閉症だってことを知っていますから、なんにも言いませんけど、あの家だけはね。そのお蔭で、あの人、鬱になってしまって……」

友納はいまいましげに窓を見つめた。

向かいの家との間は、普通車がようやく通過できるかどうかくらいしか離れていない。ここは建売住宅用に整然と開発された土地ではなく、くねくねと狭い農道の脇の空き地に家が建てられていったのだろう。

友納の次女、沙織は知的障害を伴った自閉症だ。長女は既に嫁いで家を出ている。この家には夫と沙織と三人で暮らしている。

居間の壁に、新興宗教団体からの感謝状が掲げてあった。そこには団体の役員として熱心に活動したと書いてある。

友納は、由香里の数少ない友人の一人だ。支援施設『ほうぷ』を由香里に紹介したのは友納だった。

「由香里さんとは、同じ養護学校で知り合ったんですよ」

障害児は、障害の程度によって通級と言われる通常の学級での教育、特別支援学級という小・中学校での教育、そして養護学校などの特別支援学校で教育を受けることができる。健太と友納の娘は、共に知的障害児が通う養護学校に通っていた。

障害のある子供を地域で教育しようと、通級や特別支援学級を推奨する自治体もある。特別支援学校は、多くの地域に住む障害児をまとめるため、通学が遠距離になり、どうしても地域の関係が薄れてしまうからだ。しかし、専門的な教育を受けた教師など教育体制が充実している特別支援学校に通わせた方が障害児のためだという意見も多い。これらの選択は親に任されており、親は、的確な情報がない中で悩みながら子供の教育機関を選択している。

「いっしょに学校の役員をやったり、食事をしたりしてたんですよ。由香里さん、明るい人で、本当に健太君を大事にしてましたね。お父さんのことはよく知りませんけど」

「どんな家族でしたか」

「うちの沙織は自閉症でしてね。おしっこは垂れ流しで、言葉もあまり話さない子だったんですが、普通の保育園に入れたり、上の娘が通っていた小学校の特殊学級に通わせたりしたんですよ。とにかく普通の子と同じにしたんですよ。最初は送り迎えもしていたんですけどね、先生が大丈夫ですよって。子供たちもとても協力的で沙織の世話をしてくれるんですよ。でもね、音が嫌いなんです」

七海は押川の家族のことを質問したが、友納は勘違いしたのか、それとも故意にそうしたのかは分からないが、自分の娘のことを話しはじめた。

「音が？」

「ええ、子供が周りで騒ぐでしょう。あの音がダメで、自分の頭を血だらけになるまで叩くんですよ。それでやっぱりダメだなって、養護学校に行かせることにしたんです。難しいんです。地元の学校に通わせた方が、仲良くしてくれる子も増えると思うんですけど、やっぱりあまり馴染めないとね。地元とは離れますけど養護学校がいいかなと思って……」

友納は沙織のことばかり話し、押川の家族の話に、なかなか入らない。

「押川健太さんはどんな人でしたか」

七海は話の流れを変えようと思って質問した。

「ああ、健ちゃんね、良い子でしたよ。明るくてね。なんであんなことしちゃったんでしょうね。可哀そうに。うちの沙織に比べりゃ、良い方ですよ。うちの沙織も以前は、友納の母、友納の父とか言えたんですよ。今、三十歳ですけど、今じゃ、私のことだってよく分からなくなって来ちゃってね。歯医者のせいですよ」

友納は再び自分の娘に話を戻した。そしてその顔にはっきりと憎しみを浮かべた。

「歯医者ですか？」

七海は一体なんのことかさっぱり分からず、とまどってしまった。

「歯の治療に行かせたんですよ。そしたら暴れるんで全身麻酔しようって。その時、酸素吸入を忘れたんですね。そうしたら歯は治ったけど、喋らなくなったんです。あ、ううとしか言わなくなったんですよ。酸欠のせいでおかしくなってしまったんですよ。それでも私は、どこにでも連れて行きますよ。買い物にも、毎日の散歩にもね。私は隠したりしませんよ。沙織をね。障害のある子が大きくなると、大変なんですよ。大きな声を出したりね、その辺の看板を壊してみたり、ある時、電車が好きだって言う子をお母さんが踏切に立たせていたら、ワーワー言うから、側にいた全く知らない男の人にお母さんが殴られたことがありますからね。みんな奇異な目で見るんですよ。でもね、世の中にはいろんな子がいることが分かった方がいいんですよ。だから私は沙織を外に連れ出すんです」

「押川さんもそうだったのですか？」

友納は声をひそめるようにして「あの人はそうじゃなかったですね。近所でも障害児がいるってことを知らなかった人がいるんじゃないですか」と言った。

「外に出さなかった？」

「ええ、そんな人は多いんですよ。養護学校が終わったら、家に閉じ込めちゃう人がね。みんな自分の子に障害があるのを隠すんです。『ほうぷ』の所長の浅岡さんが言っていましたけど、健太君がダウン症だってこと、由香里さんは自分のお姉さんにも言ってなかったんですってね。隠してたんですよ。今度のことがあって初めて知ったってお姉さん、驚いていたっていうじゃないですか」

「なぜでしょう？」

「さあね、嫌だったんでしょうね。子供の時と違って、奇異な目で見られることが多いですからね」

友納は批判的な言い方をした。

「由香里さんは明るい人だったのでしょう」

「ええ、とてもね。でも無理してたんじゃないですかね。明るい割に友達はいなかったですからね。私も段々、疎遠になって行きましたね。あまり本音を言わないからじゃないですかね。弱いところを見せたくないとか。なんて言ったらいいのかな。もっと明けっ広げでもいいのにねえ」

友納は由香里を思い出しているのか、視線を遠くに向けた。

「無理に明るくされていたのでしょうか」

「そう見えましたね。これも『ほうぷ』の浅岡さんに聞いたんですけど健太君が生まれた時から、こんなことを考えていたらしいじゃないですか。こんなことって、心中ってことですけど……」

友納は怒ったように言った。

「本当ですか？」

「あのね、私だって、死にたくなったことはあるんですよ。だけどこの子を置いて死ねないってね。うちの沙織は自分のお尻さえ拭けないんですよ。三十にもなって。でも本気で首を絞めたくなったことがありますからね」

「友納さんも？」

七海は驚いて聞き返した。

「自分の産んだ子ですよ。申し訳なくて、申し訳なくて。私のせいでこんなことになって。この子、残していけないって、ふっと気がつくと首に手をかけているんですよ。うちはまだ夫がいてくれますけどね。私の知っている奥さんなんか、旦那が、お前が悪いんだって、こんな子が生まれたのはお前のせいだ、うちの家系にはこんな子はいないって言って、離婚させられてね。旦那はとっとと別の女と結婚して、そっちには健常児が生まれたんですよ。その奥さん、本当に子供を連れて死ぬところまで追いつめられましたからね」

友納は目を吊り上げ気味に言った。言葉に力がこもっている。怒りが吹き出しているのだろうか。

「ひどい……」

七海は呟いた。

「ひどいってね。それが世の中の普通ですよ。だから由香里さんが健太君と一緒に死にたいと言って、お父さんに殺してもらった気持ちは分からないことはないんです。でも私は沙織を殺しませんし、私も死にませんよ。絶対に……」

友納は大きく息を吐き、肩を上下させた。

「それはなぜですか？」

七海は叱られるかもしれないと思いつつ聞いた。

「さあねぇ、なぜでしょうね」

## 2

駿斗と新藤は、上越新幹線に乗り、高崎駅で降りた。

牧瀬に紹介された『のぞみの園』に向かっていた。

『のぞみの園』。正確には『独立行政法人　国立重度知的障害者総合施設　のぞみの園』という。

駅前からタクシーに乗った。『のぞみの園』は、高崎駅から西の観音山の方向の高台にある。タクシーは、森の中のなだらかな傾斜の道を上って行く。

「着きましたよ」

広大な公園の入り口だ。『のぞみの園』と刻まれた碑が迎えてくれる。

「事務所まで行ってください」

駿斗は運転手に伝える。

「広いなぁ」

新藤が、感心したように周囲を眺めている。

広い道路が園内を通り、その周囲には松などの高い木々が繁っている。中には鮮やかに色づいているものもあるが、既に葉を落とし、すっかり冬枯れてしまったものもある。

「約七十万坪もあるそうですからね」

『のぞみの園』は、「重度の知的障害がある人達に対する自立のための総合的な支援の提供や、支援に関する調査や研究等を行うことにより、知的障害者の福祉の向上を図ることを目的」として昭和四十六年に設立された。

牧瀬は、知的障害者の問題を考える場合、この『のぞみの園』を見ておくことは参考になると言ったが、ここに何があるのだろうか。

予想していた以上に、あまりにも広い敷地に立ち、駿斗は戸惑いを覚えた。その戸惑いとは、知的障害者の置かれている現状をどう捉え、それを押川の弁護にどう生かしていくべきなのか、それが押川の依頼に沿うことなのかという、複雑なパズルの解決の先が見えないからだ。それは、ちょうどこの広大な敷地の中に放り出されてしまった感覚に似ていた。

受付で案内を乞うと、牧瀬が紹介してくれた人物は、企画研究部にいると言う。案内図が描かれたパンフレットを参考にして駿斗は園内を歩いた。無言だ。新藤とは、言葉を交わしていない。新藤もあえて駿斗に言葉をかけてこない。やはり戸惑いの中にいるのかもしれない。

押川を弁護するのか。それは押川の罪をいくらかでも軽減することだ。しかし、押川の依頼内容は、違う。自分を死刑にして欲しいというものだ。弁護士の役割として依頼人の罪を重くする方向には動けない。しかし、依頼人の意向には最大限沿わねばならない。そんな矛盾する立場に置かれたわけだが、調査をする間に、自分の立ち位置が微妙に動いて行く。自分の確かな立ち位置を見つけることができるだろうか。

健太は殺されてしまった。もはや何も声を発することはできない。当然、弁護人も雇うことはできない。健太は、自分を慈しみ、育てる役割を担っている父親、押川の手によって殺された。彼は知的障害があり、自分の意見を十分に表現することはできなかったと押川は言う。押川は、健太のことを、生きる意味さえ理解できないと言った。はたしてそうなのだろうか。

眠っている時に、健太は押川に首などを包丁で刺されて死んでしまった。痛さに目を開けなかったのだろうか。目を開けたはずだ。駿斗は、自分に包丁が首に突き刺さる瞬間を想像してみた。身体に震えが来た。痛さが全身を貫く。いくら熟睡していたとはいえ、目が覚めるだろう。その瞬間、健太の目には何が映っていたのだろうか。押川の顔だろうか。それは愛情深き父親の顔だったのだろうか？　それとも自分の命を奪おうとする悪魔か？

駿斗は、押川に問い直したいと思った。あなたは生きる意味を理解していたのですか、と。さらに言えば、駿斗自身でさえ、生きる意味を理解しているだろうか。

生きる意味とは、いったいなんなのだろう。社会的存在として、何らかの役割を担うことなのだろうか。そんな味気ない、機能的なことだけではないだろう。もっと単純に楽しく喜びを感じることではないのか。そう考えると、健太は、彼なりに楽しく生きていたに違いない。人が生きる楽しさ、喜びは、人それぞれだ。こうでなくてはならないという決まりはない。健太には健太なりの楽しさ、喜びがあったはずだ。それが生きる意味だとしたら、それを押川は残酷にも奪ってしまった。

駿斗は耳を澄ました。健太の悔しさ、悲しさが聞こえて来るような気がした。

健太の立場になって押川を見てみる。知的障害があるために、自分を庇護するはずの父親に殺されねばならなかった健太の思いに寄り添うのだ。殺した人間の弁護をしなくてはならない自分が、殺された人間の立場に立ってみたらどんな景色が見えるだろうか。

「駿斗、ここだぜ」

新藤が平屋の建物の前で言った。

「は、はい」

駿斗は上の空で返事をした。

「何をぼんやりしているんだ」

「すみません。ちょっと考え事をしていました」

「俺もだ。先日、押川を訪問した時のことを考えていたんだ」

「へえ、叔父さんも考えるんですね」

駿斗は微笑んだ。

「馬鹿にするなよ。四六時中、考えているさ」

「すみません」

「駿斗が『同情している人はいません』と言ったろ。あの時の押川の目は、お前を憎んでいたように見えたな。口では同情して欲しくはないと言っていたが、お前なんかに自分の気持ちが分かるか、自分の気持ちは誰にも分からないと居直っているようだった。でも同情もしてもらいたい。そんな複雑な気持ちが憎しみの目の光になったんだと思ったね」

「押川はなぜ健太さんを殺したんでしょうね」

「そりゃ、将来を悲観したんだろう。女房も病気がちだしね。それこそ自分の気持ちなど誰にも理解されないという思いだっただろうよ」

「変な質問ですが、健太さんは殺されてもいいと思っていたでしょうか？」

駿斗の質問に、新藤は首を傾げた。

「どう思いますか」

駿斗はもう一度聞いた。

「さあな、そんなこと思う人間はいないと思うけどな。でもな、押川の方は、殺すことが愛情だと思っていたかもしれないぜ」

新藤は語気を強めた。

「殺すことが愛情ですか……」

駿斗は、意外なほど、深みを持った新藤の言葉に、反論する気を失った。

「あのう、牧瀬先生のご紹介の方ですか」

駿斗は、突然、背後から声をかけられ、慌てて振り向いた。そこには体格の良い、目鼻立ちがはっきりとした男性が立っていた。

「は、はい。長嶋と言います」

「やはりそうですか。私は、ここの研究部長をしています賀来《かく》大輔《だいすけ》です。お待ちしていました」

賀来は笑みを浮かべた。身体全体からおおらかな雰囲気が漂っている。駿斗は、先ほどまで巡らせていた健太に対する逡巡を一旦、棚上げした。

「こちらは私の仕事の協力者の新藤です」

駿斗は新藤を紹介した。

「挨拶は、あとでゆっくりするとして、早速、園内をご案内します。その方が理解が早いですからね」

賀来は、すぐに歩きだした。

3

入り口は、かんぬき状の鍵によって厳重に封鎖されていた。その鍵を係員が開けてくれた。

いったいこの建物の中には何があるのだろうか。賀来と一緒に駿斗は入り口に立っていた。

「『アカシア荘』です。まず、ここを見てください。それから園内をご案内します」

ドアが開いた。

駿斗は、足を踏み入れた途端に、足がすくんだ。隣の新藤を見た。新藤の顔が強張り、目を見開いたまま固まっている。手を口に当て、今にも大声で叫びだしそうになるのを必死で堪えている。

駿斗も同じだった。最初に浮かんだのは、これはいったいなんだということだった。目の前の光景に驚きを隠せなかった。

男性が何人もいる。

ある男性は、身体が胴体のあたりで不自然に左側に折れ曲っている。涎を垂らし、あらぬ方向に向いたままになっている目を必死で動かし、駿斗を捉えようとしている。

またある男性は、やせ細った身体にシャツだけを着て、ズボンと下着をずりおろし、しなびてしまった自分の性器をいじっている。

またある男性は、機械仕掛けの蛇のようにぎこちなく、床を這いながら、奇声を上げている。

ダウン症と思われる男性もいる。彼は、大人しいというよりも無気力に天井の方向を見つめて、膝をついている。

車椅子に縛り付けられた男性の身体は首から胴体にかけて、ほぼ九〇度にねじれている。

ヘッドギアをつけた男性は、ものすごい声を上げて、壁に頭を打ち続けている。鈍い音が響く度に壁が震動する。

男性がよろよろと駿斗に近づいてきた。目はうつろで、口元は歪み、頭の形が奇妙に変形している。頭にはヘッドギアをかぶり、やせ細った身体は痛々しさを覚えるほどだ。さっと手を伸ばすと駿斗の手を摑んだ。一瞬、駿斗は身体が強張り、手を引き戻してしまいそうになった。

う、う、うと咽喉を詰まらせたように呻きながら、彼は駿斗の手を握って離そうとしない。

駿斗は、自分自身の中にある人間性、ヒューマニズムというものがいかに浅薄《うすっぺら》なものか思い知らされた。彼が、手を動かす度に、そのざらざらとした感触が身体の中から恐怖に似た不気味さを惹起してしまうのだ。それが正直な気持ちだった。そう思ってはいけないと、理性は駿斗を叱るのだが、自分の理解を超える、何者かを見た時に反応する衝撃に駿斗の感情は完全に支配されていた。

「あなたを歓迎しているみたいですね。彼はこういう行動に出ることで自分をアピールしているんです」

賀来は男性に向かって優しげに微笑んだ。

「そうですか。歓迎してくれているのですか」

駿斗はそう言われても衝撃を拭い去ることはできなかった。しかし、思い切って彼の手に、握られていないもう一方の手を重ねてみた。

う、う、うと彼は唸り、手を強く握り返してきた。駿斗が手を重ねたことへの反応なのだろうか。

「ここの施設には重度知的障害や身体障害、知覚障害などを併せ持った人が収容されています。当然、介護士の支援がないと生活はできません。ここにいる人たちは直接的な言葉でコミュニケーションはできません。しかし、ほとんどの人が私たちの意図を理解できます」

賀来は言った。

「ヘッドギアは何のためですか」

新藤が聞いた。表情が固い。彼も駿斗と同じように目の前の光景にどのように反応していいのか戸惑っている。

「保護帽です。癲癇《てんかん》の人や高齢で足腰が不自由になった人が転倒するのですが、手で上手に支えることができないんです。また自分で面白がって転倒する人もいますからね」

賀来は苦笑した。

壁に頭を打ち付けていた男性は介護士の手によって壁から引き離された。ヘッドギアをつけていなければ、頭は血だらけになったことだろう。

「彼は何歳ですか？　随分、年をとっているように見えますが……」

駿斗は、手を握り続けている男性に視線を向けた。

「彼は五十六歳です。ここに住んでいる人の平均年齢は六十歳近くになっています。彼らは生まれた時から重度の障害を抱えています。それでこの『のぞみの園』ができて、入所してきました。ダウン症の人は、ごく一部です。彼と彼がダウン症です」

賀来が指差した先には、先ほど駿斗が確認した男性と、もう一人はソファに座っている黄色のトレーナーを着た男性だった。彼らは共にダウン症特有の顔をしている。

「ここにいる人たちは先天的な脳の機能障害による知的障害が多いのです。実は、それらの原因は分からないことの方が多いのです」

賀来は説明を続けた。

『のぞみの園』がスタートしたのは昭和四十六年だ。もしその時からここにいるとすると、彼らは四十年もいることになるが……。

「彼らは若い頃にこの『のぞみの園』に連れて来られました。当時は、彼らのような重度知的障害者は、こうした社会から隔離したコロニーと呼ばれる施設に収容して、生涯ケアをするべきだという考えがあったからです。今は、隔離するのではなく共生していこうという考えに変わりましたので、新たな重度知的障害者は受け入れていないんですよ」

賀来は言った。

「家族はどうしているのですか」

彼らの年齢が六十歳程度だとすると、両親は八十歳を優に超えているだろう。生きている人は少ないかもしれない。そうすると兄弟や親族が彼らの見舞いに訪れるのだろうか。

「家族はここにはほとんど来ないと言ってもいいでしょう」

賀来は悲しい顔をした。

「えっ」

駿斗は聞き返し、まだ飽きずに駿斗の手を握り続ける男性を見た。

「彼らが入園してから、滅多に見舞いには来ませんね」

「捨てられたようなものですか」

駿斗は思い切って聞いてみた。

「ええ、そう言っても間違いはないでしょう」

賀来の表情が、一層、暗くなった。

家族は悲しみを持って彼らを捨てたのだろうか。それとも厄介払いができたとほっとしただろうか。彼らの存在を抹殺するというのは、殺すことと同じではないのか。

駿斗は、二つの考えを持つ人間に分裂してしまいそうになっていた。それは彼らを愛を持って見ようとする自分と、彼らを拒否してしまう自分だ。自分自身の中にこんな二つの人間が存在しているとは、今まで考えてもいなかった。

そこでまた考え直した。もし、彼らが自分の兄弟だったら？　もし彼らが自分の子供だったら？　その時、その考えを拒否しようとする自分を感じていた。そんなことは、考えたくないという自分がいるのだ。

それでもなんとか彼らが自分の子供であったらと考えてみたが、なぜ自分の子供がこんな状態なのだと嘆き、悲しまない自信はない。どんな子供であろうとも神から授かったものだと思えるだろうか。

駿斗は猛烈に悲しくなった。自分を許せなくなった。

健太はいったいどのような子供だったのだろうか？　この施設で生活している彼ら

とどう違ったのだろうか。由香里は、健太のことをどう思っていたのだろうか？　押川はどうだったのだろうか？　どこまでも健太を愛していたのだろうか？

駿斗の手を握りしめている男性に介護士が近づいてきた。丸顔だが、がっしりとした身体で腕が太い。

「さあ、行こうかな」

彼は穏やかに男性に話しかける。男性は、目を剝くようにして駿斗を見て、うっ、うっ、うっと唸る。そして手を離した。

「彼はベテラン介護士です」

賀来が言った。

駿斗は、彼にぜひ聞いてみたいと思ったことがあり、それを口に出した。

「この仕事をしている喜びはどのようなものですか？」

彼は、一方の手で男性の手を取り、もう一方の手で身体を支えながら、駿斗を見つめて笑みを浮かべた。

「この人たちにはさまざまな能力があります。ですがその能力をどのようにして引き出して行くかが、とても難しいのです。当然のことながら興味を示すものが違いますしね。でもそうした難しさを克服して、意思が通い合い、彼らの能力をひき出せたときが喜びです」

彼は静かに言った。そして男性を導いて駿斗の前から別の場所へと移動して行った。

意思が通い合う時が喜び……。駿斗は、彼と一緒に歩く男性の後ろ姿を見つめた。押川は、健太のことを生きる意味さえ分からないと言った。それは健太に自分の意思がないと思っているということだろう。押川と健太とは、意思が通じ合わなかったのだろうか。

「彼らはこの施設で自分を大切にしてくれる人に出会うことができたわけですね」

駿斗は呟いた。

賀来は、何も答えず「次に行きましょうか」と言った。

「賀来さん、一つ聞いていいですか」

「どうぞ」

「この施設は新しい重度知的障害者の受け入れを止めているとおっしゃいましたね」

「ええ」

「そうすると、この施設のような手厚いケアは、現在どこで行われているのですか?」

駿斗の質問に賀来の表情にわずかに陰りが浮かんだ。

「ノーマライゼーションということで、彼らのような重度知的障害者もグループホームなどの小規模な施設で受け入れるとか、できるだけ地域社会で自立した生活を送るようになっています」

ノーマライゼーションとは、子供や高齢者や障害のある人、ない人が、すべて人として尊ばれ、分け隔てなく生きて行くことができる社会がノーマル、当たり前だという考え方だ。

一方、『のぞみの園』のようなコロニーで社会と隔絶した中で生きるのはアブノーマルということなのだろう。

これは、障害者には特別な支援が必要であり、そのような支援を提供する際も、障害のない人たちと同じ生活様式で、同じ生活の場を保ちながら支援されるべきだという考えに基づいている。

ノーマライゼーションという考えが浸透した現在は、重度知的障害者も自宅で両親や介護士の介護を受けながら、グループホームや施設に通うなど、障害のない人と同様に地域社会で自立した生活を送るようになっている。

「支援は適切に行き届いているのでしょうか？」

駿斗には、このノーマライゼーションは理想的すぎる考え方のように思えた。

ふと、幼い頃のことを思い出した。駿斗が母方の祖父母の家で夏休みを過ごした時のことだ。

祖父母は、ある山深い里に住んでいた。その家は、太い梁が天井を走っているような大きな家で、いつも涼しい風が吹き抜けていた。

祖父母の家に数人の人が働きに来ていた。農作業を手伝ったり、壊れたところの修繕をしたりしていた。その中に一人の男性がいた。駿斗の記憶では、若かったように思う。二十代ぐらいだっただろうか。彼はシュンちゃんと言った。シュンちゃんは他の人と少し変わっていた。身体は大きかったが、表情に締りがなく、いつも笑っているようだった。シュンちゃんは、数を十まで数えられなかった。駿斗は、当然、数えることができた。

「シュンちゃん、十まで数えられないの？」と駿斗が聞くと、「あははは」と意味なく笑い、庭を掃いていた箒をその場に置き、駿斗を両手で抱きあげた。そして「リンゴ、リンゴ」と言った。

祖母が見ていて、「駿斗のホッペがリンゴのように紅いからよ」と言った。祖母は笑みを浮かべていた。駿斗は、シュンちゃんに連れられて、村の中を歩いたり、木に登ったりして遊んだ。駿斗は、シュンちゃんと遊ぶのが楽しかった。

シュンちゃんは知的障害者だったのだが、あの村で楽しそうに暮らしていた。あれがノーマライゼーションということなのだろう。昔の村社会は高齢者が尊敬され、若者がいて、多くの子供たちがいた。今のように贅沢な暮らしではなかったが、それぞれが支え合っていたように思える。

しかし、祖父母が亡くなった今の村は、過疎化が進み、村には若者も子供たちもいない。それなのに車社会となり、村の人たちは、都会の人たちと同じように広い範囲の人たちと繋がるようになってしまった。村という小さな共同体でお互いを支え合う関係は壊れてしまったのだ。村という小さな共同体があったからこそ、シュンちゃんのような人が幸せそうに暮らせたのではないだろうか。ノーマライゼーションが、あの村のような共同体を復活させる試みならばいいが、そうではなく単に知的障害者に無理やり自立を強いるものであったら、それは新たな悲劇を生むのではないだろうか？

シュンちゃんは、今、あの村でどうしているのだろうか。

「完璧とは行きません。日本の特徴とも言えるのですが、母子の密着関係が非常に強いのです。重度知的障害者が高齢化し、それをさらに高齢者の母親、ないしは両親が必死で介護している。施設に預ければいいのですが、そうしない。そうできない。外部の援助も拒絶する場合があります。これは在宅介護の支援システムが脆弱だったり、社会が障害者に理解、関心がない場合に起きます。長嶋さんが関係されている押川さんの場合も、ノーマライゼーションが上手く行かなかったケースかもしれません。母子を引き離す措置を講じて、母親が子供をできるだけ客観的に見るようにし、社会に任せるという気持ちになってくれたら、防ぐことができたかもしれません」

「押川さんの事件をお知りになってどう思われましたか？」

「こういう事件は決して少なくありません。将来を悲観して小さなお子さんを殺す例もあります。これらの事件は障害児を持つ両親を動揺させますね。自分たちに置き換えてしまう人もいるでしょうから。私たち福祉に携わっている者からしますと、家族がどこかでギブアップのサインを発していたら、それを受け止めることができたらと強く思います。押川さん一家に、誰が、どのように手を差し伸べることができたのか、考えるべき課題はあると思います。でも家族の方からサインを強く発していただかないと、今の制度ではなかなかこちらから家庭内に入り込むのは難しいですね」

賀来は、淡々と話しながら園内を歩く。知的障害者がどうやったら一番幸せに暮らせるのか、絶対的な答えが見いだせない中を賀来自身が悩みながら進んでいるのだろう。どんな家庭にも個性があり、それぞれが違った姿を見せる。それは知的障害者のいる家庭も同じだ。それぞれの個性に応じた支援ができれば悲劇を少なくすることができるかもしれない。

「着きました」

目の前に大きなビニールハウスが建っていた。

「ここは何かの作業をしているのですか？」

「ええ、キノコ栽培をしています。ここでは中度から軽度の知的障害者が働いています。知的障害者は、同じリズムを刻んで決められた仕事をするのは得意ですから、農作業などは向いていると思います」

賀来がビニールハウスの中に入った。駿斗と新藤もその後に従った。

「ほほう、たいしたものだ」

新藤が声を上げた。

ハウスの中に鉄枠で棚が作られ、そこにずらりと丸い筒のようなキノコの菌床が並べられ、棚を埋め尽くしている。菌床からはかぞえきれないほどの椎茸が出ている。初めてキノコ栽培を見る者にとってはなかなか壮観な眺めだ。

農業指導をしている職員と知的障害者の男性が働いている。

「ここの椎茸は地元のスーパーに『のぞみの園』ブランドで販売しています。結構、人気なんですよ」

駿斗は初めて賀来の屈託のない笑みを見た気がした。

## 4

足が恐ろしく痛い。ズボンを脱げばきっと血が出ているだろう。いったいいつまでこんなことをしていればいいのだろうか。

私は、机の上に上げられ、そこに置かれた算盤《そろばん》の上に座らされていた。私の前には、同僚たちが並び、私をじっと見つめていた。ただ一人、副支店長の沢村宏《さわむらひろし》だけは、わめきながら算盤を振り回している。

「押川、てめえ、ちっとは成績上げろ。最低じゃないか。ここにいるみんなはお前のせいで帰宅できないんだ」

拘置所の壁を見続けていると、その壁がまるでスクリーンになったみたいに過去の自分が映し出されてくる。

八〇年代後半、後から考えればあれがバブル時代だった。あの時代を懐かしむ人もいるが私にとっては最悪の年月だった。

信用金庫の事務畑だった私も営業に駆りだされていた。入庫して十数年が過ぎていたが、全く出世とは縁がなかった。暗く、陰気で、あまり人との関係を求めない私のような人間は評価されなかった。信用金庫の業績がうなぎ上りに上がる時代は、白でも黒でも成績を上げる職員が評価される。客を騙そうが、殺そうがどうでもよい。私はそんな職員になれなかった。時代と一緒に走ることができなかったのだ。

週末は、決まって沢村のリンチが待っていた。その週における定期預金獲得などの成績が最低だった者がリンチの対象になるのだが、それはいつも私を意味していた。

沢村が机の上に数台の算盤を並べる。私はその上に正座をさせられる。算盤の珠が足に食い込んでくる。ほんの少しの時間なら我慢できるが、しばらく経つと自分の体重が重石となって耐えがたい痛みになってくる。

沢村は楽しそうに笑っている。悪魔の哄笑だ。私を苛めることが楽しくてたまらないのだ。

「こいつは馬鹿だ。ダメな奴だ。お前らはこいつがロクでもないから一緒に叱られるんだ」

私と同じチームになった職員を並ばせて、沢村は怒鳴った。

定期預金獲得競争はチームで争われる。私は三人の営業職員とチームを組んでいたが、私が成績をあげないせいで私のチームがいつも負けた。

他のチームの職員が帰宅してしまった夜の支店内で、リンチは続けられた。不気味なほど静かな中で、沢村の声だけが響いている。

私は、同僚たちに申し訳ない気持ちで一杯だった。私が成績を上げないために彼らはいつまでも帰宅できない。

私は不思議なことに気づいた。初めて私が沢村のリンチを受けた時は、同僚たちの目に同情の色があった。

しかし、それが毎週となると違って来たのだ。彼らの目から私への同情の光が消えた。その代わりに蔑《さげす》みの光が発せられるようになってきた。その光を浴びることは算盤の珠が足に食い込むより、痛く、辛い。

ある時、沢村は何を思ったか、手に持っていた算盤を同僚の一人に渡した。

「これであいつの頭を殴れ」

沢村は命じた。

同僚の顔に恐怖が浮かんだ。算盤を抱いたまま、立ちすくんでいる。

「何をやっているんだ。殴れって言っているだろう。お前が殴られたいのか」

沢村は怒鳴り声を上げた。

同僚は震えている。本当に沢村が殴りかかろうと拳を上げたからだ。

同僚は、震えながら机の上に上がり、私の背後に立った。

「さあ、殴れ」

沢村が言った。

同僚はよろよろと算盤を持ち上げた。意味不明なことを呟いている。その声が背中に貼りつくと、ぞくぞくとした震えが来る。

「殴らないでくれ」

私は頼んだ。

同僚が私の背後で身体を強張らせているのが分かった。算盤を握った腕を上げたままの姿勢で、それを振りおろすことができないのだ。

「ちっ」

沢村は憎々しげに舌打ちをすると、「もう、いい」と言った。

同僚は、ほっとして腕を下ろした。私も肩の力を抜いた。

「俺がやる。貸せ」

沢村は、机の上から下りた同僚から算盤を奪い取ると、ひょいっと身軽に机の上に上がった。

「成績の上がらない奴は、生きている意味なんかないんだ。役立たずはこの社会には不要なんだ。そんな奴がどうなるか見ていろ」

沢村は、同僚たちに向かって怒鳴ると、なんのためらいもなく算盤を握り締めた腕を振り被った。

はっきりと殺気を感じた。背後で、ヒューッと空気を切る音がした。私は固く目を閉じ、「止めてくれ」と叫んだ。

その時、頭にものすごい衝撃を感じた。間違いなく頭が割れたと思った。算盤が頭を直撃したのだ。頭蓋骨に守られているはずの脳が衝撃でぶるぶると揺れるのを感じた。目の前が暗くなり、意識が遠のいて行く。バラバラと雨が降っているような音が聞こえる。

「ちきしょう、固い頭だ。算盤が割れやがった」

辛うじて意識を失わないでいると、沢村の声が聞こえた。うっすらと目を開けると、床に算盤の珠が散らばっている。雨が降ったような音というのは算盤珠が床に散らばる音だったのだ。

「馬鹿の頭は固いというが、本当だな」

沢村が笑っている。私は、その時、沢村に殺意を感じた。しかし、どういうわけか私も笑っているのだ。顔の筋肉が勝手に引きつっているだけかと思ったが、そうではない。私の意識とは反対に、顔の筋肉が勝手に動き、沢村に合わせて笑っているのだ。それに安心したのか同僚たちも笑った。

「押川、拾え。床に落ちた算盤珠を一つ残らず拾え。そうしたら今日の罰は終わりだ」

沢村は言った。

私は、「はい」と言って立ち上がった。その時、足の痛みが、急に激しくなって背骨から頭に向かって走って行った。そして痛みが私の頭に到達した時、顔に生温かいものを感じた。血だ。同僚の顔が引きつった。沢村も眉根を寄せた。私は顔に手を当て、その手を目の前に持って来た。血が手を赤く染めていた。

私は、倒れそうになりながら机から下りた。足元に算盤の珠が幾つも落ちている。私は床に膝をついてその珠を集め始めた。算盤の珠は拾っても拾っても少なくならなかった。不思議に思っていると、算盤の珠だと思ったのは、私の頭から流れ出した血だったのだ。

「もういい」

沢村は吐き捨てるように言った。しかし、私は止めなかった。珠を拾い続けた。

「もういいって言っているんだ。押川を止めろ」

沢村が悲鳴にも似た甲高い声を上げた。

私は、顔を上げ、沢村を見て、はははと笑った。沢村の顔に恐怖が浮かぶのがはっきりと分かった。

私は、翌週から、営業を外され、再び事務に戻った。

幸い頭の傷は大したことはなかったが、私はますます周囲と関係を持たなくなっていった。沢村も私を避けるようになった。継母のお陰だと思った。私には一人で生きて行く力がある。誰から苛められようとも、なんの問題もない。

拘置所の壁に沢村の顔が浮かぶ。あの男は、なぜあんなにも狂気に満ちた振る舞いができたのだろうか。あれが時代の空気なのだろうか。バブルが弾け、信用金庫の業績が低迷し始めた時、沢村の噂を聞いた。その時彼は別の支店に転勤していた。

その噂は沢村が失踪し、どこか山奥のひなびた旅館で首を吊って死んだというものだった。

沢村は、客の金を横領して、酒や女や競馬につぎ込んでいたらしい。うまい投資があると客に囁き、金を出させ、その金で遊んでいたのだ。客への配当が滞った時、客から金庫に通報があり、沢村の不正が発覚した。同時に沢村は逃げた。そして死んだ。

あの時代、何人もの沢村がいたに違いない。どんな人間も狂う時は狂うのだ。それに比べれば、と思った時、健太の笑顔が壁に映った。

健太の微笑みは最高だった。辛いことがあろうとも健太の微笑みを見るだけで、心が和んだ。沢村に算盤で殴られたあの日も、健太の微笑みに救われた。

「どうしたの？」

由香里は頭に包帯を巻いた私を見て聞いた。

「転んだだけだ」

私は、何も話さなかった。

「食事にする？　遅いけど」

夜の十二時になろうとしていた。

「健太は？」

「とっくに寝たわよ」

私は寝室に行った。そして眠っている健太を見つめた。

健太の頰に私の涙が落ちた。怒りや悔しさなどで凝り固まった私の心が溶けだし、涙となって健太の頬に落ちたのだ。

健太はうっすらと笑みを浮かべて眠っていた。

「天使の微笑みだなぁ」

私は呟き、いつまでも健太を見つめていた。

壁にあの時の健太の笑顔が映る。六歳ぐらいの時の健太だ。

私はなんてことをしたのだろう。私を何度も救ってくれたあの微笑みをこの世から抹殺してしまったのだ。私は死をもって償うしかない。

私は頭に手をやった。髪の毛をかきわけると、つるっとした毛のない部分に当たった。沢村に算盤で殴られた傷は癒えたが、小さな禿げになっているのだ。その傷跡を指で押した。深い痛みが脳を震わせた。

# 第六章　殺すことは愛情か

# 1

目の前に完成が近い東京スカイツリーがそびえている。二〇一二年五月に六百三十四メートルの高さが空を貫くことになる。今はまだ電波塔の部分を据え付けている最中だ。

駿斗と新藤は、京成線の押上駅を降りて押川が勤務していた墨田信金の支店に向っていた。

「それにしても良い顔をしていたよな。あの子たち」

新藤がしみじみとした口調で言った。先ほどから駿斗と、先日、訪問した『のぞみの園』のことを話していたのだ。

「ハナビラタケの加工所にいた人たちのことですね」

「そうだよ。熱心に仕事をしていたじゃないか。生き生きとしていた。『のぞみの園』で研修を受けている生徒さんたちとおしゃべりしてさ。本当に楽しそうだった」

『のぞみの園』では知的障害者のために農業指導を行っている。その一環で、キノコ栽培をしているが、椎茸ばかりではなくハナビラタケという丸いスポンジのようなキノコも栽培している。食用になるが、免疫力増強作用があるためここでは乾燥させ、細かく刻んで化粧品やサプリメントの材料として出荷されている。


作業所のテーブルにまな板を置き、大量のハナビラタケを包丁で細かく刻んでいたのは男性と女性の知的障害者だ。その傍には、賀来が研修生だと紹介してくれた若い女性が、一緒に包丁を動かしていた。

「こんにちは」

彼らは、駿斗たちが室内に入っていくと、挨拶の声をかけて来た。

屈託のない笑顔だ。

「彼らはここに自宅などから通って来てくれています。土日は休みですが、平日は九時から十六時三十分まで勤務しています。比較的軽度の知的障害の人たちです」

賀来が言った。

駿斗は、小柄でふっくらとした頬が魅力的な女性に近づいて行った。

「楽しいですか」

「はい、シゲミさんが面白いところが楽しいです」

彼女は研修生の女性を見て、笑みを浮かべた。

研修生の名前はシゲミという。

「あっちゃん、照れるじゃないのよ」

研修生が言った。彼女はあっちゃんというのか。

「私たちは、研修生にキノコ栽培の作業は覚えなくてもいいから、コミュニケーションをとってくれと言っています」

賀来は、研修生がキノコ栽培を学んでいるのではなく、知的障害者の就労支援を学んでいるのだと言いたいのだ。

ここから一般企業に就職していく知的障害者も多い。その時、彼らがもっとも困るのが健常者とのコミュニケーションだ。

駿斗と言葉を交わしたあっちゃんも、言葉に少し不自由なアクセントがあることを除けば、健常者と変わりない。雇用主が、彼女の外見だけを見て、健常者と同様に扱えばどうなるか。彼女の仕事が遅いことに苛立ち、怒ったり、怒鳴ったりするかもしれない。そうなればせっかく就労したにも拘わらず彼女は心を壊されてしまうことだろう。そうならないためにもコミュニケーションは重要なのだ。研修生は、知的障害者のケアを身体で覚えるためにコミュニケーションに努力し、知的障害がある彼女は、一般社会で生きるための手段としてコミュニケーション能力を磨いて行く。単に楽しそうに包丁でキノコを切っているのではない。彼らが生きるために必死の学習をしている場なのだ。そう思うと、駿斗は胸が熱くなるのを覚えた。

「どう、教えがいはあるのかい」

新藤が、研修生の女性に近づいて聞いた。

「こうやって仕事をしながらお話をして、一人一人の個性を感じています。教えているというより、私自身が学んでいるって感じでしょうか。今、福祉の大学に通っていますが、卒業したら社会福祉士になりたいと思っています」

彼女はにこやかな笑みを浮かべた。

「シゲミさん、あたしより下手なんだから」

あっちゃんが笑っている。

「いやだぁ、そんなことないよ」

シゲミが唇を尖らせた。

作業所の中に笑い声が響いた。

「知的障害者は、安定して継続的に仕事をすることに長《た》けているって賀来さんが言っていたから、真面目にコツコツとやる加工所の仕事なんかがいいんだろうね」

新藤が呟くように言った。

「でもどうしてわざわざあした仕事をしなくちゃいけないんでしょうね。意味あるんでしょうか」

駿斗は、ぼんやりと東京スカイツリーに目をやった。コツコツと積み上げているうちにあんなに高くなったというのだろうか。日々の営みというのは、何かの完成やゴールがあって行われるものではないのか。あっちゃんら知的障害者が包丁をもってハナビラタケを切るという営みに何の意味があるのだろうか。

「どういうことだ？　生きるためには金を稼がなくてはならない。あの作業所にいた知的障害の子たちは、自宅から通って来るから衣食住には困らないらしいが、それでも両親が年老いて、彼らの面倒を見ることができなくなったら、独立して自分で稼がねばならなくなる時がいずれ来るんだ。その時は年金と僅かばかりの稼ぎで暮らして行かねばならない。そのために努力しているんじゃないのか。それを意味があるのかどうかとは、駿斗にしちゃあ、よくない考えじゃないのか」

新藤の声に怒りがこもっている。

「確かに知的障害者は真面目で、言われたことをきちんとこなすことができる。だから彼らのような障害が軽度の人たちは、清掃とか食器洗いとか、スキルは高くないけれど、誰かがやらねばならない仕事をしていくでしょう。でも健太さんのような重度知的障害者はどこに仕事があるというのですか？　そんな彼らが障害福祉サービスの六割を占めている。国の予算が少なくなる現在において彼らの存在をなくせという人まで現れてる……」

駿斗は、健太を殺した押川の心になろうとしていた。健太は生きる意味さえ理解できないのだと押川は言った。そんな人間を殺したのだから罪がより深いのか、それともそんな人間なのだと認識したから、哀れと思い殺したのか。押川にとって健太を殺すことが愛情ではなかったのか。このままずっと生きる意味さえ理解せずに生きつづけることは健太の不幸だと勝手に思い込み、自分を追いつめていったのではないのか。

そこで駿斗は生きる意味とはと自分に問いかけてみた。そのような問いかけは思春期に、僅かばかりの経験はあるが、その時でさえスポーツの汗にかき消されてしまった。生きる意味は何かと、今、改めて問いかけてみると、社会性という視点がある。

それだけではないとは分かっているが、人間が社会というものを作っている以上、生きる意味はそれを健全に維持して行くことではないかと考えるのだ。

「知的障害者の存在をなくせ、か。アメリカでは彼らは社会の役に立たないのだから臓器提供者として使えばいいいんだという極端な、まるでナチスみたいな意見を言う人もいるらしいな」

新藤が眉根を寄せた。

「酷い意見ですね。それほど極端ではなくても、そういう意見を持っている人はいると思います。例えば触法知的障害者は、刑務所を出た後も行くところがなく、犯罪をくりかえすことが多い。これをなんとかすることはできないのか厚労省や法務省が努力していますが、この事実ひとつとっても知的障害者を批判する人もいるでしょうね」

「難しいな。駿斗、俺はお前が考えていることが分かるぞ。押川がなぜ健太君を殺したのかを考えているんだろう。押川は信用金庫の職員で社会に出て仕事をしていた。社会とのかかわりの中で生きている父親にとって自分の息子はどう社会とかかわって、役に立って生きて行けばいいのだろうと考えると、壁にぶち当たったのかもしれないな」

歩道の先に墨田信金の看板が見えて来た。あの看板の下で押川は社会とかかわりあって来た。

「そうなんです。この社会で生き抜く力を持たない知的障害者である健太さんを殺すことが愛情だと思い込んだのではないかと考えたのです」

駿斗は苦しそうな表情を新藤に向けた。

新藤が、ふいに立ち止まった。

「俺たちには見えていなかったんだよ」

新藤は駿斗を睨むようにして言った。

「何がですか？」

駿斗が首を傾げた。

「彼らは確実に社会の一角を占めているんだと思う。多様性という意味だな。もしもだな、ナチスみたいな奴らがいて、知的障害者は社会に不要だと言って、断種手術をしたり、どこかに隔離したりして一般の人たちから引き離したとしようか」

「優生思想のようなことですね」

「まあ、そうかな。でもそんなことをしても社会はまた別の隔離すべき人たちを作り出していくんだと思うんだな。社会とは違う何者かをカテゴライズするんだよ」

「だから彼らも社会の一角を占めているということになる？」

「そこでどのような役割を担わされているかは分からないさ。色々な人たちがいるということを学ぶために彼ら、知的障害者が存在しているかのように言う人がいるが、そうではないとは思うね。多分、それは俺たち自身の存在意義にも関わってくることなんだろうな。この問題を駿斗と考えるようになってやっと俺の視野に入ってきた。それまでは視野の中に入れて来なかった。俺自身が彼らを隔離して、視界の外に出してしまっていたんだ。どうしてそうしてしまったかというと、駿斗が言う『社会的に弱い者は淘汰されるべきだ』と思っていた目には彼らが入って来なかったからだ」

「でも隔離から解放して、視野に入れたからってどう変わるのですか。みんなで社会的な弱者と一緒に暮らして行きましょうと評論家口調で言うほど、これは簡単なことではない。だから社会性だけを強く前面に出して生きてきた父親は、知的障害児たちを生きていても意味のない存在だと考えてしまうんじゃないでしょうか」

「おそらく押川もそう考えたのだろうと思うのかい」

新藤の問いに、駿斗は頷いた。

「でもな」と新藤はゆっくりと周りを見渡した。

二人の周りには商店街があり、人が行き交っている。昼間の下町の商店街には老人が多い。東京スカイツリーが完成すれば、若い人もたくさん訪れるのかもしれない。しかし、今はまだその兆候はない。

商店街は、地元の人の生活に密着した店がほとんどだ。観光客のためのおしゃれな店はない。定食屋や荒物屋やいかにも老人が着そうな腰回りの緩い仕立てのワンピースなどが売られている洋服屋などがある。

「年寄りである俺がいうのもおかしいが、通りには年寄りばかりがいる。まだ歩いているだけでもいい。これがいずれ歩けなくなり、認知症が進行し、家族の顔も分からなくなる。社会的には全く不要になる。じゃあ、そんな年寄りはみんな捨てていいんだってことになると、それでいいのかい。どんなに社会的なコストがかかっても認知症になった老人たちを社会がケアするという安心感があるから、現役の時に頑張れるんじゃないかな。そう思うよ。俺は上手く言えないけど、健太君はたまたまダウン症で生まれ、知的障害というカテゴリーに分類されてしまったけど、俺だっていずれは認知症に分類されて、行き着く先は同じなんじゃないかな。前を歩こうが、後ろからついて行こうが、結局、行き着く先は同じだと思うと、なんだか人間というものがいとおしくならないか?」

新藤はかすかな笑みを浮かべた。

駿斗は、黙って空を見上げた。澄み切った青い空が広がっている。宇宙の中に、ぽつんと一人で存在している気持ちになってくる。せつなくて悲しくて涙が滲んでくる。人間なんて誰も彼も、差がない。健常者も障害者も差などないのだ。

「社会の中で、何かを担わなくてはならないと思うこと自体が間違いというか、人間性を失わせているんでしょうか。多くの現代人が鬱や精神障害で悩まされるのは、そうした何かを担わなければならないというプレッシャーが厳しいからかもしれませんね」

駿斗は、憑き物が落ちたようなすっきりとした表情になった。何かを悟ったような気になったのだ。それはまだしっかりとした形にはなっていないが、焦ることはない。いずれ自分の中で育って、形をなすだろう。

「駿斗も健太君も、そして俺も、七海も存在するだけでいいんじゃないのか。さあ、行こうか」

新藤は、目の前の墨田信用金庫の看板を見上げた。

# 2

「ちゃんと取材しろ」

大楠の大きな声が七海の頭の上で炸裂した。思わず首を縮める。

「何をそんなに怒っているんですか」

「何をじゃねえぞ。お前、街ネタを拾わないで調査報道のまねごとをやっているらしいじゃねえか」

「調査報道ですか?」

「例の押川の事件だよ。あの周辺を調べて回っているってきいたぞ。そんな調査報道めいたことは十年早いんだよ。県内版の記事は、身近なネタ、小学校で誰がどうしたっていうのが基本だ。それにニュースってのは新しいってことだ。古い事件を追うな。馬鹿!」

「キャップ、酷いですね。その言い方」

七海は泣きそうな顔になっている。悲しさではなく、怒りだ。

「おっ、反論する気か? 最近の若者にしちゃ意気があるね」

大楠はにやりとした。

「ちゃんと仕事はしてますよ。ただ押川の事件は、とても社会的影響があるから私は自分で追いかけているんです」

「記事にしたいのか」

「いずれ」

七海は大楠の顔色を窺った。

「根性を決めて取材しているのか」

「そのつもりです」

「ニュース性はないぞ」

大楠の目が意地悪だ。

「なぜダウン症の押川健太さんが父親に殺されなくてはならなかったのかを疑問に思っています。そして知的障害者やその家族が生き辛い社会は、私たち健常者にとっても生き辛い社会だと思うのです」

七海は取材の趣旨を簡潔に答えた。

その時、大楠の机の電話が鳴った。大楠は、首を振り、七海に席を外せと命じて、受話器を取った。

七海は、不服そうに唇を尖らせ、席を外し、記者クラブ内の隅に設置されたコーヒーメーカーに向かった。コーヒーでも飲んで、気持ちを落ち着かせようと思ったのだ。

東日新聞の柏木がコーヒーを飲んでいた。

「えらく怒られていたね」

柏木が薄笑いを浮かべた。

「キャップ、奥さんと喧嘩したんですかね。機嫌が悪いみたいで」

「調査報道は十年早いって言われてたな」

「ええ、押川透の事件の背景をちょっと取材しているだけなんですけどね」

七海はちらりと大楠を見た。まだ受話器を握りしめている。馬鹿と小声で呟いた。

「大楠さん、七海ちゃんのこと、気に入っているんだよ。だからちょっと本気度を試したんじゃないのか」

柏木は紙コップをグイッと握りつぶした。

「ホントですかぁ。そんなこと信じられません」

七海はカップにコーヒーを注いだ。

「あの事件は調べてみる価値があると思うよ。特異な事件ではなく、普遍性があるからね」

「そう思いますよね。だから調べているんですよ」

七海はコーヒーを飲みながら、ふと柏木が転勤を拒否していることを思い出した。

「ねえ、柏木さん」

「なあに？」

「どうして柏木さんは、転勤を拒否しているんですか？」

七海の質問に、柏木は小さく笑みを浮かべた。それは口角を引き上げただけの苦みを感じさせる笑みだった。

「聞きたい？」

「少し」

「実はね、俺の娘が重度の知的障害なんだよ」

柏木は七海を覗きこむように見つめて言った。

「えっ」

七海は言葉を失った。

「この話は誰にもしていないけどね。敢えてカミングアウトする話じゃないし……」

柏木は、視線を七海から外した。

「失礼ですが、どんな障害なのですか？」

七海は窺うような目つきで聞いた。

柏木は首を振った。

七海は、じっと柏木を見つめた。

「超低出生体重児だったんだよ。生まれた時、千グラム未満でね。それが原因で知的障害になったんだ。知的障害は様々な事情でなるからね。仕事もやりたいけど、娘の世話もしたいから」と柏木は言い、大楠キャップの方を見て、「七海ちゃん、キャップが呼んでいるよ」

「は、はい」

七海は、一瞬、迷った。柏木にどんな表情を向けていいかわからなかったからだ。もっと柏木の話を聞きたい気持ちもあった。しかし、それに躊躇する気持ちも同時に起きた。

「また後でね」

柏木は、軽く手を上げると、取材バッグを担いでクラブを出て行った。

「はい、なんでしょうか」

七海は怒ったように言った。

『つくしの会』の取材をしてこい」

大楠はメモを渡した。

「つくしですか？　季節外れですけど。今は、冬です。春じゃありません。つくしなんか出ていません」

思い切り馬鹿と言ってやりたかった。さっきの仕返しに。

「馬鹿、つくしじゃない。『つくしの会』だ。ダウン症児の親の会だよ」

大楠が睨んだ。

「えっ、ダウン症児の親の会ですか？」

七海は驚いて目を見張った。

「そうだよ。幸が丘ダウン症児親の会、通称、『つくしの会』って言うんだよ。つくしって春になるとすくすくと土の中から顔を出すだろう？　あのつくしのようにすくすくと育てようということでこの名前になったそうだよ」

「どうしてですか？」

七海は、大楠の机に両手をつき、身を乗り出した。

「どうしてって？　お前、ダウン症のことを取材しているんだろう？　だから『つくしの会』に連絡したんだよ。親御さん何人かに直接、押川の事件のことを聞いてみたらいいと思ってな」

「キャップ……」

七海は、大楠に抱いていた怒りが消え、嬉しさで自然と頬が緩んだ。

「なんだ、お前、その馬鹿みたいな顔は？」

「馬鹿馬鹿と言わないでください。感激してるんです。やっぱ、キャップだなって」

「もし記事にできそうだったら、書いていいぞ。そのメモに親御さんが集まってくれる場所と時間が書いてある。今日の午後だ。直ぐ行け！」

「はい」

七海は、直立して敬礼をした。

「これ、読んどけ」

大楠が、もう一枚のメモを渡した。そこには詩が書いてあった。『天国の特別な子ども』（エドナ・マシミラ　大江祐子訳）という詩だった。

会議が開かれました。地球からはるか遠くで
「また次の赤ちゃん誕生の時間ですよ」
天においでになる神様に向かって　天使たちは言いました。

「この子は特別な赤ちゃんで　たくさんの愛情が必要でしょう。
この子の成長は　とてもゆっくりに見えるかもしれません。
もしかして　一人前になれないかもしれません。
だから　この子は下界で出会う人々に
とくに気をつけてもらわなければならないのです。
もしかして　この子の思うことは　なかなかわかってもらえないかもしれません。
何をやっても　うまくいかないかもしれません。
ですから私たちは　この子がどこに生まれるか
注意深く選ばなければならないのです。
この子の生涯が　しあわせなものとなるように
どうぞ神様　この子のためにすばらしい両親を探してあげてください。
神様のために特別な任務をひきうけてくれるような両親を。
その二人は　すぐには気づかないかもしれません。
彼ら二人が自分たちに求められている特別な役割を。
けれども　天から授けられたこの子によって
ますます強い信仰と　豊かな愛をいだくようになることでしょう。

やがて二人は　自分たちに与えられた特別の神の思召しをさとるようになるでしょう。神からおくられたこの子を育てることによって。柔和でおだやかなこの尊い授かりものこそ天から授かった特別な子どもなのです。

## 3

駿斗と新藤は、墨田信用金庫の応接室で待たされていた。茶が出されていたが、手をつけていない。どうもぎこちない。普段から金融機関に縁がないから、居心地が悪いのだ。

「妙に緊張しますね」

駿斗が言った。

「金融機関というところは好きじゃないね」

新藤が答えた。

「お待たせしました」

男が入ってきた。頭髪がかなり薄く、そこに目が行ってしまう。

駿斗と新藤が立ちあがった。

男の差し出した名刺には副支店長木下祐二《きのしたゆうじ》と記されていた。

「どうぞ、お座りください」

木下はにこやかだが、どこか冷たく感じるような笑みを浮かべていた。

「長嶋さんは押川君の弁護士さんでいらっしゃるとか。彼は元気にしていますか？」

「ええ、まあ、こんなことですから元気というわけにはいきませんが、特に具合が悪いということはありません」

「そうですか」

木下は目を伏せた。

「今日は、押川さんの仕事振りなどをお聞かせ願いたいと思ってまいりました。また情状証人に出ていただける方などがいらっしゃるかということも教えていただければと思います。押川さんの意思に反するかもしれませんが」

駿斗は眉根を寄せた。

「意思に反するとは？」

木下は顔を上げ、駿斗を見た。

「押川さんは、死刑を望んでおられるものですから、情状証人を必要ないとおっしゃるかもしれないと思いまして……」

「死刑をね。そうですか」

木下は何かを考えている風に顎を上げた。

「押川さんはどのような職員でしたか」

駿斗は単刀直入に聞いた。

木下は目を伏せ、しばらく黙っていた。そしておもむろに顔を上げると「真面目。その言葉しかないですね」と言った。

「はあ、真面目、それだけですか？」

駿斗は気の抜けたような返事をした。

「職場での人間関係はいかがでしたか？」

新藤が聞いた。

木下は、唇を強く閉じて、大きく鼻で息をした。

「正直言ってあまり親しい人間はいないと思います。酒を飲んだり、ゴルフをしたり、また信用金庫内の行事に積極的に参加する方ではなかったですからね。なんというか暗いというか、無口でしたね。与えられた仕事は間違いなくこなしましたが、求められるリーダーシップなどは発揮しませんでした」

　木下は、ほうと息を吐いた。言いにくいことを言ったという気負いがあるのだろう。

「健太さんのことは聞いていましたか？」

　駿斗が聞いた。

「いいえ、今回の事件が起きて、初めて彼に障害のあるお子さんがいることを知りました」

　木下は言った。

「やはりご存じなかったのですか？」

「ええ、信用金庫としては、職員のそうした家庭環境については極力把握しようとしているのですが、なにせプライバシーの問題がありますから、無理にというわけにはいきません」

「事件については、驚かれたでしょうね？」

「勿論です。まさかうちの元職員とは思いませんでした」

「どう思われましたか？」

　駿斗の問いに、木下は厳しい視線に変わった。

「どう思ったか、と聞かれるのですか？」

「ええ、同情して嘆願書に署名を集めようという動きはなかったのですか」

「同情するかって？」と木下は投げやりな表情になると「いい迷惑でしたよ」と言った。

「迷惑？」

駿斗は首を傾げた。

「そうでしょう。殺人事件ですよ。当信用金庫の元職員が人を殺したんですよ。世の中っていうのは、障害のある子供がいたとか、一家心中だとか、そんなことで同情なんかしてくれませんよ。この時とばかりに苦情が来て、大変でした。預金を下ろすと言って来店する人もいますし……」

「預金を下ろすというのですか？」

「そうですよ。抗議のために預金を下ろすんですよ」

「押川さんに同情する声は、本当になかったのですか？」

「少なくとも職場や取引先からは起きませんでしたね。押川さんは、存在感が希薄でしたからね。ただ暗いだけで、あまり他の職員と関わり合いを持とうとされませんでした。今、思えば、そうしたお子さんを抱えておられたせいかもしれませんが、それにしても何か思い出せと言われても、何もないですね。本当に真面目、それだけですね。ああ、そうだ。ただ一人、親しそうにしていた女子職員がいましたので、ここに呼んでありますから」と言い、木下は時計を見て、「もうすぐ来ますから。窓口を閉めたところです。彼女に聞けば、何か分かるかもしれません」

「窓口ですか？」

「ええ、お客様のお相手をするテラーをやっていまして、今、三時半ですから、その仕事を終える時間なのです」

木下は、目の前の茶を取り上げ、一口飲むと、黙ってしまった。

押川は、あちこちの支店や部署を回ってきたが、退職する寸前にはこの支店に勤務していた。それなのに、真面目のひと言で木下の記憶には何も残っていない。なにか楽しげな、あるいは悲劇的なエピソードはないのか。

「失礼します」

応接室のドアが開き、女性が入ってきた。眉が濃く外見はやや派手に見えるが、どこか陰気な雰囲気が漂っている中年の女性だ。墨田信金の淡いピンクの制服を着ているが、あまり似合っているとは言えない。

駿斗と新藤は再び立ち上がった。

「柳原《やなぎはら》と申します」

女性は丁寧に頭を下げた。

「私たちは押川さんの弁護を担当している者です。長嶋といいます。こちらは新藤です。お忙しい時間に申し訳ございません」

駿斗は、柳原に座るように言った。

「悪いね。柳原君。こちらの方に押川さんのことを話してあげてよ。私は、ちょっと用事で、席を外すから。よろしいですか」

木下が駿斗を見た。

「ありがとうございます。また何かありましたらよろしくお願いします」

駿斗は頭を下げた。

「それじゃあね」

木下は、素早く立ち上がった。駿斗と新藤も立ち上がりそうになったが、「そのまま、そのまま」と木下は言い、応接室から出て行ってしまった。

「座らせていただきます」

柳原はソファに腰を下ろした。

「柳原さんは窓口係なんですね」

駿斗が聞いた。

「はい、窓口で口座を開設したり、預金を受け入れたりする手続きをしています」

「押川さんとはお親しかったのですか」

駿斗の問いに、柳原は首を傾げ、僅かに表情を歪めた。

「木下副支店長が、そうおっしゃったのですか？」

「ええ」

「嫌だわ。親しいというと何か誤解されそうですが、押川さんは事務の責任者でしたから、何かと関わりがあったというだけです」

柳原の顔には親しいという言葉が独り歩きするのは迷惑だと書いてあった。

「押川さんはどういう人でしたか？」

柳原は、少し考えるような顔をして「真面目でしたね」と言った。

新藤が笑った。

「私、何かおかしいことでもいいましたか？」

柳原が不愉快そうに目を細めて新藤を見た。

「いえ、申し訳ありません。先ほどの木下さんも真面目ということだけおっしゃったものですから。本当に真面目だったのだなと思った次第です」

新藤が言い訳をした。

「本当に真面目としか言いようがないですね。どういうわけかあまり人との関わりを好まれないようでしたね。仕事は、事務のサポート全般で、詳しくて頼りにされていました。検査と言って信金事務を調べに本店から来るのですが、そんなときは押川さんがだいたい対応されていて頼りになりました」

「長く勤務されているのになぜ親しくされなかったのでしょうか？」

「わかりませんが、何か心に鬱屈を抱えていらっしゃるような感じがしました」

「何か思い出されることは？」

「そうですね」と柳原は上目遣いになって記憶を手繰っているようだった。駿斗は、じっと柳原が言葉を発するのを待った。

「奥さんのことを話しておられましたね」

「由香里さんのことですね」

「奥さんのお名前は存じあげませんが、いつか食堂で一緒に昼食を食べている時、『子供にばかりかかりっきりで大変だよ』とぽつりと。なんだかこぼすような口振りでした」

「子供のことにかかりっきり……ですか。健太さんというのですが、ダウン症だとか、知的障害があるとか、話されていましたか」

　柳原は、何かを考えている様子で、口ごもった。

「柳原さんも健太さんのことはご存じなかったのですか」

「少し聞いていました」

　柳原の口調が強くなった。

「ご存じでしたか」

「詳しくというわけではありませんが、他の人は知らないと思います。押川さんは、自分の家庭のことは話されませんでしたから」

「柳原さんには話されたのですか」

　駿斗は、柳原を見つめた。

「誤解しないでくださいよ」

　柳原が身体をかがめて、小声になった。

「ええ」

　駿斗も身体をかがめた。新藤は耳を傾けている。

「奥さんのことを話された時、ちょっと愚痴っぽかったので、たまには飲みませんかと声をかけたのです。日頃、お世話になっていますし、私も独り者ですから」

「独身なのですか」

「ええ、離婚したんですけどね」

「ああ、そうですか」

「押川さんは、ちょっと驚いた様子でした。めったに飲みに行かれることはなかったからです。迷惑ならいいですよ、と言ったら、いや、行きますとおっしゃったものですから」

「飲みに行かれたわけですね」

「ええ、二人で駅前で焼き肉を食べて、私の行きつけのスナックに行ったのです」

「ほう、スナックへね」

新藤が、感心したように言った。

「私くらいのおばさんになって一人暮らしというのは、おひとり様と言うらしいじゃないですか。一人で夕食を食べて、一人で飲んで、一人で歌う。私も面倒な夫と別れて一人でスナックで歌うんです」

柳原は饒舌になった。

「みんな寂しいんだね」

新藤が呟いた。

「押川さんも寂しそうだったので、いつも一人で……」

柳原は思い出すように言った。

「スナックでは、押川さんはどうでしたか」

駿斗が聞いた。

「楽しそうでしたよ。初めて見ましたね。押川さんが、酔って笑うのを」

「機嫌が良かったのでしょうか」

駿斗が言った。

「そうじゃないですか。スナックでは歌も歌われました」

「歌を？」

駿斗は驚いた。別人の話を聞いているようだ。押川の暗い表情からは想像もできない。

「どんな歌を歌うんですか」

「『シクラメンのかほり』なんか歌われました。綺麗な声でしたよ」

小椋佳《おぐらけい》、作詞作曲の抒情的な歌だ。

「その時、家庭のことを聞いたのですね」

「そうです」と柳原は答え、「嫌になったよ。女房は子供にかかりっきりだし、子供は知的障害があって未来はないし、逃げ出したくなるんだ、って」

駿斗は新藤と顔を見合わせた。真面目で、由香里や健太のことだけを考えていたと思っていた押川が、逃げ出したくなると愚痴っていたのだ。

「時々、何もかも捨てて逃げ出したくなる。そうすればどれだけ楽になるかって考えることがあるって。結構、真剣でしたね。その時、私は押川さんから息子さんの障害の話を聞いたので、同情しちゃって、涙ぐんで、ダメよ、お父さんがしっかりしなくちゃと励ましたんです。そうしたら、うん、うん、分かったって言って」

「そんなことをね……」

新藤が呟いた。

「私もついつい自分が夫と別れた事情を話してしまいましたよ。押川さんみたいに優しくて真面目な人だったら良かったのにとね。私の別れた夫はＤＶ、暴力がすごくて。何か気に入らないことがあると私を殴ったり、蹴ったり。何度、殺してしまいたいと思ったことか。外面《そとづら》ばかり良くてね。家の中では鬼になるんですよ。女は我慢しなくちゃいけないのかと本当に辛かったんですよ」

「お互い慰め合ったのですね」

駿斗が言った。

「結果的にそうなりましたが、今の話は、お酒の席の話ですし、誰だって家庭から逃げ出したくなることはありますから。まさか逃げ出したくて、あんな事件を起こされたとは思わないでくださいね。押川さんは奥さんも子供さんもすごく愛しておられましたから」

「よく分かっています。私は弁護士ですから、押川さんを守る側です」

駿斗は強く言った。

「押川さんはあまり両親の愛情を受けて育っていないんですね。幼いころの辛い話をされていました。それで理想の家族を作るのが夢だったようです。自分が育ちたかった家族なんですって」

「理想の家族ですか」

「でもそれには手が届かない。絶望だと悲しそうに……」

柳原は遠くを見つめるような目をした。

「絶望ですか」

駿斗は押川の暗い顔を思い浮かべた。

# 4

七海の前に二人の男性と一人の女性がいる。『つくしの会』の会員だ。それぞれがダウン症の子供を育てている生活について話し始めた。

梶原靖男《かじわらやすお》、六十二歳。家族構成は、本人と子供二人（長男と長女）。長女がダウン症。妻は数年前に癌で死亡。定年退職し、今は『つくしの会』の事務をしている。ポロシャツを一番上のボタンまで留めている。緩やかに着こなすのが普通だが、生真面目な性格なのだろう。

妻を亡くして、ダウン症の娘と暮らしておりまして、押川さんの気持ちが分からないでもないのでここに参りました。娘は二十六歳です。知的障害の程度はちょっと重度です。意思疎通はできますが、数はかぞえられません。しかしとても可愛い性格で、パパ、パパと慕ってくれて幼いころのままです。心配なことは、後、十年も経つと、私は七十歳を超えてしまう。娘も四十歳近くになる。どうなってしまうのかなと考えない日はありませんね。生まれてすぐに担当の小児科医から話があると言われましてね。彼が娘を指差して、目が少し吊り上がっているのが分かりますかと言われました。

梶原は笑みを浮かべた。

生まれた直後の子供の目が吊り上がっているって、普通、分かりますかね。みんなサルみたいじゃないですかね。それに女房が目が吊り上がっていたのでね。でも医者は娘はダウン症で、心臓も悪いかもしれないというんですよ。それはショックでしたね。周りには健常で生まれた子ばかりで、お母さん方はおめでとう、おめでとうと見舞客から言われている。女房も私も、なんでって憤りやら悲しみやらで泣きましたね。でも泣きながらも頭は冷静で、この現実を受け入れなくちゃならないんだと思っていた気がします。実は、私は教員だったのですが、長い間、職場ではダウン症の子供がいるって積極的にカミングアウトはしませんでした。なぜでしょうね？　理由は分かりません。気負っていたんでしょうかね。

梶原は財布から一枚の写真を取り出した。そこには陽光が満ちる美しい庭園に、華やかな着物を着た女性が写っていた。ふっくらとした顔立ち。笑顔だ。

娘です。二十歳の時に撮ったのです。私の宝物です。娘は作業所に通っています。自分でバスに乗って通えるようになりました。一番、辛かったのは女房が亡くなった時ですね。それまでは女房にどこか頼っていましたが、それ以降は私が娘とまっすぐに向き合わねばならなくなりました。その時、覚悟を決めたんです。ふっ切ったとでも言うんでしょうね。そうすると逆に楽になりました。まだ定年前のことで職場に通っていたのですが、周りの同僚に娘が知的障害だと自分から話しました。すると仕事が非常に楽になりました。仲間が何かをしてくれるわけではないんですよ。でも楽なんです。若いころのように気負わなくなったとでもいうのでしょうか。

――押川さんのことをどう思いますか。

押川さんの行為を全く理解できないとは言いませんが、私は絶対に押川さんのようにはなりません。

そりゃあ、今、私は幸せですよ。しかし、いずれ私が年老いて認知症にでもなったらどうしようかと不安ですね。娘はその後、どう過ごせばいいのか。これは知的障害の子供を持った親が、絶対に逃れられない問題なのです。できれば私がしっかりしたままで娘を看取ってやれれば、一番いいなと思いますが、そう上手く行くとは思えない。今は踏ん張るだけ踏ん張ろうと思います。

――社会がお子さんを看る状態になっていないからですか。

ええ、そういうことになりますが、でもそれに絶望しているわけではありません。

グループホームなど、いろいろな会がありますしね。ただ自分と同じようにできるかということだけですね。実際、徐々に先を見据えて子離れしていかなくてはならないと思っています。それが娘のためですから。それでも資金は必要だろうと思いますので娘のために貯金はしてやっています。定額貯金や、娘の障害年金はそのまま将来のために貯金してやっています。幾らかでも資金があれば、他人に娘を託するにしてもなんとかなるだろうと思っています。

徳富康雄《とくとみやすお》。五十歳。公務員。家族構成は妻、子供二人（長男と長女）。長女がダウン症で小学校の特別支援学級に通学中。年齢より若く見え、非常に積極的な印象を受ける。

長女がダウン症だと診断された時はショックでしたよ。でもね、いいお医者さんに出会ったんですよ。「この子はダウン症ですから、短命だとか何とかいろいろと言われていますが、時間はかかるけれども丈夫な子に育てられるんです。普通に育ててあげてください」と言われました。ホッとしました。最初に出会う医者は大事です。ここで否定的なことを言われると、本当に暗い気持ちになりますからね。普通に育ててほしいと言われた時の安心した気持ち、分かってもらえますか？

娘の育つ過程で、この会に入り、いろいろと勉強させてもらいました。ダウン症ってなんなのということですが、他の健常の子供との差は歴然としているのですが、それでもできないことはないような気がしてくるんです。他の子供が一回で覚えることが、二十回、三十回とかかるだけです。やっているうちに本人も楽しくなって、できるようになるんです。これって考えたら子育ての基本で、何も特別なことじゃありません。おかしいものでその後に長男が生まれたのですが、私たちが娘に一生懸命教えているものですから、それを見て、すぐに覚えるんです。今は長男が娘の世話もしてくれます。幼いなりにね。親が娘に手がかかっているからと言って、長男がひがんだりしませんよ。それはたいしたものです。

徳富は笑みを浮かべた。

子供にとって健常だろうが、障害があろうが同じですが、愛された記憶が大事だろうと思うのです。押川さんは、幼いころ不幸な育ち方をされていますね。親から愛されていない。だから他人を信用できなかったのではないかと思うのです。自分の子供を他人に委ねること、信頼できる他人に委ねることができれば、こんな悲劇は起きなかったのではないかと思います。私たちダウン症の子供を持った親は、他の親とは違うところがあるんです。とにかく子供の成長が遅いですから、可愛い時の間が長いんです。それで子離れができなくなることもあります。それでも徐々に他人に委ねるようにして行かないと、親も子供も辛くなってきてしまうんです。まあ、これは知的障害のある子供を持った親、全般に言えることかもしれません。

夫婦でどのように育てようかと悩みました。なかなか結論はでません。それでも決めたことがあります。とにかく誉めようということです。何かできたらひたすら、とにかく誉める、誉める。

徳富は強い口調で言った。

結果は良かったと思います。水泳は私なんかより上手に泳げるようになりました。歌も好きですよ。娘は「お父さんは水泳も歌も私よりへたくそで、ダメだ」と言いますね。歌なんかは上手いわけはないんですよ。でも本人は気持ちよく歌っている。それを誉めてあげる。ますます気持ちよく歌う。それで良いでしょう。

——子育てに随分関与されているのですね。

やはりこの『つくしの会』に入会したのが大きかったと思います。押川さんのように自分の殻にひきこもっていたらダメだったでしょうね。多くのお父さん、同じ年代や先輩の話を聞いて、他の人と一緒に娘を育てている気になれたんですね。押川さんは子育てに失敗したんだと思いますよ。父親なら、積極的に社会との関わり合いを持つようにしなければならないんじゃないでしょうか。

——社会と関わりを持って育てないといけないわけですね。

それについては、こんなことがありました。近所にダウン症の女の子がいて、いつもお母さんと一緒なわけです。今、娘は他の子供たちと一緒に学校に通っているわけですが、それで長男がそのお母さんに「僕が一緒に学校に行くから」とたどたどしく言ったんです。娘が、みんなと一緒に学校に楽しそうに通っているのを長男は見ていて、それでその女の子もそうすれば楽しいだろうと幼いなりに考えたんでしょうね。それでその子も娘や長男、友達と一緒に通い始めたんです。ところがある日、犬にほえられて怖い思いをしたんですね。そうするともうみんなと通えなくなって……。しょうがないから妻が、その女の子の母親に「将来のことを考えたら、いつも親と一緒にいられるわけではないので、ぜひまた子供たちと一緒に学校に通わせませんか」と言いに行ったんですよ。そうしたら「もう構わないで下さい。私たちは勝手にしますから」と言われてしまいましてね。その女の子は、今でも、いつもお母さんと一緒ですよ。知的障害があるなしに拘わらず、子供が大きくなれば、親が見ている世界と子供が見ている世界が違ってきて当然なんですね。そうでないといけないと思いますよ。親は、子供が徐々に子供だけの世界を作るように仕向けていかないとね。

——押川さんはそれができなかったのでしょうか。
親が知的障害の子供を殺すケースは、子供が幼い時に親が悲観してというのがありますね。それは親がどれだけ子供の障害を受容できるかにかかっていると思いますよ。難しいですが。私も今は楽しそうに話していますが、このままずっとこの調子でいけるのかという不安は絶えずありますよ。時々、娘のことを指差して、「あの子はどうのこうの」と変な目で見る人がいますからね。できるだけ地域社会に溶け込もうとしていますが、向こうから拒否されてしまうこともあります。やるせないですよ。それに対して攻撃するわけにはいきませんしね。欧米は、知的障害者に対して社会の受容性が高いと思います。日本はまだまだですね。娘は、今はまだ可愛いですが、そのうち成長すれば可愛いだけでは済まなくなってくる。私たちも娘に対する見方が変わってくるかもしれない。そんなときすぐにSOSが出せる社会の仕組みが必要だと思います。押川さんはどこにもSOSを出さないで、自分で結論を出し、幕を引いちゃったんでしょう。

安藤啓子《あんどうけいこ》。介護福祉士。家族構成は夫と子供二人（長男と長女）。長男がダウン症。明るい印象で、精力的な女性。

長男は今、二十六歳ですが、生まれた時、乳を飲むのが上手くなかったり、ハイハイも遅かったりで、少しは気になったのですが、主人は仕事オンリーで、私ひとりで子育てをやっていたもので、まあ、遅いのも個性かなという具合に感じていたんです。六ヵ月くらいしてから小児科に相談したんです。他の子供に比べてあまりに遅いのではと意識したものですから。そうしたら染色体の検査をされて、ダウン症だと言われたんです。ショックを受ける間もなく、この会に入って活動するようになったのでよかったですね。多くの人と出会いましたから。

——ご主人はどういう反応だったのですか。

主人はああそうかという感じで、特にショックを受けてはいませんでしたね。子育てに特に協力的というわけでもなかったですが、普通に接していますね。特別なこともないのが、かえってよいのかもしれません。下の娘ができてからも、長男と区別することもないですし、知的障害の子供を産んだことを悔やんだりもしません。自然ですね。

一番大変な時期は、下の娘を一緒に育てている時ですね。ダウン症の息子が三歳。私は裸で乳飲み子を風呂に入れながら、上の息子の着替えを手伝ったりしててんやわんや。主人が、家にいて手伝ってくれればいいなと思いましたよ。でもそれも時間が経過し、乗り越えて行くと、下の娘がお兄ちゃんの世話をしてくれるようになったんです。学校に行くようになって、下の娘が友達と遊んでいる時に、お兄ちゃんが来ると、友達が変な目で指を差したりするんですね。下の娘は辛かったと思いますが、メゲなかったですね。いちいちメゲていたら友達と遊べませんしね。そうするうちに友達も指を差さなくなりました。

主人は、とにかく普通でした。子供に知的障害があることを全く意識させませんでしたね。参観日にも行くし、運動会でもビデオを回すし、公園にも二人で行きますし。将来のことを相談したら、その時はその時でどうにかなるよという感じです。頼りないように思えますが、普通の家庭と同じなのが良いんでしょうね。

——息子さんのことがあるので福祉の道に進まれたのですか。

違いますよ。介護福祉士といっても老人介護です。子供が二人とも小学校に通うようになった時、下の娘が、お母さんも働いたらと言ったんです。友達のお母さんが働いていたんですね。それを見ていたんでしょう。「大丈夫?」と聞いたら、「平気だよ。お兄ちゃんも大丈夫だよ」と言ってくれて、それで学校に通ったんです。

押川さんは、子供がお一人ですね。大変だとは思いますが、うちのように二人いたら、良かったかもしれませんね。結構、子供が助けてくれるんです。私も母親として次の子供を産むときに考えましたよ。息子が一歳になった時、そろそろもう一人欲しいなと思いました。会に入っていましたので、他の知的障害のお子さんを見て、まあ、あれくらいには育つだろうという安心感もありました。もしも次に生まれる子も障害があったらと考えないではなかったですが、千人に一人の確率で生まれてくるんだから、それに当たれば仕方がないと思って、下の子を生みましたね。今では生んで良かったと思います。

こういう機会だからお話ししますが、今、出生前診断、着床前診断というのが普及しているんです。妊娠中や受精卵の時に、いや、もっと早い段階で障害の有無を検査するんです。それで妊婦に告知するんですね。それが当たり前になっています。障害が発見されたら、中絶するか、否かの判断を迫られるんです。せっかく授かった命を中絶という形で殺す選択を迫られる親の気持ちを考えると、非常に切なくなります。社会が、障害のある子を生むつもりなのかと母親に判断を迫っているわけです。障害のある子は社会に不要なのだと生まれる前に言われているようなものです。それでも生むと決断したら、すべて母親の責任になるじゃないですか。生んでも中絶しても母親の責任……。悲しいですね。

## 5

長嶋弁護士がやってきていろいろなことを話した。帰り際に一枚の紙を差しいれてくれた。そこには金子《かねこ》みすゞの詩が載っていた。「わたしと小鳥とすずと」という詩だった。

わたしが両手をひろげても、
お空はちっともとべないが、
とべる小鳥はわたしのように、
地面《じべた》をはやくは走れない。

わたしがからだをゆすっても、
きれいな音はでないけど、
あの鳴るすずはわたしのように、
たくさんなうたは知らないよ。

すずと、小鳥と、それからわたし、
みんなちがって、みんないい。

詩を読み終わった時、健太が小学二年生の時に描いた「わたしのかぞく」という絵を突然、思い出した。わたしと妻との間に健太がいる絵だ。妻の顔には目も鼻も口もあった。唇はわずかに開いていて、笑っているように見えた。妻は、ふくよかな身体に両手を広げ、何かを包み込むようだ。健太は一方の手を握っていた。その表情は、穴の空いただけの目と口だけで表情までは分らない。見ようによっては笑っていたのかもしれない。はっきり言えることは、健太の手が妻の手と重なっていたことだ。

私の顔には目も口もなかった。正確には、黒い点だけで描かれていた。表情はなかった。たくさんあるはずの髪の毛は、数本だけが逆立っていた。身体は細く、骸骨のようで腕も手も申し訳程度に描かれていた。私の手は、身体に沿ってぶらりと下にさがっており、当然のことながら健太の手とは繋がっていなかった。

あの絵を見た時、私は何を感じたのだろう。不快感だったのだろうか。健太が私を拒否しているように感じたのだろうか。今となっては、その時の気持ちを思い出せないが、あれは健太が私を拒否していたのではなく、私が健太を拒否している姿だったのではないか。

健太が他の子供と同じように育たないことに、私はなぜあんなにも悲観的になっていたのだろうか。健太は、あの絵で、私の心の中を見せてくれていたのだ。

# 第七章　生まれるべきではない子がいるのか

# 1

駿斗は、押川と向かい合っていた。新藤は駿斗の隣に座って、所在なげにボールペンを指先で器用に回している。

「押川さん、着床前診断とか、出生前診断という言葉をお聞きになったことがありますか？」

駿斗は聞いた。

押川は、首を傾げ、不快そうに唇を歪めた。こんなところでお前となんか話したくはないという気持ちがありありの表情だ。

「聞いたことはありません」

押川は、ややぶっきらぼうに答えた。

「そうですか？　それでは説明しましょうか？」

「ここで？」

「嫌ですか？」

「いいですよ。伺います」

着床前診断や出生前診断のことは、七海がダウン症の子供を持つ親たちから聞いてきたことだ。七海は、それらの話を聞いて、大きなショックを受けていた。なぜ七海がそれほどショックを受けたのか？　それは生まれるべきではない子がいるのか？ということだ。

着床前診断とは、受精卵の段階で遺伝子異常を発見しようというもので、出生前診断とは胎児の段階で、出産の安全性を高めるために広く行われているが、羊水や胎盤の絨毛《じゅうもう》を検査することで遺伝子異常を発見しようとするものだ。

「私は、押川さんと生命について論争をしようと思います。まず着床前診断というのは受精卵の段階で遺伝子異常を発見しようというものです」

「そんなことができるのですか？」

押川は興味を覚えたように身を乗り出してきた。

「遺伝子異常による障害児が生まれる可能性が高い家系の人などの依頼で行われることがあるようですが、法的な問題よりも生命倫理の点で議論されています」

「法的な問題よりというのはどういうことですか？」

「いいところに気づかれましたね」と駿斗は微笑を浮かべ「実は、子宮に着床していない段階の受精卵は、法律で保護すべき生命とは認定されていないんですよ」と言った。

「しかし、受精すればそれが胎児になるんでしょう？」

「そうです」

「それならそれは生命ではないのですか？」

「そう考える人もいます。ましてやその診断で遺伝子異常が発見されたら、その受精卵は着床しないように廃棄されてしまうのですから」

「生まれることがない？　当然生まれるべき生命を受精卵の段階で選別しているわけですか」

押川は何かを考えている様子だ。

「たとえば着床前の受精卵や卵子や精子に法的保護を与えれば、今や皮膚細胞からクローンを作ることができる時代ですから、皮膚細胞を傷つけたことで刑法犯に問われることになりますからね」

「でもその診断を義務付けて受精卵を選別して、健太みたいなダウン症の子供を産むなということになる可能性もあるような気がします」

押川の表情が暗い。

「そうなれば受精卵を国家が管理することになり、大きな問題ですね。障害に関わる医療費等社会福祉費用の削減などの目的で、そんなことを考える政治家が出てこないとも限りません」

駿斗はあくまで淡々と話した。

押川が黙った。次の駿斗の話を待っているかのようだ。

「今、押川さんは健太さんみたいなダウン症の子供を産むなということになる可能性があるとおっしゃいましたね。それが出生前診断です」

「出生前というと胎児ってことですか？」

「その通りです。日本の法律では胎児はヒトとして生命を法律的に保護されています。ですから堕胎罪が設けられています。殺人と同じですね。自己堕胎罪、他人が行った場合は同意堕胎罪、医師が行った場合は業務上堕胎罪、妊婦の同意を得なかった場合は不同意堕胎罪、妊婦を死傷させた場合は、不同意堕胎致死傷罪などです」

「出生前の診断で遺伝子異常が発見されたら、どうするんですか？」

「三十五歳以上の高齢出産では三百人に一人の割合で、健太さんのようなダウン症の子供が生まれる可能性があると言われています。医者は、診断内容を告知するわけですが、かなりの比率で堕胎するようですね」

押川の顔が歪んだ。

「堕胎は罪になるのではないのですか？」

「そうなんですが、母体保護法という法律で例外的に人工妊娠中絶が認められているんです。妊婦の健康問題や経済的理由がある場合、時には強姦にあったような場合には堕胎が許されるんです。障害児を育てるのは経済的に困難であると、まあ、拡大解釈されているのが実態です」

「医者は積極的に告知するんですか？」

「ええ、アメリカで、どうして告知してくれなかったのかという裁判があり、医者が敗訴した例があるんです。だから医者は遺伝子などの先天性の異常が発見されれば、妊婦に告知します。親は中絶するか、どうかを決めるのです」

「産むか産まないかは親に任されているわけですか？　胎児が人間であるにも拘わらず……」

「胎児の意思に関係なく殺されてしまうのです。こんな例がありますよ。医者が『胎児の首の後ろにリンパ液が溜まっている。羊水検査を受けて堕胎した方が良い』と告知したそうです。妊婦は、子供の誕生を楽しみに待っていたのに地獄に落とされたような気持ちになったのです」

「それで彼女はどうしたのですか？」

「羊水検査を受けずに、そのまま出産したのです。どんな子が生まれても、生まれる意味があって生まれるのだから受け入れようと思ったそうです」

「それで子供は？」

「ダウン症でした。でも、彼女は、子供を非常に可愛がっています。もし中絶していたら、一生、自分を責めることになっただろうと、産む決断をしたことをよかったと言っています」

「よかった……」

押川は呟いた。ほっとしたように息を吐いた。

「どうですか。この事例は」

駿斗は、押川をじっと見つめた。彼の細かな反応も見過ごさないようにしていた。

「生まれる前から、子供が殺されるというのは問題があると思います。せっかく誕生した生命ですから。出生前診断で中絶させられる子供が哀れです。障害児が生まれる可能性があって悩むのは理解できないことではありませんが、中絶せずに産んで欲しいと思います」

「出生前診断は、今や実質的にダウン症の診断に使われているんです。結婚年齢が上がったため、ダウン症のリスクが高くなりました。産科医は、告知しないと訴訟リスクがありますから、告知します。すると多くは中絶するのです。生まれることを親から拒まれる子供、生きることを親から拒否される子供になるのです。こんな不幸なことがありますか？　中国では着床前診断や出生前診断が徹底されていて、もし遺伝子などの異常が見つかれば、相当の比率で産まない選択をすると言われています」

「長嶋さん、あなたは私を責めているんですか？」

押川の顔がわずかに引きつった。

「健太さんは生まれました。ダウン症の子供は、ゆっくりですが確実に成長します。それをあなたは殺した。それは出生前診断で中絶を選択する親とどう違うのですか？　あなたは出生前診断で中絶させられる胎児を哀れだとおっしゃった。しかし、あなたのやったことはどうでしょう。いやもっと残酷だ」

駿斗は冷静に言った。感情は込めなかった。

押川の顔がみるみる険しくなった。

「いったい何を言いたいんですか。私は、そんな親たちとは違う。健太を愛していた。由香里を愛していた。だから一緒に死のうとしたんだ。死に切れなかっただけだ。今からでも死んでやる」

　押川は興奮しているようだ。目が吊り上がっている。

「どうして死なななかったのですか？　二十数ヵ所も傷を作っておきながら、致命傷にもなっていない。死ぬ気はなかったんでしょう。あなたは勇気がない」

「おい、駿斗、言い過ぎじゃねえか」

　新藤が困惑した顔で言った。

「叔父さん、本当のことを言った方がいいんです」

　駿斗は新藤を抑えた。

「死ぬ気だった……」

　押川は呻くように言った。

「あなたは死刑になりたいと言っている。それは法の力で自殺したいと言っているのと同じです。アメリカでは銃を乱射して、関係のない人々を殺し、警察の手で殺して欲しいという卑怯者がいるそうです。最近、日本でも死刑になりたいと通り魔的犯行をする人がいる。あなたは彼らと同じだ。あなたに着床前診断や出生前診断で堕胎をする親を非難する資格はない」

　駿斗はやや語気を強めた。

「愛していた……。愛していた……」

押川はカウンターに顔を伏せた。

「柳原公子《きみこ》さんを知っていますね」

駿斗の言葉に、押川の頭がピクリと動いた。

## 2

「どうだ？　まとめられそうか？」

キャップの大楠が七海の肩をポンと叩いた。

「あ、キャップ」

七海は、心ここに在らずという顔を大楠に向けた。

「どうした、ぼんやりしているじゃないか？」

「重い取材でした」

七海はため息を吐いた。

「取材とは重いものだよ。なにが重かったか考えるんだな。記事は焦らんでいい。いずれ押川の公判が始まるから、その時に合わせてでもいいさ」

再び七海の肩を叩いて大楠はどこかへ行ってしまった。コーヒー好きだから、喫茶店にでも行ったのだろう。

七海は、ダウン症の親の会『つくしの会』で会った梶原たちのことを考えていた。彼らは多くの悩みや不安を抱えながら、ダウン症の子供とともに暮らしている。七海は、彼らの前向きさに正直、驚いた。もっと暗い話になると思っていたが、彼らは逞しかった。障害のある子を育てているという事実を受け入れていると思った。

なぜ押川は、由香里と健太を殺すという悲劇に陥ってしまったのだろうか。それはダウン症の健太を受け入れることができなかったからだろうか？

七海は、受け入れる、すなわち「受容」するということはどういうことなのだろうか、と考えた。

自分の子供であれば、親は、障害があろうとなかろうと受容するだろう。時に、虐待の形で、自分の子を受容しない親もいるが、それは例外的だ。

子供は受容できても、障害そのものは受容できない。それは彼らとて同じなのではないか。だからこそ親の会で、同じ悩みや不安を抱えた仲間を求めるのだ。

子供の成長に合わせて、直面する新たな悩み、不安をお互いで話し合い、解決策を見つける。時には慰め合う。障害を受容するというのは、非常に努力がいることに違いない。きれいごとではない。

「七海ちゃん、どう景気は？」

七海が振り返ると、柏木が笑みを浮かべて立っていた。

「柏木さん！」

七海は椅子を蹴って、立ち上がった。

「どうしたんだ？　驚くじゃないか」

柏木は慌てて身体をそらせた。

「今、ちょうど柏木さんのことを考えていたんです」

「俺のこと？」

柏木は自分を指差した。

「ええ、そうです」

七海は頷き、柏木を見つめた。

「嬉しいね。そんなに思われているんじゃ何か考えないとね。今晩、どう？」

柏木は顔をつきだした。

「何を勘違いしているんですか？　スケベー」

七海は、両手で柏木の身体を押し返した。

「俺と付き合いたいという話じゃないのね」

柏木は残念そうな顔をした。

「違いますよ。お嬢さんのことです。柏木さん、お嬢さんが知的障害だとおっしゃいましたね。私、ダウン症の親の会の人たちの話を伺って、ちょっと考えこんでいたんです。障害を受容するってどういうことか？　それができなかった押川は、健太さんを殺してしまった。でも本当に受容できるのかって……」

七海は柏木を見つめた。

「そういうことか……」

柏木は、近くにあった椅子をひっぱると、七海の前に腰を下ろした。

七海も座り、柏木の話を聞くべく、姿勢を正した。

＊

「少し、俺の考えを話してもいいか？　俺の娘はダウン症じゃないが、超低出生体重児、いわゆる未熟児って言ったよな」

柏木は、言葉を確かめるように話し始めた。

「頭が腸捻転を起こしたかと思ったよ。娘を見たときね。イメージしていた赤ん坊じゃないんだ。ウォーッって叫びたくなった。ものすごく小さいんだ。二十七センチしかないんだよ。医者や看護師は可愛いでしょう、と言ってくれるけど、俺にはどう言っていいか分からなかった。すぐにNICU（新生児集中治療室）に運ばれて、口や鼻から管を入れられて苦しそうだった。他の人の赤ん坊を見て、でかぁって言ったら女房からあれが普通よと言われてしまった。女房は、高齢出産だからねぇ、ごめんねと言っていたけど、俺は大丈夫だよ、無事大きくなるさと励ましたんだ」

柏木は、娘に「のぞみ」という名を付けた。希望の意味だ。丈夫で育って欲しいという思いを込めた。

「超低出生体重児だからといって知的障害になることはない。今では、医者が悪かったと思っている。まあ、医者に言わせりゃ、その時の最高とは言わないまでも最善の治療はしたということだろうけどね。でものぞみはなかなか大きくならなくてね。医者が、もうダメだって言うんだよ。それで俺は猛烈に悲しくなってね。いったいこの子はなんのために生まれて来たんだろう。それに生まれて来てすぐに管をいっぱい付けられて……」

柏木は医者と喧嘩した。

「俺の責任で栄養を補給するって、医者に言ったんだ。医者は、勝手にしろって感じでね。それで一年二ヵ月も経って、やっと退院さ。今は十四歳になったけどね」

成長の過程で親が困るのは、学校の選択だという。健常児の場合は、公立や私立などの選択くらいしかない。しかし障害児の場合は養護学校に入学させるか、普通の学校に通わせるかで大きく違ってくる。

「学校を選択するのに情報がないということだね。養護学校か特別支援学級か、普通の学校か？　ダウン症の場合、親の会とかがしっかりしているから情報があるけど、俺たちの場合はなかったんだ。普通の学校に入れたいと思うけど、受け入れてくれるかどうかわからないし、養護学校に入れると地域と分断させてしまうしね。結局、特別支援学級に入れたんだ。関西のある地域では、知的障害の子供を無理矢理、普通学級に入れたところ、苛めで殺されてしまったことがあるんだよ。のぞみが、そんなことになったら困るからね」

望ましい教育とは、生きるための教育だと柏木は言う。

「教育は、何も読み書きそろばんではないんだ。社会性を身につけさせてくれるってことなんだ」

柏木は、その社会性を愛される障害者と表現する。ともすると卑屈にすら聞こえる言葉だ。しかし、柏木にとっては切実な問題なのだ。

「周囲の助けが必要な障害者が生きて行くためには、多少の我儘を許してもらう円滑な人間関係が必要。それを築かないと、問題を起こし、引きこもってしまうことにつながってしまうんだ。人には、それぞれ好き嫌いがあるだろう。医者も教師も、のぞみが出会う福祉施設の人たちも同じだよ。彼らはたとえ嫌いな患者や生徒や入居者に対してでも、最低限のことをしてくれるだろう。それはプロとして当然だね。仕事だからね。でも好きな相手には、ひと言、のぞみちゃん元気、今日は可愛いねと声をかけたり、なにかちょっとしたプラスアルファがあるんじゃないか。そうなって欲しいんだ」

柏木は、さらに愛される障害者のイメージを具体的に語る。

「あれは小学校四年生の時だった。給食でピーチゼリーが配られたんだ。一人一個ね。ところが何を間違ったのか、のぞみのところに二個置かれた。普通なら、一個余分だから返すことになるんだけど、のぞみは、それをパクッて口にくわえたんだ。そうすると、みんなが『のぞみちゃん、そんなことしたらダメでしょう！　もうしょうがないなぁ。一度口でくわえて汚いから、のぞみちゃん、それ食べろよ』と言って、笑ってそれでおしまい。俺は、この話を聞いた時、嬉しくなった。障害があろうがなかろうが同じことをやったら苛められる子がいるだろう。でものぞみは囃したてられただけ。よかったなぁと思った。これが愛される障害者のイメージなんだ。のぞみは、決まりを破っているけど、みんなに許された。のぞみにとってはかけがえのないピーチゼリーなわけよ。外の人にはわからない。のぞみは大きくなっても、友達と旅行もできない、恋もできない、デパートで買い物もできない、何もできないかもしれない。親としたら本当に申し訳ないと思う。自分が楽しいと思うことを彼女はすることが出来ない。なんのためにこの世に生まれて来たのかと思うよね。でもそれは俺から見た幸せをのぞみに無理矢理押しつけていることなんだ。

のぞみは、余分のピーチゼリーをパクッと食べた。そしてそれを叱られ、笑われ、からかわれたけど、みんなに許された。その方が大事なんだね。のぞみは、今、十四歳だよ。十八歳になったら、全ての教育課程を終えて、社会に出て行くわけ。どんな形にしろ、社会の人に助けられて生きて行かねばならない。助けは健常者以上に必要なんだ。そんなとき愛される技術みたいな、それは生きる技術なんだけど、それが必要なんだ。学校で、どう教えるかは分からない。だけど学校にいる間に、それを学んでほしい」

柏木のイメージしているものが、少し理解できた。愛される技術というのは、のぞみにだけでなく、私たちの誰にでも必要な技術だと思うと言うと、柏木は納得したように笑みを浮かべたが、一転、厳しい表情になった。

「俺は、障害児を持った親を何人もインタビューした。本当にきれいごとじゃない。でも自殺しよう、子供を道連れに死のうと思わなかった親は一人もいなかった。将来を悲観してということもある、どうしてこんな子を産んでしまったのかという贖罪の気持ち、これは母親に多いんだけどね。それぞれの気持ちは複雑だよ。明るく振る舞い、この子に教えられていますと言いながら、その裏側で死を考えているんだ。一度だって、他の親と対等に見られることはないんだよ。障害児を持って大変ですねという視線が必ずついて回るんだ。それが悔しいじゃないか。そんなことだって死にたくなる理由の一つになるんだ。障害児を一生懸命育てています、母親は、明るく振る舞って、元気です。父親は優しく、一家を守っています、そんな姿を世間は期待する。でも違うんだ。葛藤があり、逃げ出したくなり、子供が考えられないような行動、例えば部屋中にうんこを投げつけた時なんか、泣きながら首を絞めたくなるんだ。俺は、そんな時、逃げ出したよ。母親は、一生懸命、部屋のうんこを洗い流していた。俺は、後から、煙草を吸って、その煙を部屋の壁や床に吹きかけて、うんこの臭いを消したんだ。あのとき、俺の中にのぞみに対する殺意は確実にあったね。人間じゃなくなるんだよ」

柏木は、普段にない真剣な表情をしている。自分の心の中を探りながら話しているようだ。

「でも殺さない。それはなぜか？　俺は、心の中でのぞみを殺したんだと思う。だから現実には殺さなかった。自分も死ななかった。考えてもみてくれよ。いつまで続くか分からないんだよ。いつまでたってものぞみは二歳か三歳なんだ。可愛いままなんだ。これを幸せだという人がいるが、それは欺瞞だ。自分をごまかしている。やっぱり子供の成長を見たいんだ。確かにのぞみも成長する。しかし、長く、我慢して育てても健常者に追いつくということはないんだ。ある時点から、またもとへ戻ってしまう。老化とも言えるんだけど、それが早い。そんなことを思うと、俺は、心の中でのぞみを殺すことで生きているんだ。

きつい表現かもしれないけど、母子一体化、母子癒着《ゆちゃく》をしてはいけないということを俺は言いたい。障害児を育てていると、全てが子供中心に回るようになる。それじゃダメなんだ。子供は子供。親は親。こういう関係にならなければ、悲劇が生まれる。頑張り過ぎちゃ、明る過ぎちゃいけないんだよ。辛くて悲鳴を上げたくなったら、上げなくちゃダメなんだ。逃げたくなったら、逃げればいいんだ」

押川が、妻の由香里と息子の健太を殺したことは、どう思うかとの問いかけに、柏木の口調は、ますます熱を帯びてきた。

「奥さんの方は、承諾殺人になるんだと思うけど、俺には共謀共同正犯に思える。勿論、奥さんは死んでいるわけだからそれを立証はできない。子供にしてみれば、母親に父親が加担して、殺されてしまうわけだから、どうして？　と言いたくなるよな。これを日本では『心中』と称して殺した方を哀れんだりするわけだ。アメリカには『心中』の概念はない。殺人だよね。殺された子供にしてみれば、哀れむなら、親じゃなくて子供の方だろうと言いたいよね。

検察にしたら承諾殺人と殺人で起訴ということになるし、本人がかなり追いつめられていたという状況があれば、例えば介護で疲れていたとか、金銭的にも追いつめられていたとか、退職後の将来の不安があったとか、助けを求める手段がなかったとか、いろいろと本人の状況を考えて、求刑するだろう。まあ、十年ってところじゃないの？　通常はこういう場合、裁判官も同情するから、七、八年で落ち着くんじゃないかな。

でもね、押川は真面目だったんだよ。家族を愛し過ぎたんだよ。家族から逃げりゃよかったんだ。言い方は悪いけどね。真面目に考え過ぎてしまったから、奥さんの子供へ一体化する思いに取り込まれちゃったんじゃないかな。真面目な人は、こうあるべきと思っている。家庭はこうあるべき、しっかりした父親、優しい母親、世間には迷惑をかけてはいけない、他人の世話にはなるな、など自分の規範を持ちすぎている。それが行動を縛ってしまうんだ。ちゃらんぽらんの親もいるでしょう？　子供を苛めたり、虐待したりしてもなんとも思わない奴。たとえば知的障害の娘を性的に虐待する親もいる。子供は分からない。でも良いことをしてもらっていると思っている。そんな父親からは子供は引き離した方がいい。それと同じで、真面目すぎて、子供と一体化してしまう親からも子供を引き離した方がいい」

子供を引き離した方がいい、逃げればいいと言いながら、柏木は子供のために環境を変えたくないという理由で転勤を拒否している。柏木こそ、一般的に子離れができていない親と同じく、子供と一体化しているのではないかという矛盾を聞いた。

「俺にとっては娘はいつまでも幼いままなんだ。知的障害児を持つ親が、子供がいつまでも可愛いので幸せだと言うんだけど、それは嘘だね。抱きしめたくなるほど可愛いけど、でもそれは絶望と表裏一体なんだ。いつまでも続くからね。三つの時はパンツ脱いで、お尻を見せても可愛いけど、十四歳じゃあ、問題でしょう。そのうちね、他人に自分の子供を見られることに強烈な違和感を感じるわけだよ。これに慣れなくちゃならない。俺も最初は辛かった。他人がのぞみを見ると、なにかひそひそと言っているような気がして、この野郎という視線で見返していたんだ。

だけど、ある日、電車にダウン症の子が乗ってきた。俺はつい、その子を見てしまった。なにげなくね。その時、気づいたんだよ。少し周囲と違う印象を与える人がいたら、誰でも見るんだってね。それから子供と歩いていても視線が気にならなくなった。俺も、こうやってひとつひとつ成長するんだ。確かに俺は子供のことをきっかけに転勤をしないで、ここにいる。でもそれは観察するためさ。俺は子供の成長、そしてそれに伴う俺や、俺の家族の成長を観察しているんだ。子供を産んだら、それだけで母親になったり、父親になったりするんじゃない。苦労して、失敗して、学んで行くんだ。その姿を第三者の目で見ることが大事なんだ。第三者の目があるから、やれるんだよ。もし、その目をなくしてご覧。子供なんてのは、健常、障害、関係なく憎くなって、殺したくなってしまうものさ。ああ、誤解しないでくれよ。愛し過ぎてしまうから、憎くもなるし、殺してしまうんだよ。親は誰でも押川さんになる可能性がある。特に障害児を持つ親はね。でも殺しはしない。それはどこかで観察者の、第三者の目を持っているからだよ。それは知識かもしれない。子供の状況に関する知識があるかないか、それも大事なことさ。そして子供をいずれ社会に任せるんだという覚悟も大事……。ああ、こう言いながらも俺の心はそんなに合理的に説明できるもんじゃない。とにかく俺は子供を殺さない」

柏木の話は、矛盾に満ちている気がした。しかし、それは全くの第三者としての七海の立場だから言えることで、障害児を持つ親として当事者である柏木にとっては矛盾でも何でもないのかもしれない。柏木は、社会が障害を受容するように努力しなければならないと強調した。それは第三者だから可能だと言った。親の立場から言えば、障害などない方が楽に決まっている。だからいつまでも障害を受け入れられない。自分の子供を受け入れても、その障害を受け入れることはできない。何かしてやりたいと思うし、何もしてやれない親としての自分を責めることになる。その結果が親子心中になると柏木は言う。だから社会が障害をもっと受容すれば、親は、子供に愛情を抱きつつも、社会に預けることができる。受容するかどうか分からない社会でも生きて行くことができるように、のぞみを育てる、いや、育ってくれればよいと柏木は考えているのだ。

＊

「喋りすぎたな」

柏木は、少し照れたように言った。七海には、今まではくたびれた中年記者としか認識していなかった柏木がまぶしく、輝いて見えた。

# 3

「あなたは何もかも捨てて逃げたかったのではないのですか？　柳原公子さんはそう証言されています。あなたは彼女と関係をもったそうですね」

駿斗は押川を見つめた。

押川は、鼻の頭に汗をかいている。視線が泳いでいる。何か言い出しそうなのだが、唇を開いたままで言葉は出てこない。柳原公子の名前に激しく動揺したように見える。

「墨田信金でのあなたは、真面目かも知れないが、上司や同僚からの評価は低い。あなたは生活のために仕事をしていたかもしれないが、楽しく働いてはいなかった。そのうち由香里さんまで暗く、陰気になって行く。健太さんはなかなか自分になつかない。あなたの理想とした家族像とは大きくかけ離れて行く。あなたの父親は弱く、だらしなく、継母の言いなりだった。継母はあなたを苛めるばかりで、これっぽっちも愛情をかけることがなかった。あなたはそんな家庭が嫌で、嫌でたまらなかった。だから強い父親、優しい母親、賢い息子の家庭を理想として夢見ていた。ところが現実は違った。健太さんが生まれ、由香里さんの気持ちがすべて息子に向かってしまったからだ。全てが狂ってしまった。健太さん中心の家庭になってしまった。何もかもが健太さんを軸に回っていた。家庭にはあなたの居場所はなかった。仕事に居場所を見つけようとしても、見つけられない。あなたは自分の理想の家庭と現実の家庭の間で、浮遊せざるを得なかった。そんな時、職場でただ一人、柳原公子さんだけがあなたに同情的だった……」

「ま、待ってくれ」

押川はようやく口を開いた。

「いいですよ。待ちましょう」

駿斗は言った。

「柳原さんのことはよく覚えている。でもそんなに親しかったわけじゃない。男女の関係になったことなどない」

「正直に答えてください。私はあなたの弁護士だ。あなたに不利になることを、あげつらうつもりはないです。でも検察は違うでしょう。あなたが柳原さんとの関係を深めたいという欲望を持っていて、奥さんの由香里さんを殺したとしたら、承諾殺人にはなりませんよね」

駿斗はじっと押川の目を見た。

「そんな気持ちはみじんもない。柳原さんとは親しかったが、男女の関係はない」

押川は、やや興奮気味に言った。

「でも柳原さんは、あなたと男女の関係があったとおっしゃっています。あなたは、そこで柳原さんに『どこかへ行こうか』と呟いておられた……。ところで押川さん、死刑になりたいんでしょう？」

駿斗は言った。冷たい響きだ。

「ええ、死刑にして欲しいという気持ちは変わっていません」

押川は言った。

「そうであったら、柳原さんのことを認めるといいですよ。検察は、公判前整理手続では、承諾殺人であることを特に争うつもりはないようです。でもあなたが柳原さんと男女の関係があり、その継続を望んだため、由香里さんが邪魔になった、あるいはあなたの浮気が由香里さんの悩みを深くしたということになれば、承諾殺人を考え直すかもしれないですね」

「浮気なんかしない」

「責めているんじゃないですよ、押川さん。逃げ出したくなることだってあるでしょう。母親は、子供を抱え込む傾向にあります。母子一体化、母子癒着とかいうものです。だけど父親は違う。子供と一体化できないんです。動物だって、子育ては母親の役割で、父親はどこかに行ってしまう。私たちも動物だと考えれば、あれと同じなんです。押川さんが、逃げ出したくなる、浮気をして、鬱々とした気分を晴らしたいと思うことは当然かもしれません」

「長嶋さん、あなたは私をからかっているのか。浮気なんかしていない。家族を愛していたから」

押川は怒りの表情を顕にした。

駿斗が笑いだした。

「何がおかしいのですか？」

「だってそうでしょう。あなたは死刑になりたい。二人も殺したのだから、死刑にならない方がおかしい、早く二人のところに行きたいと言っているじゃないですか。私は、依頼人の依頼に忠実であろうとしています。だからあなたに不利な材料を集めているんですよ。できれば死刑にしてあげたいから。柳原さんとの関係を検察が知れば、あなたに対する同情心なんか、吹っ飛んじゃうでしょう。裁判員の皆さんだって同じですよ」

駿斗は一気にまくしたてた。

「だけど、していないものはしていない」

「嘘を言わずに、自分の本当の気持ちと向き合ったらどうですか？　あなたは死ぬ気なんかない」

駿斗の目に怒りが浮かんだ。

「なんだと！」

押川は声を荒らげた。

「だって二十数ヵ所も傷を付けながら、致命傷は一つもない。血は流れたかもしれないが、由香里さんや健太さんには致命傷を負わせているのに、どうしてですか？　自分も健太さんと同じように頸動脈にナイフを突き立てればよかったじゃないですか？　あなたは、裁判で死刑を宣告され、それで死のうと考えているようだが、判断を他人に任せるなんて、本当に二人の死に向き合っているとは思えない。あなたは逃げているだけだ」

駿斗は語気を強めた。

「もう、いい。止めてくれ」

押川は頭を抱えた。

「私は、あなたの弁護士だ。あなたの依頼で動いている。あなたは由香里さんと健太さんを殺す必要があったのか？　他に取りうる手段はなかったのか？　最大の問題は、あなたの心に、二人から逃げ出したいと言う気持ちがあったかどうか、です。逃げたいから殺したのであれば、それは極めて身勝手で、同情の余地がない」

駿斗の口調は容赦がない。

「逃げちゃいけないのですか？　長嶋さん、あなただって何かから逃げたいと思うことはありませんか？」

押川は、顔を上げた。その目に涙が溢れていた。

「逃げてはいけないとは言っていません。辛い現実から逃げたいと思うのは、当然です。あなたは本当に逃げればよかったのですよ」

「どういうことですか？」

「あなたと同じように知的障害児を持った家族の話を聞きました。誰もが一度は子供と一緒に死のうと思ったそうです。でも誰もあなたのように殺しません。あなたは殺した……。なぜなんですか？　なぜナイフを外に放り投げ、その場から逃げなかったのですか？」

駿斗の声の調子が落ち着いた。

「愛していたんだ」

押川は呟いた。

「あなたには理想の家庭像があった。二人はその家庭像を壊していると感じ、憎んでいたんじゃないですか？　壊して、誰かと、柳原さんとでも構わないが、作り直そうと思ったんじゃないですか？　そんな邪悪な気持ちをあなたは死刑を望むことで、ごまかそうとしている。家族を愛していた自分という理想の父親像を作りあげようとしているだけだ。それが二人を殺したという罪に向き合っていないということです。それじゃ亡くなった二人が可哀そうだ」

突然、駿斗の目から涙が溢れだした。

「うっ、うっ」

押川が呻いた。

「駿斗、今日は、それくらいでいいだろう」

黙って座っていた新藤が、駿斗の肩を抱えた。

「分かりました。もう行きます。でも最後に、押川さん。生きるにしても死ぬにしても、あなたが二人の死に正面から向き合わなければ、二人の死は無意味になります。二人が、その時まで生きて来た意味さえなくなってしまう。それをよく考えてください」

駿斗は言った。

押川は、頭を抱えたまま動かなかった。

# 4

思わず柳原公子とは男女の関係はないと口走ってしまった。人とは弱い。咄嗟に嘘が口を突いて出てしまう。なぜだろうか？　そしてその嘘を真実のように思いこむために言葉を重ねて行く。そのうち何が嘘なのか、真実なのかが分からなくなる。

公子とは、男女の関係があった。それほど頻度が多かったわけではない。職場で、そんな関係になれば、黙っていても周囲にばれてしまう。ちょっとした仕草、例えば公子がスーツの肩についたゴミを取るだけでも、それを見ていた誰かが噂をする。噂は、次々と人の口に上り、伝わり、そのうち真実を暴露し始めるのだ。

公子の方から私に近づいてきた。私の孤独が彼女を引きつけたのかもしれない。彼女も離婚し孤独だった。二人の孤独が引き合ったのかも知れない。酒を飲み、カラオケで歌った。気が大きくなった。家に帰りたくなくなった。二人が選んだのは、シテイ・ホテルではなく、本当に場末の連れ込み宿と言われる場所だった。淫猥な空気が重く垂れこめ、男と女の汗で湿った布団が敷かれていた。私は、待ち切れず公子を押し倒すと、その身体にむしゃぶりついた。何もかも吐き出したかったのだ。

あの日、遅く帰宅した。日付が変わっていたかもしれない。

「遅かったわね」

由香里が、明かりが消えたリビングで座り込んでいた。足がすくんだ。由香里が死んで、その場に幽霊として存在している気がしたからだ。

「どうした、真っ暗じゃないか？」

慌てて明かりをつけた。

由香里は、床に座り込み、うつむき、背中をこちらに向けていた。声は由香里だが、本当に由香里なのか疑わしいと思った。

「遅かったわね」

由香里は繰り返した。

「検査が近いからな」

私は答えながら、べっとりとした嫌な汗が流れるのを感じていた。

「そう、何か食べる？」

由香里はゆっくりと立ち上がった。まだ背中を見せたままだ。

「もう、遅いから、いいよ。寝るから」

「そう、じゃあ、そうして」

「どうしたんだ？　気分が悪いのか？」

私は、公子とのことで罪悪感があり、由香里に近づいて、後ろから肩を抱いた。

「お酒、飲んだの？」

由香里は言った。

私は、由香里から離れた。

「ああ、少しだけね。残業、ご苦労さまって、支店長が差し入れてくれた缶ビールをみんなで飲んだんだ」

私は、無理に笑顔を作った。

「そうなの？　よかったわね」

由香里が身体を回して、私の方を向いた。顔を上げた。

「いったいどうしたんだ？」

私は、由香里の顔を見て驚いた。額のところの髪の毛が抜け、そこが赤黒くなっている。血が滲みだした跡だ。

「健太が暴れたの。髪の毛を抜かれてしまったわ。ほら」

由香里は、手を見せた。そこには束になった髪の毛が握られていた。

「そんなに？」

「テレビばかり見ているから、怒ったのよ。そうしたら急に機嫌が悪くなって……」

健太は、普段は穏やかで優しく大人しい。しかし、我儘になった時、手が付けられなくなることがある。身体が大きく、力も強いため、由香里ではどうしようもない。じゃれているつもりで由香里の髪の毛を引っ張ったのだろうが、力が強いため、ごっそりと抜けてしまったのだ。

躾とは禁止を教えることだ。他人との人間関係を円滑にするために、禁止を教える。しかし、由香里は健太にそれを教えなかった。可愛いままにしていた。養護学校でも『ほうぷ』でも、もう少し躾が必要ですと言われていた。明るくて、ダンスが好きで、人気者なのだが、気分が変わると、突然、暴れるのだ。しかし、由香里はその注意をしなかった。私はと言えば、由香里に偉そうなことは言えなかった。健太のことを任せきりにしていたからだ。成長したら息子の教育は父親の仕事なのだろう。それを私はしなかったのだ。

「しょうがないな。痛いか？」

「痛いわ。時々、髪を引っ張ることがあったのよ。ダメよと言っていたんだけど、健太は私が喜んでいるとでも思っていたのね」

由香里は疲れ果てた顔をしていた。辛い思いをしている由香里には悪いが、醜いと思った。

私は、指先を鼻につけた。深く息を吸った。ほのかに公子の香りがまだ指先に残っていた。私は、その香りを嗅ぐことで、ようやくその場を逃げ出さないで立っていることができたのだ。

愛していた。由香里のことも健太のことも。

健太は、よくダンスをした。テレビでお気に入りの歌、それはアンパンマンの歌であったり、ときには人気グループの歌であったりした。健太は、音楽に合わせて身体を揺らした。初めてダンスをしたのは四歳の時だった。テレビをつけたら、アニメソングが流れてきた。すると突然、健太が踊り出した。

「おい、おい、由香里、健太を見てみろよ」

私は台所にいた由香里を呼んだ。

「なぁに?」

由香里は、カレーを作るために玉ねぎを切っていたのだろうか、手に包丁と玉ねぎを持っていた。

「見てみろよ」

私は健太を指差した。

「あら」

由香里の顔がほころんだ。

テレビから聞こえる軽快な音楽に合わせて、健太が身体を揺らしている。ダンスに見える。

「健太が踊っているんだ。可愛いな」

「可愛い。本当に可愛い。抱きしめたい」

由香里は笑みを浮かべながら、涙を滲ませた。

「泣いているのか？」

「玉ねぎよ。玉ねぎのせいよ」

由香里は洟を啜りあげた。玉ねぎのせいではない。健太が、初めて音楽に合わせて、踊ったことが嬉しいのだ。ゆっくりだけれど、健太は確実に成長しているという実感があった。

健太は、大きくなった。二十五歳を超えた。しかし、内面はまだ四歳の時のままだ。初めてダンスをしたアニメはまだ続いている。異例の長寿番組だ。昔と同じ音楽が流れている。アニメの主人公も昔のままの姿だ。一ミリも一センチも成長していない。健太も同じだ。音楽に合わせて、身体を動かしている。四歳の時の健太のダンスは、可愛らしさに溢れていた。未来への希望を感じさせた。しかし、二十五歳を過ぎても同じダンスをしている姿は、私には絶望に見えた。私以上に大きくなった身体を揺らす。不気味だ。恐怖さえ感じる時がある。あまりにゆっさゆっさと動くので、テレビを切ると、意味不明の言葉を発して、時に、私に向かって来ることがある。

「何をするんだ！」

健太は、私からテレビのリモコンを奪うと、スイッチを入れ、再び流れ出したアニメソングに合わせて、身体を揺らし始めた。

「健太は成長しないな」

私が不満を洩らすと、「いつまでも可愛いからいいじゃないの」と由香里は答えた。しかし、知っていた。年齢を経るに従って、我儘になり、思い通りにならないと由香里の髪の毛を引っ張ることがあることを。

愛していたから、二人を殺したんだ。長嶋は、現実から逃げ出したくて殺したのだろうと挑発的なことを言ったが、そんな気持ちはない。そう断言できる……。

自信がなくなってきた。愛してるから、二人を苦しみから救ってやりたくて、殺した。私も後を追う決意だった。しかし、どうしても死に切れなかった。なぜだろう？　二人の死を目の前にして、恐怖に囚われたのだろうか？　本当のところは生きたいと思っていたのだろうか？　新しい生活をしたいと思っていたのだろうか？

ああ、何もかも分からなくなってきた。二人を殺したのは、私の中の愛の神のなせる業《わざ》だと思っていた。しかし、長嶋の話を聞いているうちに、私の中の悪魔のせいかもしれないと思う気持ちが芽生えて来た。

今も死にたいと思う気持ちは強い。生き残ってしまったという後悔の気持ちが私を嘖《さいな》んでいる。しかし、なぜ生き残ってしまったのか？　それはなぜなのか？

長嶋は、二人の死に向き合っていないとなじった。向き合わなければ、二人の死は無意味になる、二人が生きて来た意味さえなくなると言った。あれはどういう意味だ。裁判で死を宣告されるのではなく、自分自身できっちりけじめをつけろということなのだろうか。

間違いなく由香里と健太を愛していた。愛していたからこそ殺してしまった。愛してなければ、殺しはしない。他人に私の思いが理解されるはずがない。ましてやあんな長嶋などという若造に……。

ちきしょう！　いったいなぜ生きているんだ。なぜ生き残ったんだ。私は卑怯者じゃない。家族から逃げたかったんじゃない。

待てよ……、でも逃げたら、なぜいけないんだ。誰もがそんなに強いわけじゃない。逃げたっていいじゃないか。

# 第八章　裁判

# 1

「開廷します」

法廷内に裁判長の声が響き渡った。

七海は傍聴席に座り、緊張して居住まいを正した。

正面には濃い茶色のわずかにアーク状をした裁判官らの席があり、一段高く、傍聴席を見下ろす形になっている。裁判長の両脇には裁判官が一人ずつ、そして裁判員が三人ずつ座っている。

裁判員は男性四人、女性二人の構成だ。男性は、中年と若い会社員風、初老の中小企業経営者風、真面目そうな中年教師風の四人。女性は中年の主婦風、ベテランOL風の二人。皆、一様に緊張した面持ちだ。

裁判長は、五十代半ばの眼光の鋭い男性だ。多くの刑事裁判にかかわってきた歴史が眉間の深い皺に刻まれている。

左右の裁判官は二人とも男性だ。裁判長から見て右陪席はベテランらしい中年。逆に左陪席は若い。童顔で、なんだか頼りなさそうだ。

裁判官席のすぐ下には書記官が座っている。黒いスーツをきた女性だ。

正面に向かって左側に検察官席。検察官は、痩せた男性でオールバックにした頭髪がごわごわとしている。微動だにせず座っている。

同じく右側に弁護人席。駿斗が一人で座っている。机の上には、法律関係の本や事件の資料が積まれている。駿斗が真面目な顔をしているのを見る機会は少ないが、なかなかいいものだ。

おう、長嶋駿斗、がんばれ！

ちょっと声をかけたくなる気分だ。

弁護人席の前に被告席がある。廷吏と並んで男が座っている。押川透だ。小柄で痩せた体軀。丸刈りの頭。背筋を伸ばして座り、手は軽く握って膝の上にきちんと置いている。まるで首から背骨にかけて心棒でも入っているのかと思うほどの固い姿勢。厳しい修行をしている僧だと言っても信用されるだろう。

「被告人は前へ出て下さい」

裁判長が押川に呼びかける。

押川は、裁判長の声に振り向き、「はい」と答えると、機敏に立ち上がり、裁判長の目の前にある証言台までしっかりとした足取りで歩いた。

「被告人の氏名は？」

裁判長が問いかける。先ほどまでの鋭い眼光が柔らかくなった。

「押川透です」

「生年月日は？」

「昭和二十九年七月二十日です」

「職業は？」

「無職です」

押川は、本籍などもきびきびとした口調で答えた。

「それでは、検察官、起訴状を朗読して下さい」

検察官の男性は、立ち上がり、裁判官席に軽く一礼した。

立ってみると案外身長が高い。濃紺のスーツが仕事振りの堅さを表わしているようだ。

一瞬、表情が和らいだ。裁判員を意識しているのに違いない。気難しい表情では、印象が悪い。

「私は、千葉地検検事、安芸《あき》と言います。今から起訴状を読み上げさせていただきます。これは被告人がどういう罪で起訴され、これから裁判を受けるかという内容になります」

安芸と名乗る検事は、穏やかな口調で言った。裁判員に語りかけているのだ。

「公訴事実。被告人は、千葉県幸が丘市××丁目××番地幸が丘第五団地七号棟一〇三号に、妻押川由香里、昭和三十一年四月十五日生まれ、死亡当時五十五歳、と、長男押川健太、昭和五十八年三月五日生まれ、死亡当時二十八歳の三人で暮らしていたが、平成二十三年十一月二十九日、午後九時頃、被告人方において就寝中の妻由香里の承諾を得た上、殺意をもって、持っていた果物ナイフ、刃体《じんたい》の長さ約十二センチメートルで、同人の頸部を二回突き刺し、よって、そのころ、同所において、同人を頸部刺創による失血により死亡させて殺害し、同日、同じころ、同所において同じく就寝中の長男健太に対し、殺意をもって、妻由香里を殺害したと同じ果物ナイフで同人の頸部を四回突き刺し、よって、そのころ、同所において、同人を頸部刺創による出血性ショック及び頸髄損傷により死亡させて殺害したものであります。処分罪名及び罰条、承諾殺人、刑法第二〇二条、殺人、同一九九条……」

安芸検事は、ゆっくりと丁寧に起訴状を朗読し終えた。

裁判員は、目の前に設置されたパソコンのディスプレイを真剣な顔つきで見入っている。起訴状を読んで内容を理解しようとしているのだろう。

安芸検事が、咳払いを一つして、着席した。

「これから、今、朗読された事実についての審理を行います。審理に先立ち被告人に注意しておきますが、被告人には黙秘権があります。従って被告人は答えたくない質問に対しては答えを拒むことができますし、また初めから終わりまで黙っていることもできます。勿論、質問に答えたいときには答えても構いませんが、被告人がこの法廷で述べたことは、被告人に有利、不利を問わず証拠として用いられることがありますので、それを念頭において答えて下さい」

裁判長が押川に黙秘権の注意を与えた。

押川は、堅い表情で頷き、小さく「はい」と答えた。

「それでは審理に入りますが、今、検事が朗読した起訴状の内容に間違いはありませんか。それとも違うところがありますか」

裁判長の問いかけに、押川は裁判長を見上げ、わずかに首を傾げた。

何か言いたいのかしら？

七海は、押川の後ろ姿を見ているのでよく分からないが、なんとなくもじもじしている。

「おっ、悪いな」

新藤が腰を曲げて、入って来た。七海が新藤のために確保しておいた隣の席に座った。

「しっ」

七海は、人差し指を口に当て、顔をしかめた。

新藤は、ごめんと言う代わりに右手を拝むように挙げ、七海に小さく頭を下げた。

「今、始まったところだから」

「そうか。間に合ってよかった」

新藤は、法廷に目を向けた。

「よろしいでしょうか」

押川が裁判長に問いかけた。声はしっかりしている。

「どうぞ。お話し下さい」

裁判長は、柔らかい笑みを浮かべた。

「私は、確かに妻と息子を殺しました。そのことは間違いありません。しかし、殺意をもってと検事さんが言われましたが、私はあの時、殺意があったかどうかははっきりしません。むしろ殺意という感情が憎しみから生まれるのであれば、私は二人に憎しみはもっていません。愛情だけです。ですが二人の命を奪ったことは事実です。特に健太は死の意味さえ分からない障害児です。ですからぜひとも死刑にして下さい。お願いします」

裁判長が、困惑した表情を浮かべた。同時に裁判員も全員が顔を上げ、ディスプレイから目を離し、驚いた表情で押川を見つめた。死刑にして欲しいという言葉に反応したのだ。

「殺意を否認されるということでしょうか？」

裁判長が問いかけた。押川は首を傾げ、すぐには答えなかった。何かを考えている様子だ。そして背筋に力を入れ、背中を伸ばすと、裁判長を見上げた。

「いえ、殺したことは事実ですが、ただ、憎んでいたわけじゃないのです。助けてやりたい、楽にしてやりたいというような気持ちです。でもそんなことはどうでもいいことかもしれません。とにかく死刑になりたいのです。よろしくお願いします」

押川は裁判長に頭を下げた。

「死刑にして下さいとか頼むものではありませんよ。被告人の審理は今から始まるのですからね」

裁判長は諭すように言い、「弁護人、何かご意見はありますか」と駿斗に聞いた。

駿斗が立ち上がった。

「私は弁護人の長嶋と申します」

駿斗はよく通る声で、ゆっくりと話し始めた。視線は裁判員に向けられている。

「被告人が申し上げたかったのは、憎くて二人を殺したのではない。愛情といいますか、二人を苦しみから解放したいと考えたのだということです。その証拠に被告人は二人を殺害した後、自分も命を絶とうとしました。二人を殺害したことは事実で、被告人も認めています。その点については争う考えはありません。また被告人は、深く反省しており、その反省から自らを極刑である死刑にして欲しいと望んでいるわけです。この点に関しまして被告人は頑なであり、死刑以外のどのような刑罰も望んでいないと申します。弁護人としましては、審理を通じてどのような刑罰がふさわしいか検証し、また、それが被告人の心に十分に届くように努めたいと考えております」

「被告人は、死刑以外、望んでいないというのですか？」

裁判長が、表情には露骨に表わさないが、呆れたという気持ちを言葉に滲ませた。

「はい、その通りです」

駿斗は答え、着席した。

「それでは冒頭陳述に参りましょう。検察官、立証する事実を述べてください」

裁判長は、検察官に言った。

再び、安芸検事が立ち上がった。

「なかなか駿斗、しっかりしているじゃないか」

新藤が七海に囁いた。

「しっ」

七海が顔をしかめて口を尖らせた。

安芸検事は、裁判員に目を向けると「私がこの裁判で、証拠によって証明しようとする内容をお話しします。被告人は、妻と長男を殺害したことを認めていますので、それについては争いになりません。従いましてどの程度の刑罰が適当かを判断してもらうことになります」と言い、「それでは被告人の身上、経歴を申し上げます」と押川のこれまでの人生を説明しはじめた。

## 2

背中に視線の圧力を感じる。傍聴人からの視線だ。入廷する際、ちらりと傍聴席に視線を向けると、何人か知った顔があった。元の勤務先、墨田信金の職員だ。迷惑な事件を起こしたという顔をしていた。支店に文句を言いに来る客がいたと聞いたことがあるが、自分が引き起こしたことで関係のない者たちにまで迷惑がかかってしまった。申し訳ない気持ちでいっぱいだ。

検事が、冒頭陳述をしている。自分の経歴が他人の口からすらすらと出て来る。いつ、どこで生まれ、どんな暮らしをしていたのか。いつ、どのようにして由香里と出会い、健太が生まれたのか。他人が自分の人生について説明してくれるのは、奇妙な感覚だ。

「被告は、両親の愛情を十分に受けずに育ったのです」

検事が説明している。

継母に苛められた幼い頃の暮らしを思い出した。継母は、私のことを憎んでいた。出て行った実母を思い出すからだと言った。私が、実母に似ているからといって何か責任があるのだろうか。何も悪いところはないはずだ。それなのに苛められた。殺されるのではないかと思ったことさえある。愛情のない育ち方をすれば、人間に対して根本的なところで不信感を持つのは仕方がないだろう。

「長男は、成人後も知能程度は二、三歳にとどまり、食事、排泄など生活全般にわたって生涯介護を受けなければならない状態だった。その介護は、主として妻由香里が担っていた……」

由香里は介護に疲れていた。少なくとも私にはそう思えた。信金を辞めて介護を手伝ってほしいと言い出したのは由香里だった。

辞めたら生活費はどうするんだ？　と私が心配そうな顔をすると、由香里は怒った。あなたはいつもいつも仕事、仕事と言って健太から逃げてしまう、と。

由香里は貯金もあるし、自分が働くからと強く言った。パートなんかしたってたいした金にはならないぞ。健太にしてやれるのは、私たちがいなくなった後もなんとか暮らして行くことができるだけの金を残してやることじゃないのか。私は、由香里を諭した。何も健太の世話から逃げたかったわけじゃない。今まで以上に由香里に協力するつもりだった。だから信用金庫を辞めたくはなかった。

たいした仕事をしていたわけじゃない。評価されていたわけじゃない。いてもいなくても同じような存在だった。私が、職場からいなくなっても誰も困らない。それでも私は辞めたくなかった。

なぜだろうか？

それは、職場が私と他者とを結びつけていたからだと思う。そこでは私は柳原公子と恋人を演じることもできたし、たまには、若い女子職員と軽口を楽しむこともできた。家に帰れば、健太が中心に居座り、何事も健太次第だった。健太の機嫌が良ければ明るく、悪ければ暗く沈んだ空気が家の中に満ちていた。

私にはそれが耐えがたくなることがあった。愛情をかけられることなく成長した私が、愛情をかけ続けないといけない息子を授かってしまった。なんという皮肉だろうか。

「被告人は、平成二十二年三月に勤務していた墨田信用金庫を退職し、自らも長男の養育を試みるが、長男はなかなか被告人になつかず、十分に養育を担えなかった……」

健太が私になつかなかったのではない。私が健太になつかなかったのだ。仕事で家を離れている時間が多かった時には気にならなかった健太の我儘などが、まるまる一日、健太と過ごすようになると受け入れがたくなってきたのだ。

由香里は、私に健太を預け、パートに出て行った。スーパーマーケットのレジ打ちの仕事だ。彼女が生き生きと働き始めたのには驚き、目を瞠《みは》った。由香里は、それまで外で働き、人間関係を築くということが苦手だと思っていた。だから私にはとても新鮮に思えたのだ。

あなたには感謝しているわ。とても楽しいの。

よかったな。健太のことは任しておけ。

私は、由香里が元気になったことで、退職するという選択が間違っていなかったと心底喜んだ。

由香里があれほど強硬に私の退職を望んだのは、健太の介護から解放され、外の世界に逃げ出したかったのだろう。それでも良い。由香里が元気になればと健太の介護に努力しようと思った。

しかし、私には愛情のかけ方が分からなかった。もともと愛情をかけてもらって育てられていないというのが原因なのかもしれない。健太に厳しく当たってしまうのだ。ご飯を食べこぼした時、排便に失敗した時など、つい口調にも態度にも怒りがでてしまう。こんなこともできないのかと叱ってしまう。その怒りは、由香里にも向けてしまった。なぜ躾をちゃんとしていないのだ。こんな状態ではこれから先、どうするんだ。

健太は私に叱られる腹いせから由香里の髪を引っ張ることがあった。ある時は、ごっそりと抜けてしまい、由香里の頭から血が流れたことがあった。思わず健太を叩いてしまった。健太は私を怯えたような目で見つめた。あの時、私は本気で健太を憎んだのではないだろうか。

「妻由香里は、平成二十三年八月ごろから頻繁に体調不良を訴え、被告人に対し、もうやっていけない、手首を切ったが、一人では死ねない、健太を一人で置いて行けない、三人で死のうなどと長男健太を道連れとして被告人と心中したい旨、繰り返し言うようになった。さらに同人は、同年十一月下旬頃、被告人方の台所から持ち出した果物ナイフを被告人に示しながら、これで首を刺して殺して、私を先に殺して、それから健太を殺して、などと訴えるに至った……」

いったいいつから由香里は死ぬことを考えていたのだろうか。

3

「あの人が健太君のお父さんか」

浅岡千恵子は、傍聴席から証言台に立つ押川を見つめていた。

途端に涙が溢れて来た。

健太を思い出したのだ。我儘だったけど、『ほうぷ』ではとても人気者だった。

＊

健太が行うことができるのは、とても簡単な作業だった。カレンダーから紙と巻かれた針金を外すことや、手帳をばらして紙と表紙を分けるなどだ。作業台の上にカレンダーや手帳を山積みにする。

「みんな仕事だよ」

できるだけ荒っぽく言う。その方が勢いがつく気がする。

作業台を囲んでいるのは、ダウン症の健太や自閉症の子供たちだ。子供といってもみんな二十歳を過ぎ、学校を卒業してしまったので作業所にやってくるのだ。

みんな仕事が好きだった。健太も好きだった。山積みになった中から健太はカレンダーばかり取り出す。

「健ちゃん、手帳も破ってよ」

健太は何も答えず、へらへらと笑った。カレンダーの方が、大きくて破り甲斐があるとでもいうのだろうか、そればかり選んで取る。

「健太、ダメ」

自閉症の洋子《ようこ》が、ひとつのカレンダーを巡って健太と争っている。

健太は譲らない。力が強いのでカレンダーの端を持ってぐいぐいと引っ張る。洋子も負けてはいない。顔を真っ赤にしてカレンダーを引っ張るが、健太に負けてしまい、手を放す。健太が椅子から飛び上がってダンスを踊る。カレンダーを両手で持ち上げて、勝利のダンスだ。洋子が、悔しさいっぱいの奇声を発する。

「ダメよ、仲良くね」

怒るまでもない。彼らはとても仲が良い。本気で喧嘩したり、憎み合ったり、苛めたりすることなどない。

「長男はなかなか被告人になつかず、十分に介護を担えなかった」

検察官の声が聞こえる。

何言っているのよ。腹が立って来た。なつかないなんて、まるで犬か猫みたいなことを言うんじゃないわ。なつかせるんじゃなくて、愛情をかければ一緒になれるのよ。

あのお父さんは、健ちゃんを本当に愛していたのかしら。養育を試みたと言っているけれど、『ほうぷ』に顔を出したことなんかあったかしら。少なくとも私は会ったことがない。

顔を見るのは、今日が初めてだし、声を聞いたのも健ちゃんを休ませるという電話が最初で最後だった……。いったい何をしていたのかしら。

あの夜、押川から「もう一日休ませてください」という電話を受けた。浅岡が「健太さんの具合が悪いんですか」と聞くと、「そうじゃない」と答えて、押川は無愛想に電話を切ってしまったのだ。

「私たちのアドバイスも受けずにどんな介護していたのかしら」

「浅岡さん、どうされたのですか」

隣に座っている七海が聞いた。

裁判所に傍聴に来て、不安げにしていると彼女が声をかけてくれた。人生で、絶対に来ることなどないと思っていた場所で、知った人に会うと心底安心する。まるで砂漠でオアシスを見つけたような気持ちだ。

「お父さんは私たちと関わりを持たなかったけど、本当に介護していたのかなって」

その時、押川の背中が動いた。聞こえたのかしら？

押川の声を、もう一度呼び起こした。再び腹が立った。今度は自分に対してだ。なぜ気づかなかったのか。由香里は最後の連絡帳に「明日休みます」とだけ書いた。なぜおかしいと思わなかったのか。悔しいな。いつもは丁寧な字で連絡帳の余白がないようにびっしりと埋めて来るのに、たった一行だけ。

目を閉じると、白いノートの真ん中に、一行の由香里の文字が浮かんでくる。

いつもと違うと、心に引っ掛かりはあった。おかしいと思った。でもそれを深く追及しなかった。翌日も、そのまた翌日も由香里から何も連絡がないのに放置してしまった。

個人のプライバシーを尊重しなければなりませんから……。

もし誰かから、なぜ自宅に行ってみなかったのですか？　いつもと違う、どこかおかしいと思われたのでしょう、と尋ねられた時の答えを用意した。自分には責任はないと思いこむための答えだ。

でもあの時、なぜ健太の家に足を運び、健太の具合を尋ねたり、作業所に行こうと呼びかけたりしなかったのだろうか。ちょっと自宅を覗いていたら、健太は死なずにすんだに違いない。ものすごく忙しかったわけではない。何か特別な問題にかかずらっていたわけじゃない。いつも通りだったのに……。

一家で死を選ぼうとするほど由香里が深く悩んでいたことにも気づかなかった。由香里の明るさの中にある深い絶望にも気づかなかった。いや、気づかなかったのではない。日常に流されるに任せ、気づこうという努力をしていなかったのだ。障害者の母親の絶望の声を聞こうとしていなかった者に、『ほうぷ』の責任者としての資格はあるのか。

『ほうぷ』は、障害者の希望であり、彼らを慈しむ親たちの希望でもあるはずなのに……。

急に涙が止まらなくなった。両手で顔を覆う。

「ごめんなさい、ごめんなさい、健ちゃん、ごめんなさい」

七海が、肩に手を回し、身体をそっと引き寄せてくれた。

## 4

「被告人は、同月二十七日から二十九日にかけ、毎晩、妻由香里の堅い心中の意志を翻させようと同人を説得したが、失敗に終わった。そして被告人は、同月二十九日夜、妻由香里から、遺書を書いた、三人で逝くことができたらいいね、もし、お父さんだけが残っちゃったら、お父さんが大変なことになっちゃうね、よろしくお願いします、などと言われ、あらためて妻由香里と長男健太を殺害し、その後に被告人も追死するように懇願された。そこで被告人は、妻由香里を翻意させるのも、今後三人で生活するのも不可能であると絶望し、ついに妻由香里と長男健太を殺害し、その後に自らも追死しようと決意した……」

検事の淡々とした声が聞こえる。押川は、口を堅く結び、目を閉じた。

＊

「疲れたの、もう……」

由香里の振り乱した髪の毛が顔を覆っている。げっそりと頰の肉がこけ、蛍光灯の明かりに照らされた顔は、まるで幽鬼のようだった。

目は虚ろで、何も映っていない。目を覗きこむが、そこに私は映っていない。

「おなか、おなか……」

健太がリビングで騒いでいる。腹が減ったのだろう。

「ねえ、一緒に死のうよ、ねえ」

由香里がすがりつく。

「健太が腹をすかしているぞ。何か食べよう。お前、この二日ほどまともに食べていないぞ」

由香里が、遺書を書いたと言い、便箋を見せた。冗談は止せと言ったが、由香里は、冗談ではないと怒った。遺書は簡単な内容だった。由香里はいつも丁寧な字で細かく書くのだが、「皆さま、お世話になりました。家族三人一緒に旅立ちます」とだけ書いてあった。私の目の前で、ひらひらと便箋を揺らした。表情には、なぜか微笑が浮かんでいた。

　由香里は立ち上がり、台所に向かった。そして作り置いてあったカレーを温めた。冷蔵庫から冷凍ご飯を取り出し、レンジに入れた。二人分だけだ。

「由香里、お前も食べろよ。何か食べれば死にたいという気持ちも消えてしまうというから」

「食欲はないわ。あなたと健太だけ食べて。健太、カレーよ。好きでしょう」

「カレー、カレー」

　健太は嬉しそうにテーブルを叩いた。

　健太はカレーが好きだ。特に由香里が作る野菜がいっぱい入ったカレーが大好きで、食べるのを止めなさいと言うまで何杯もお代わりを求めるのが常だった。

「カレー、カレー」

　健太はテーブルを叩き続ける。思わず「うるさい」と怒鳴ってしまった。

　健太が、ブーッと口を尖らせ、私を睨んだ。

「あなた、叱らないで。最後のカレーなんだから」

　由香里はカレーを山盛りにした皿を運んで来た。

　健太は、待ち切れなかったのか、皿にとびかかるようにスプーンを握り締め、カレーを食べ始めた。シャカシャカというスプーンと皿が当たる音が耳にうるさい。

「あなたも食べて……」

「ああ、食べるよ」

私は、スプーンでカレーを掬い、口に運んだ。熱々のカレーは、ほのかに甘く、しばらくすると辛くなってくる。

「美味いぞ。お前も食べろよ。本当に身体に悪いぞ」

スプーンに掬ったカレーを目の前に座っている由香里に差し出した。

「おかしいわね。今から死のうと思っているのにカレーを食べるなんて」

由香里は微笑を浮かべながら、私からスプーンを取り上げるとカレーを食べた。由香里の両目から大粒の涙がこぼれるのが見えた。私も涙が溢れて来た。

「美味しいわね」

「美味しいだろう。もっと食べろよ」

私は、カレーの皿を由香里の前に押し出した。

「もう、お金もないのよ」

由香里が呟いた。

「そうか……」

私は、カレーを食べる由香里を見ていた。

「驚かないの？　あなたが信金を辞める時、お金はあるからと言ったでしょう」

「でもそんなに貯金はないと思っていたよ」

「お金も使い切ったし、疲れたし、もういいでしょう？　十分に生きたわよね。健太だって一歳か二歳で死ぬと言われたのに、こんなに大きくなって……。お金もないし、このまま健太を残して死ねないわ」

「お前、いつから死にたいと考えていたんだ？」

「さあね、いつからかしら」と由香里は、ゆっくりとスプーンを動かし、カレーを食べた。

「体調が悪くなってからか」

　由香里は、スーパーマーケットのパートを辞めていた。楽しそうに働いていたのは、ほんの数ヵ月だけだった。心臓が弱かったこともあるが、おそらく死ぬことを決意した上で、普通の家庭のようにとりつくろおうとしたのではないだろうか。

「きっとこの子が生まれてから、ずっと死ぬことを考え続けてきたのだと思う。だってこの子を世間に託して、私が先に死ぬなんて選択肢は考えられなかったわ。私が死ぬ時は、この子も一緒。そう思い続けて来た。体調が良くないこともあるけど、私ももう五十五歳よ。思い切って死ぬことができるぎりぎりの年齢だと思うの。このままずるずると老いていくのは耐えられない」

由香里は冷静に話した。おととい から繰り返し死にたいと言い出したことを思えば、別人のようだ。このまま死ぬことを考え直してくれればありがたいが……。

「写真見ようか？」

カレーを食べ終えた由香里は立ち上がると、台所の冷蔵庫の脇に置いたボックスの中からアルバムを取り出した。

健太の幼い頃からの成長の記録だ。

「これ、見て」

由香里が広げたページには、写真から飛び出してくるような健太の笑い顔が写っていた。

「マザー牧場に行ったときだな」

健太の身体に寄り添うように羊が顔を近づけている。健太が笑顔で、その頭を撫でている。

「いい笑顔ね」

「これはバーベキューをした時だ。健太はよく食べたな」

私は健太を見た。

健太は、カレーを二杯、お代わりした。満足したのか、リビングで眠っている。

「健太は肉が好きだから」

「あまりいろいろなところに連れて行けなくて悪かったな」

写真は、養護学校で行われたクリスマスパーティーのだった。アルバムには健太十歳と記入されている。

「健太は優しい子ね」

由香里が思い出したように言った。

「そうだね」

私は答えた。

「このクリスマスパーティーで健太がみんなとダンスをしているのを見て、私、突然、涙が止まらなくなったの。そうしたら健太が近づいてきて『いい子、いい子』って。私の頭を撫でて、涙を拭いてくれて……」

由香里の目から涙がテーブルに落ちた。

＊

「被告人は、同月二十九日午後九時頃、三人で逝きますという内容の遺書を自ら記載し、被告人方台所のテーブルの上に置いた後、同台所から刃体の長さ約十二センチメートルの果物ナイフを持ち出し、妻由香里と長男健太が就寝していた六畳和室に入り、いずれも右手に持った果物ナイフで、まず妻由香里の頸部を二回突き刺し、引き続き長男健太の頸部を四回突き刺し……」

安芸検事の朗読が続いている。

# 5

「それでは弁護人も冒頭陳述をお願いします。弁護人が証拠によって明らかにする事実を述べてください」

裁判長が駿斗に促した。

駿斗は立ち上がり、裁判員に頭を下げた。

「弁護人の長嶋です。被告人は、妻の由香里さんと長男の健太さんの殺害を認めております。従って殺人という非常に重い罪で有罪であることは争いようがありません。そして今回の事件は、ダウン症である健太さんの養育に疲れた由香里さんが、被告人に自らを殺害するように依頼した結果の承諾殺人と、健太さんに対する殺人であります。これについては検察官との公判前整理手続で合意しているところであります」

　駿斗は、ゆっくりと確かめるような口調で話した。

　押川を見た。口が小さく動いている。シ・ケ・イという形になっている。死刑になるように動けと要求しているのだ。

「先ほどの検事の説明に、少し補足をさせていただきます。承諾殺人と言いますのは同意殺人の一種で、相手の同意を得て命を奪う罪です。この罪は、六ヵ月以上七年以下の懲役または禁錮ということになっています。一方の殺人は、死刑または無期もしくは五年以上の懲役に処するとなっています。同じように人間の命を奪う殺人という行為であるにも拘わらず、一方は罪が軽く、一方は罪が重いのです」

　駿斗は、裁判員をぐるりと見渡した。

「ここからは被告人という言い方を止めにします。罪を認め、大いに反省をされていますので押川さんとお呼びします。押川さんは、私の依頼人であります。弁護人である私は押川さんの罪を軽くするように努めねばなりませんし、私も罪を軽くしてもらいたいと願っております。ところが押川さんは、冒頭、裁判長に押川さん自身がおっしゃったように死刑を求めておられるのです。死刑を求めるほど反省しているという以上に、本気で死刑を求めておられるのです。奥さまである由香里さんと、三人で死のうと約束をされた。そして自らの手で」

駿斗は自分の手を見つめた。

「愛する二人を殺してしまった。その後を追おうとしたが果たせなかった。二人に申し訳ない、今すぐにも死にたい、二人の姿が毎夜、毎夜、枕元に現れるという状態なのです。押川さんは二人の人間を殺したのに死刑にならないのはおかしいと考えておられます。由香里さんを殺したのは、由香里さんの承諾があったのだから、罪が軽い。健太さんを殺したのは通常の殺人。押川さんの希望は、二件とも通常の殺人として判断して欲しい。それで死刑という最高刑にして欲しいというものです。死刑という最高刑は、非常に困難な判断を伴うものです。一人を殺した場合でも、あまりに残酷であれば、死刑の判断が下されることもあります。本件は、心中という悲劇ですから、そういう判断はなされないでしょうが……」

「弁護人は、裁判員がどういう判断を下すかは、まだ分かりませんので言葉を慎んで下さい」

裁判長が駿斗に注意した。

「申し訳ございません。私が申し上げたかったのは、押川さんが二人の尊い命を奪ったということを、あまり被告人に同情せずに裁判員の方々は判断して欲しいということです。それが押川さんの希望であることを申し上げておきます」

「弁護人は、承諾殺人という検察の立場を否定されるのですか」

裁判長が眉根を寄せた。

「法律上では殺人と承諾殺人と分けられていますが、人を殺すということでは同じであり、その上で判断して欲しいとお願いしたのです」

「分かりました。続けて下さい」

裁判長は、納得がいかないような顔をした。

駿斗は、七海が取材してくれたダウン症児を持つ親の会の人々の思いを想像した。彼らは、一様に押川に同情しないと言った。同情すれば自分の拠って立つ基盤が崩れてしまうというかのように。そして、子供の将来を考えた時、一緒に死にたいと思ったことがあると告白してくれた親もいた。しかし、彼らは子供を殺さない。

「日本には健太さんのようなダウン症の人が約五万人から六万人もいらっしゃいます。そして新生児千人に一人の割合で発症します。ですから今もどこかでダウン症児が誕生しているわけです。私は、ダウン症児を育てる親御さんたちの話を伺いました。彼らに、押川さんに同情しますかと質問しました。彼らは、同情しないと答えたのです。中には、父親としての責任を放棄していると怒りだす人もいました。さきほど押川さんは、裁判長の質問に対して健太さんのことを死の意味さえ分からないダウン症児だとおっしゃいましたが、本当にそうでしょうか？　健太さんは死にたかったでしょうか？　彼は、毎日、楽しく作業所に通っていました。友だちもいました。みんなに愛されてダンスが好きな明るい青年でした。そんな彼が死にたいと願っていたでしょうか。重度の障害を抱える人は、周囲の人の介護が必要です。それがなくては生活は困難です。しかし、だからと言って自分たちの死の道連れにしてもいいということはありません。それは親の身勝手だと言えるでしょう」

駿斗の話に裁判員も怪訝な表情を浮かべている。弁護人が被告人を批難しているからだ。

「さて裁判員の皆さん、由香里さんはなぜ死にたいという気持ちになったのでしょうか？　そこに押川さんの責任はないのでしょうか？　家庭環境などを考えて同情すべきでしょうか？　押川さんは、幼い頃、継母に苛められて大きくなりました。父親は頼りなく、彼を守ってくれなかったのです。そのため家庭を持ったならば、強い父親、優しい母親、賢い息子という理想の家庭を思い描いていました。ところが健太さんはダウン症で生まれました。由香里さんと泣き、絶望に陥りました。健太さんは心臓が悪く、長く生きられないと医者に言われました。押川さんと由香里さんは、残り少ない命を大事にして、三人でしっかりと生きて行こうと誓います。押川さんは、ここで強い父親になるべきでした。実際に会ったダウン症児を持つ家庭の父親は、皆さん苦悩しながらも妻と一緒の子育てに協力を惜しんでいませんでした。ダウン症について学習する努力を惜しまないのです」

いつの間にか駿斗は熱くなっていた。裁判員が、戸惑っているのをひしひしと感じていた。弁護士なのに被告人を責めている、弁護しないのかという疑問だ。気にしない。この裁判は、人間の尊厳を問う裁判だ。法律上の刑罰を決める裁判ではない。由香里はなぜ死を求め、健太はなぜ父親に殺されなければならなかったのか、父親はなぜ二人を殺さなければならなかったのか、そこに人間として問題はないのか……。それを駿斗は、問いかけたいと思った。

＊

由香里と二人で、生まれたばかりの健太の寝顔を見ながら、泣いた。涙が涸れるまで泣いた。育てていけるのか、何年生きることができるのか、真面目に生きて来たのになぜこんな不幸に見舞われるのか、思考は混乱し、最後はなぜ泣いているのかさえ分からなくなった。

「ごめんなさい、ごめんなさい、私が悪いの、私が悪いの」

由香里は、その場で死んでしまいそうになるほど荒れた。

「お前のせいじゃない、お前のせいじゃない」

由香里に声をかけるが、慰めることはできなかった。

「三人で死にましょう。精一杯、生きて、最後は三人で死にましょう」

由香里は必死で言った。

あの時から、由香里は死ぬことを考えて生きてきたのだ。自分が生んだ子供を自分が一緒に連れて死ぬ、そのことだけを考えて生きてきたのだ。

由香里は、健太とともに精一杯に生きた。そのことは私が一番、よく知っている。体調のすぐれない時も健太の世話を惜しまなかった。

一方の私は、いったいどうだったのだろうか。由香里と健太のために何かしたのだろうか。信用金庫に勤務し、給料を届けていただけではなかったのか。

長嶋が、父親としての責任を放棄していると言った。その言葉を拘置所で彼から聞いた時、私は強い反発を覚えた。私は、責任を放棄していないと反論した。しかし、じっくりと考えてみると、もっとやるべきことがあったのではないだろうかと思うようになった。父親が、外で働き、生活費である給料を持って帰るということは当然のことだ。ましてや妻の体調が悪く、障害児を抱えているなら、なおさらだ。それ以外にも積極的に育児に関わり合って行かねばならないのだ。

長嶋から、健太と同じダウン症児を持っている家族の記録を渡された。そこには明るく、前向きな家族の記録が溢れていた。

「こんな幸せなわけはない。こんな明るいわけはない」

私は、長嶋に反発した。

「当然でしょう。いつも明るいわけがない。しかし、誰もがなんとか生きようとしている。あなたは、家族を作った。家族とは、互いに助け合って生きようとする最小単位です。ところがあなたは死ぬことだけが目的の家族を作ったのです。それでいいのか。それは家族と言えるのですか。そんな家族を作ったのはあなたの非社会性です。父親は家庭の中で社会性を担っています。その結果、家族は社会と繋がることができるのです。あなたは家族が社会と繋がるために何かしましたか。由香里さんを助けてというより、由香里さんをリードして、家族に社会性を付与しようと努力しましたか」

長嶋は、私を責めた。

しかし自分たちは不幸を背負っていると頑なに思いこみ、他者との関係を一方的に閉ざしてきたのではないだろうか。

健太の育児は、由香里に一任していた。それが由香里の希望だと勝手に思っていた。だから信用金庫を退職し、健太の世話をしようとしても健太が私に親しい気持ちを抱かないのは当然だった。いらいらした。殴ってしまった。健太は、ますます離れて行く。さらにいらいらする。それが由香里の気持ちをさらに暗くして行ったのではないだろうか。

由香里は信用金庫を退職して、健太の世話をして欲しいと頼んできた。由香里は、私が健太の世話につまずくのを予想していたに違いない。そして私が介護に音《ね》を上げるころを死に時として考えていたのだ。健太が生まれた時から考えていた死に時。それが予想通り訪れた時、由香里は、それを実行に移した。

＊

「由香里さんは、遺書を残しています。精神的にも追い込まれていました。だから承諾殺人には間違いがありません。しかし、そこまで追い詰めたのは、いったい誰でしょうか。押川さんは、当然やるべき父親としての義務を果たしたのでしょうか。押川さんは、健太さんが通っていた作業所にも顔を出したことはありません。健太さんが、どこで何をし、何に喜びを感じていたかを詳しく知りません。健太さんが、幼い頃、描いた家族の絵がここにあります」

駿斗は、一枚の画用紙を掲げ、裁判員に見せると、傍聴人の席にも見せた。

そこには健太の顔を中心に、「ママ」と「パパ」の顔が描かれていた。「ママ」の顔は大きく、笑顔だった。しかし「パパ」の顔は小さく、端に描かれており、無表情だった。

「この絵で分かるように、健太さんの心の中で押川さんの存在感は極めて薄いのです。一方、私が出会ったダウン症児を育てている多くの家庭では父親の存在が極めて大きいという印象を持ちました。それは母親が子供に愛情を注ぎすぎ、一体化してしまうのを防ぐためです。自分が生んだ子供に対する屈折した責任感が、より母子の一体化を促進します。我が子を客観的に見ることができなくなるのです。実際、不幸にも母が障害児を道連れに心中することもないわけではありません。そうした事態を防ぐのは父親の役割なのです。父親たちは子供を躾け、社会性を学ばせ、見聞を広げ、社会の中で生きる力を身につけさせていました。押川さんは、その努力を怠っていたと言えるのではないでしょうか。もう少し厳しい言い方をすれば、障害を持つ健太さんの現実から目を背け、逃げていたのです」

駿斗は、思わず興奮して押川を指差した。

「弁護人、あなたは被告人を弁護しているように聞こえませんが」

裁判長が困惑している。

「私は、依頼人の要請に忠実に弁護しています。私には、由香里さんにも健太さんにも、夫に、父親に殺されるという残酷な人生の終わり方をしなければならない必然性があるとは思えません。もっと生きることができたはずです。押川さんは、二人を殺すという選択肢を選ぶべきではなかった。その前にやるべきことが多くあったはずです。それを怠ったことが今回の事件の主因だと考えています」

駿斗は裁判長に答えた後、押川に向き直り、「由香里さんは、健太さんと二人だけで死にたかったはずです。あなたと三人で死のうと言っていましたが、それは今回の企てであなたに協力させるための方便にすぎないでしょう。由香里さんと健太さんの世界にあなたは存在していないのですから。おそらくあなたが死にきれないのも見越していたはずです」と、冷たく聞こえるほど冷静に言った。

押川の顔がみるみる紅潮した。拳を堅く握りしめている。駿斗の言葉に明らかに怒りを覚えているのだ。

「裁判員の皆さん。今回の事件は、障害児を持つ多くの家庭に衝撃を与えました。罪状は争いようがありません。後は、刑罰がどの程度でいいかという問題です。弁護人としては、押川さんの家庭環境などに同情すべき点は多々あります。刑罰は軽い方がいいとの気持ちもあります。しかしそれは人間が決めた法律です。もし神という存在があるなら、神はどのように考えるでしょうか？　父親として妻と子供を殺すという選択をした押川さんに神は同情するのでしょうか、それとも妻も子供も殺さないという選択があり、それを選択できたのは押川さん自身であるということを考えた場合、彼を厳しく罰しようとするのでしょうか。私は、人間をお造りになった神の視点で、押川さんの罪を判断してもらいたいと思います。押川さんに安易な同情をせず、本当の罪を見ることをお願いしたいのです。それは障害児を抱えている多くの家庭の希望でもあります」

駿斗は席に着いた。

「裁判長……」

押川が顔を上げた。

「被告人、何か言いたいのですか？」

裁判長が聞いた。

「いえ、結構です」

押川は、再び顔を伏せた。

＊

「あなたは生きて……。二人で逝くから。あなたまで死ぬと、私と健太がこの世に存在したということを誰も覚えていないことになるから」

由香里は夜具で身を覆いながら呟くように言った。

「大丈夫、お前を一人では逝かせないよ」

私は言った。

「いいのよ。二人で逝くから。あなた、私たちのことをずっと覚えていてね。忘れないでね」

由香里は、静かに目を閉じた。その表情は全ての苦しみから解き放たれたように安らかで、幼い少女に戻ったような微笑が暗闇の中で輝いていた。

# 第九章　論告求刑

## 1

押川は、事務官に腕を紐で繋がれて、大人しく被告人席に座っている。終始、うなだれ、時折、首を左右に振るだけだ。

可哀そうな人だなぁ。

七海が、そう思ったのは、呼び出された証人が、真剣に彼の罪を軽減して欲しいと願い出ないことだった。

『ほうぷ』の浅岡が証人として出廷した。

裁判所で出会った時は、証人に呼ばれるのは初めてだと怯えたようだったが、いざ始まると裁判を傍聴していたためか、傍目にはそれほど緊張しているようには見えない。

「『ほうぷ』とはどのような施設ですか」

安芸検事が『ほうぷ』について質問した。

「はい、『ほうぷ』は、平成十一年十一月に開所しました。皆さんのお陰で、なんとかやっています。現在は十八名の人が通ってきて下さっています。職員は五名、他にボランティアが三人です。作業時間は、午前九時から午後四時までとなっています。自分で通ってくる人もいれば、送って来てもらう人もいます。作業は、それぞれの人の能力に応じていろいろあります。例えば売れ残りのCDケースや手帳を素材ごとに解体して、プラスチックや紙などに分けるんです。その他にお弁当のプラスチックの醬油入れのキャップを外したり、公園の掃除をしたり……。不景気でこうした作業依頼が減っていて、なかなか大変ですが、多くの人に支えられてお陰さまで……」

「押川健太さんの『ほうぷ』での様子はいかがでしたか」

「私たちは、健ちゃんって呼んでいました。明るくて人気者でした。音楽が鳴り出すと、箒を持ってギターを弾く真似をしだしたり……。職員やボランティアのみんなは健ちゃんのことが大好きでしたよ。確かに注意しても作業中に動きだしたりして困ることはありましたが、明るくて、人なつっこくて『健ちゃん、ダメよ』と言うと、ぺろっと舌を出して、してやったりという顔をしていました」

安芸検事が生前の健太の写真を証拠提示した。

裁判官や裁判員が熱心にモニターを見ている。

「その写真は、昨年の八月の初めだったと思いますが、レストランを借りきって『お楽しみ会』をやったときのものです。年に何回か、みんなでパーティーしたり、遊んだりする会を催しているんです。健ちゃん、楽しそうでしょう。ボランティアの人とぴったり寄り添って……」

浅岡は涙ぐみ、声を詰まらせ、「本当に愛されていたんです。健ちゃんはみんなに愛されていたんです」と絞り出すような声で答えた。

「事件の第一報を聞いたときのお気持ちは……」

「健ちゃんがお父さんに殺されたって聞いた時、今まで経験がないほどのショックを受けました。くらくらして立っていられなくなりました。言葉も出ません。なんで、なんでとばかりぶつぶつ言って、職員に抱えられたくらいです。

健ちゃんが殺されたっていう話は、『ほうぷ』に通っている他のお子さんの親御さんにもすぐに伝わりました。皆さん、ものすごいショックを受けておられました。いろいろ聞かれても、何も分からないので対応に困りました」

「皆さん、どんな反応だったのですか？」

「ショックを受けておられたとしか言いようがありません。お父さんの罪を軽くする嘆願書を書きましょうかと言いましたが、誰も賛成されませんでした。なぜ、健ちゃんを殺すというようなひどいことをしたのだと怒りだす人もいたほどです」

「被告人に言いたいことはありますか」

「お父さんに言いたいのは、健ちゃんをなぜ殺したりしたんですか、ということだけです。健ちゃんは、みんなに愛されて、自分の人生を楽しんでいました。それなのにどうして無理やり、人生を終わらせたんですか。お父さんは、私の知る限り、『ほうぷ』に来られたことがありません。何かの会でお見かけしたことがあるかもしれませんが、少なくとも私はお父さんと親しくお話をしたことはありません。もし、お父さんが頻繁に『ほうぷ』に来ておられたら、健ちゃんがどれだけみんなに愛され、大切にされていたか分かっただろうと思います。そうしたら健ちゃんを殺すなどという気持ちは起きなかっただろうと思います。

私、ものすごい無力感に苦しんでいます。なぜ、健ちゃんを助けられなかったのだろうか。なぜ、お母さんの力になれなかったのだろうか。そんなに苦しんでいたのなら、なぜ相談に乗れなかったのかと悔しい思いに憤まれます。

お父さん、いったいなぜ健ちゃんを、そしてお母さんを殺さなくてはならなかったのですか？　どうして健ちゃんは殺されなくてはならなかったのですか？　本当にそれしか道がなかったのですか？　納得がいく説明をしてもらいたいと思います」

「押川さんのための嘆願書を出したくないという人が多かった理由はなんでしょうか？」

続いて駿斗が立ち上がり、質問した。

「障害のある子供を育てているご家庭は、人には言えない悩みをいっぱい抱えておられます。子供と一緒に死のうと考えた人は、一人や二人ではないと思います。でも本当に子供を愛していたら、殺せないと思います。皆さん、踏みとどまっておられるのです。ですから嘆願書なんて書こうと思われる人はいません。むしろ健ちゃんを殺したことを憎んでいる人が多いでしょう。なぜ殺したんだ、なぜ一緒に生きようとしなかったのだと……。お父さんに同情する人はいないでしょう。むしろ厳しく罰して欲しいと思っている人がほとんどではないでしょうか」

続いて墨田信用金庫押上支店副支店長、木下祐二が証言台に立った。

「被告人は、どうして墨田信金を退職したのでしょうか。理由をお聞きになりましたか」

安芸検事が質問した。

「押川さんは平成二十二年三月に当信金を退職されましたが、一身上の都合としか聞いていませんね。押川さんは、あまりいろいろなことをお話しにならない方でしたので、まさか障害のあるお子様をお持ちだとはまったく存じ上げませんでした。

部下の身上把握は上司の役割ではありますが、ご本人が話したくないことまで根ほり葉ほり聞くのはどうかと思います。退職金は、自己都合退職ですので一千万円ほどでしょうか？　辞めたら、何か仕事をされるのですかと尋ねましたが、考えていませんとおっしゃいました。それ以上はお聞きしませんでした」

「なぜ障害がある子供のことを話さなかったのでしょうか」

「さあ、私には分かりません。プライベートのことを話したがらない人はたくさんいらっしゃいますからねぇ。もし、私に家庭の事情を話していただいていても何かしてあげられたわけでもありませんし……。まあ、少しぐらいの憂さ晴らしにはなったかもしれませんが」

「被告人の仕事内容を教えて下さい」

「仕事は、業務と言いまして、外に出る営業ではなく支店の中でいろいろな事務処理を行っていただいていました。仕事振りは堅いです。それなりに信頼もありました。でも慕われていたかと言われますと、どうでしょうか、と首を傾げざるを得ません。暗いと言いますか、陰気と言いますか、まあ、あまり周りとワイワイと楽しまれる方ではありませんでしたので。家庭のことが原因だったのかもしれませんが、いずれにしてもあまり慕われていたとは言えないでしょうね」

「事件についてはどう思われましたか」

「事件はショックでしたよ。テレビのニュースでも流れましたから、お客さまからもいろいろと尋ねられました。中には、怒って来られる人もありました。失礼な言い方ですが、人殺しを雇っていたのかと言われましてね」

「被告人に言いたいことはありますか」

「特にありませんが、罪を償って下さいということくらいでしょうか」

続いて駿斗が質問に立った。

「嘆願書を出そうという声は上がらなかったのですか」

「ええ、そのような声は上がりませんでした。私も事情がつかめませんし、嘆願書には思い至りませんでした」

続いて証言台に立ったのは、押川の伯母の押川さとだ。

さとは押川の育ての母とでもいう女性だ。

「被告人の子供のころの話をしてください」

安芸検事が質問した。

「透ちゃんと呼んでいいでしょうか？　私にとっては大きくなっても小さい頃に呼び

慣れていた透ちゃんの方が言いやすいものですから。

透ちゃんは、とても我慢強い子でしたね。生みの親である母親が、夫と折り合いが悪くて出て行ってしまい、その後、後妻に入った継母に苛められましてね。今なら、虐待と言っていいんでしょうね。私たち夫婦は隣に住んでいましたから、透ちゃんが気になって仕方がありませんでした。透ちゃんも私らを慕ってくれました。そんなわけで透ちゃんが、ちゃんと学校を出て、東京で就職をした時は嬉しかったものですが、結婚後はあまり連絡をくれませんでした。主人と、ええもう亡くなって何年も経ちますが、透ちゃんは元気にしているのかなと話し合ったものです。やっぱり故郷に良い思い出がなかったからでしょうかね」

「由香里さんとは面識がありましたか」

「そうですね。良いお嫁さんだねと喜んだ思い出があります。明るい女の人だったという記憶があります。結婚直後からは疎遠になりましたのでその後の由香里さんについてはよく知りませんね」

「健太君がダウン症で知的障害があることを知っていましたか」

「知りませんでしたね。それはまったく知りませんでした。透ちゃんは、先ほども言いましたが、私らに連絡をしてくれませんでしたから、今回のような事件を起こして初めて消息を知ったようなものでしてね。悩み事があったのなら、なぜ相談してくれなかったのかと悔やんでおります。後の祭りですがね」

続いて駿斗が立ち上がった。

「押川さんに何か言いたいことはありますか」

七海は、押川の成育過程に問題が多いことから、伯母である押川さとは情状酌量を訴えるだろうと期待した。

健太という子供を殺すということは、究極の虐待だと浅岡が話していたことがある。虐待は、連鎖すると一般に言われている。親から虐待を受けて育った子供が親になった場合、彼、もしくは彼女は自分の子供を虐待する可能性が高いというのだ。

「こうなった以上は、ちゃんとお務めを果たして、由香里さんと健太君の二人の霊を弔うしかないですね」

押川さとは少しの間、考えていたが、言葉を詰まらせながらやっとそれだけ答えた。

駿斗は、「終わります」と言い、押川さとから押川の罪を軽くしてほしいというような言葉は引き出さなかった。

「駿斗は、押川の罪を軽くしようと言う気はないのかしらね」

七海は、隣に座る新藤に囁いた。

新藤は、前を向いたまま、「罪は罪だからな」とだけ呟いた。

安芸検事は、押川の精神や自殺未遂の傷の状態などの鑑定書を証拠書類として提出した。

精神状態には問題がないことや腕の傷は深く、自殺は本気だったことを付け加えた。

裁判長は、続いて被告人質問に移ると宣言した。

## 2

裁判長が「被告人は証言台に立ってください」と促した。

押川は、証言台に立ち、嘘は言わないという宣誓書を読み上げた。

安芸検事が質問に立った。安芸は、事件当夜のことを聞いた。

「三人で死のうと思っていました。二人が寝入ったのを確認して、三人で逝きます、お世話になりましたと簡単な遺書を書きました。果物ナイフを持って寝室に入り、まず最初に由香里の首を刺しました。

由香里からは、殺すなら自分を先に殺すようにと言われていましたから、その通りにしました。健太より先に死にたいと言っていましたので、その通りにしてやりました。その後、健太を刺しました。健太は、一瞬、身体を縮めるようにして起き上がりましたが、そのまま目を開けることなく死にました。正面から二人を刺すことはできませんでしたので、首を横から刺しました。今でも、その時の果物ナイフを握っていた感覚が残っていますので、時々、腕を切り落としたくなります」

安芸検事は、押川由香里と押川健太の殺害された状況の写真を裁判長と裁判員に証拠提出し、閲覧に供した。

裁判員の前に置かれたディスプレイに映し出された二人の殺害された映像は、殺害直後の様子、着衣での全身像、裸体での全身像、刺傷部位の拡大写真などだ。裁判員は、残酷な写真を見て、一様に表情を歪めている。

「二人の寝顔を見て思いとどまることはできなかったのですか」

「思いとどまれませんでした。なぜだと言われると、よくわからないのですが、由香里とは何日も心中について話し合いました。死なないで、苦労してもいいから三人で生きて行こうと私は言いました。しかし由香里は聞き入れませんでした。体調もよくなかったのでしょう。もう生きて行く自信がない。殺して欲しい。そして殺すなら健太も一緒に殺すことを約束して欲しい。健太を一人で残すことはできない。このように言って、私が、そんなことはできないと言っても無理でした。そこまで言うなら、死ぬ方が彼女のためなのかなと思いこむようになったのです。二人を殺した後、私も自殺しようと手首を切りました。しかし、死に切れませんでした。

私自身、死ぬのは、怖いとは思いませんでしたが、とにかく死に切れなかったのです。私も首を刺せばよかったと後悔しています。手首なんかを切ったために中途半端に生き残ってしまって……。私も早く二人の後を追いたいと思います」

安芸検事は、押川を追及する口調ではなかった。すでに押川が全ての罪を認めているからだ。安芸検事にとっては、今回の事件は数多くある心中未遂事件の一つに過ぎないのだろう。

裁判長は、弁護人に質問を促した。

駿斗が立ち上がって質問を始めた。

「今、どのような気持ちでおられますか」

「とにかく死にたいという気持ちでいっぱいです。どうか死刑にして下さい。それが心からのお願いです。私は、二人の愛する人間を殺しました。もはや生きていることはできません。お願いします。毎日、由香里と健太の夢を見ます。そしてすぐ後を追うからと謝っています。今でも二人が私を呼んでいる声が聞こえます。もう一度言います。どうか死刑にして下さい」

押川は決して感情的にはなっていない。どちらかというと冷静な印象だ。裁判長は、表情を変えなかった。駿斗も同じだ。

「由香里さんはどういう奥さんでしたか」

「由香里は私の天使です。私は、継母に苛められて暮らしました。あのぉ、こんなことを話して同情を引こうとしているのではありません。私は、同情に値するような人間ではありません。

本当の母には捨てられ、父にも見捨てられ、継母には、お前の顔を見たくないと毎日、殴られ、苛められました。いったいなんのために生まれてきたのかと思う毎日でした。故郷には良い思い出はありません。伯父さん、伯母さんにはお世話になりました。私に注いで下さった愛情には感謝していますが、それでも私の心を埋めてくれるものではありませんでした。こんなことを言って申し訳ないですが、本当の父や母に捨てられた者の悲しみというのはどんなことでも埋められないのだと思います。大学時代も就職してからも本当の友達というのはいませんでした。これは父や母から捨てられた故郷での悲しみが影響していると思います。

そんな私が、ただ一人、心を許し、心を開放できたのが由香里です。初めて心が明るくなりました。私は、この女性と結婚して、明るい家庭を築くのだと心に堅く誓いました。それはそれまでの暗く、不幸だった人生に対する復讐の思いでもあったのだと思います」

押川は、由香里を思いだしたのか、目頭を押さえた。

「健太さんが生まれた時の思い出はありますか」

「健太は、結婚一年後に生まれました。正直、非常に嬉しく思いました。だって父親になるんですよ。この私が。親にも見捨てられた私が！　絶対に良い父親になるんだと思いました」

「ダウン症だと告げられた時はどう思われましたか」

「驚きましたが、でも、精一杯一緒に生きようと由香里と話し合いました。由香里は、申し訳ない、自分のせいだと泣いて自分を責めましたが、そんなことはないと慰めた記憶があります。心臓が悪かったので長く生きられないと医者に言われました。手術もしました。お陰で健太は丈夫になりましたが、でもよくても二歳くらいまでしか生きられないのだろうと考えていました。もう一人、子供が欲しいと考えたことはります。しかし、同じような子供が生まれる可能性もありますし、反対に健常な子供が生まれても、健太にかかりっきりになって、その子がひがんだりするのではないかと思うと、もう一人を生むという選択肢は選べませんでした」

押川は、時々、目頭を押さえた。

「健太さんを愛していましたか？　あなたは健太さんが生まれたことを悔やんでいたのではないですか？　そのことで由香里さんを責めたのではないですか？」

押川は、駿斗の質問に少し気色ばんだ。

駿斗は、まるで感情をなくしたかのようにじっと押川を見つめている。

駿斗は押川を怒らせるような質問ばかりしている。それは検事のすることではないのか？　七海は駿斗の態度を訝《いぶか》しんだ。

「愛していたに決まっているではないですか。健太が生まれたことを悔やんだりしたことなどありません。ましてや慰めることはあっても由香里を責めたりはしていません。

確かに健太が自分の大便を皿に載せ、口に運ぼうとしたり、家の壁に塗ったりした時は、なんでこんなことをするのか、いつまでこんなことをするんだ、なぜこんな子供が自分たち夫婦の間に生まれて来たんだと情けなくなり、由香里と泣いたことはあります。

生活は健太が中心で、由香里と二人で大事に育ててきました。

あなたは、親に愛されなかった私だから子供を愛さないと思っているのではないですか？　それは偏見です。私は、自分が愛されなかったから、余計に健太を愛しました。時々、非常に悲しいことがありましたが、それは本当に時々です。そうだからといって健太を愛していなかったということにはならないでしょう？」

「あなたは健太さんの世話を由香里さんに任せきりにしていたのではないですか」

「私が健太の世話をしなかったというのですか。由香里に任せきりにしていたと言いたいのですか」

押川は、少し考える時間を置いた。そして駿斗を睨んだ。

明らかに駿斗は押川を怒らせている。なにを考えているのだろうか。そんなことをすれば押川の印象が悪くなり、罪が軽くならないではないか……。

七海は、ああっと声を出しそうになって慌てて口を押さえた。ものすごく興奮している。隣の新藤に言葉をかけるのを抑えられない。

「ねえ、お父さん、駿斗、本気で死刑にしようと思っているの？」

新藤は、七海に振り向き、大儀そうな表情で、

「静かにしていなさい。駿斗は事件の本質を探っているだけだ。裁判だけでは何も解決しないから」

と言った。

七海は、小さく頷き、息をひそめて駿斗と押川のやりとりに集中した。

「健太の世話は由香里がやっていました。私は、働いて生活費を稼ぐという役割分担です。それでずっとやってきました。私も手伝ってはいました。十分ではないとおっしゃるならその通りですが、健太を病院に連れて行く時などは協力しました。健太は由香里一辺倒でした。由香里さえいれば大丈夫という感じで、私に馴染んでいたとは言い難いです。

でもそれは当然じゃないですか？　男は外で働き、女が家庭を守る、これが理想ではないですか？　それをいけないと言うのですか？　私は仕事を続けたいと思っていましたが、由香里の健康がすぐれないのと、健太のことをあまりにも任せきりにしていた反省から、仕事を辞めて、健太の世話をするようになったのです。

由香里に任せきりにしていたのは事実ですが、それはどの家でも普通ではないですか？　男が働き女が家庭を守るのは……」

「私が見てきた障害児のいる家庭では、父親の教育に果たす役割が非常に大きいのです。あなたは父親としての役割を果たしていなかったのではないですか」

「あなたは私を責めるのですか。私は、生活費を稼ぐことで家庭を守っていましたし、父親の役割を果たしていました。それで十分だと思っていましたし、由香里と健太の間に私が入り込む余地などありませんでした。入り込もうとしても健太が拒否したのです」

「あなたが仕事を辞めて健太さんの世話をするようになった。その時から家庭内のリズムが壊れてしまったと思いませんか」

押川は、駿斗のこの質問にも少し時間をとって考えた。

「私が仕事を辞めて健太の世話をするようになったのは由香里の希望です。由香里は喜んでいました。そりゃいろいろありました。健太は私に馴染みませんでしたから、いらいらして怒鳴ったり、ちょっと手を出したこともあります。でもそれはちょっとのことです。

私が、由香里と健太の生活のリズムを壊したということはありませんと、断言したいところですが、今になって考えればそういう面があったかもしれません。私が無理に二人の間に入ろうとしたことが、余計に由香里の体調を悪化させ、健太の心のプレッシャーになった面は否定できないかもしれません。

先ほど障害児を抱えた家庭では父親の役割が大きいとおっしゃいましたが、それは健常児の家庭でも同じことでしょう。

母親が愛情を教えれば、父親は社会性を教える。こうして子供は育って行くと思います。

私は、親に捨てられて暮らしました。二人の愛情も教育も知りません。ですから私が描いていた家庭というのは、男が働き、権威を持ち、女が家庭を守り、明るく賢い子供がいるというものでした。

しかしそれは健太が生まれた時点で崩れました。健太は、いつまでも成長しませんん。いえ、成長はしているのですが、他の家庭の子供に比べれば、とてもゆっくりで私は自分の描く家庭像が崩れたのを感じました。ですから余計に自分の理想に近づけたいと思って、無理をしたのかもしれません」

「家庭のわずらわしさから逃げていたのではないですか」

「そう言われてしまえば、そういう面は否定できません。おっしゃる通り健太一辺倒の由香里、由香里一辺倒の健太、私の居場所は家庭内にありませんでした。だからと言って家庭から逃げ出そうとしたり、他に居場所を見つけようとしたりしたことはありません」

押川は強く言い切った。

「職場である信用金庫であなたは残念ながらあまり評価されておらず、そこにも居場所と言える場所はなかったのですね」

押川は、駿斗の方を向いた。その横顔が笑っている。楽しいというのではない。情けないという、なんとも悲しい笑みだ。

「仕事に熱意はありませんでした。私の消極的な性格が災いしているのか、職場には友達も少なく、いないと言ってもよいくらいです。確かに職場にも居場所はありませんでした。でもそんな人は私だけではないでしょう。むしろ職場に居場所がある人が珍しい世の中になっているのではありませんか。でもそんなことを言っても始まりませんね。

もしも、職場に居場所を作る努力をしていれば、妻子を殺害するという悲惨な結果を生まなかった可能性があるとでもおっしゃりたいのでしょうが、さあ、どうでしょうか。私は家族の問題を誰にも相談しませんでした。知られたくなかったというのでしょうか、相談しても仕方がないというのでしょうか、上手く説明できませんが、信用金庫内で健太がダウン症だと知っている人はいなかっただろうと思います。

私は、とにかく三人でしっかりと生きて行くんだという気持ちでした。これは由香里も同じだったと思います。健太が生まれたときに誓い合ったのですから。

もし職場に自分の居場所、すなわち相談したり、冗談を言い合ったりする人間関係という居場所があれば、妻子を殺すというところまで私は追い詰められなかった可能性はあります。私が追い詰められていなかったら、由香里も追い詰められなかったでしょう。

たとえば職場の人に健太のことを相談したとしましょう。もしものことですが、『私の息子もダウン症だ』とか『心配なことがあれば相談して欲しい』など言われたとしたら、一緒に困難を乗り越えようとして、生きる展望が開けたかもしれません。でもそれは結果論であって、そんな可能性はほとんど期待できないでしょう。たいていの人は私の悩みなど聞き流すに違いありません。私は健太の悩みを打ち明けて、薄っぺらな同情を向けられ、時には、好奇な視線にさらされるだけです」

あきらめたような表情の押川に駿斗はさらに質問をぶつける。

「『ほうぷ』にも心を許して相談しなかったのはなぜですか。『ほうぷ』の人たちは、あなた方、家族の支えになろうとしている人たちではないですか」

「とにかく三人で生きようと思っていました。誰にも迷惑をかけずに生きて行こうと思っていました。それが不可能になった時は、一緒に死のうということを由香里と暗たのだと思います。死のうと思っていた時から、黙のうちに了解していたのだと思います。

思えば、由香里は、私に仕事を辞めて欲しいと言った時から、死のうと思っていたのでしょう。由香里は、自分の体調がすぐれないのを知っていて、健太と死にたいと願っていたのではないでしょうか。それで私を家庭に引き込んだのです。変な言い方ですが計画的に進めていたような気がします」

少しずつ下を向く押川に対して駿斗は一時も目を離さない。質問を続ける。

「仕事を辞めていなければ事件は起きなかったのではないですか」

「それでもおそらく私が信用金庫に行っている間に二人で死んだのではないでしょうか。非常に悲しいですが、そう思います。由香里が自身の手で一番愛している健太を殺すようなことがなかっただけでもよかったと思っています」

押川は悲しそうにうなだれた。

彼には、家庭にも職場にもどこにも自分が自分らしく振る舞える、心を許せる居場所がなかったのだ。

居場所がない人間に生きる気力は生まれるのだろうか。そのような人間が子供をどのような価値観で育てるというのだろうか。押川は、幼い頃の愛された記憶、母や父の温かさというものを喪失して育ったために大人になってからも自分の居場所を見つけることができなかったのだろう。

結婚して、由香里との暮らしにようやく探し求めていた居場所を見つけたと思ったら、健太が生まれ、結局、求めていた彼の居場所は健太に奪われる形になってしまったのではないだろうか。

哀れ……。その言葉しか七海には思い浮かばなかった。

駿斗は相変わらず厳しい視線を押川に投げかけている。本気で責めている。弁護士としてあるまじきことではないのか。

「あなたは家庭や職場の苦しさから逃れ、あたかも居場所を見つけようとするように浮気をしたことがありませんか？」

駿斗が、この質問をすると女性裁判員の表情が歪んだ。

心中事件を起こした父親が浮気をしていたとなると、印象の極端な悪化は免れない。

駿斗は、何を目的にこのような質問をするのだろうか。

「したことはないと言ってもあなたは全てを知っておられます。私はここで嘘はつきませんと誓いの言葉を述べましたが、それを破ることができないとなると、嘘は言えません。

ええ、浮気をしたことがあります。職場の女性です。名前は言う必要がないでしょう。あの時、私は、健太にかかりっきりになっている由香里に不満を覚えていました。きっかけは忘れましたが、何かの時にその女性に、家庭内の不満を愚痴りました。そして酒を飲み、そのまま関係を持ちました。

長い間のことではありません、勿論、由香里はそのことを知りません。もし今日の話を天国で聞いていたら、さぞかしひどく怒っていることでしょう。

浮気は許されることではありません。こんなことを言うと、相手の女性に叱られますが、浮気は一時の慰めになったとしても私の心を満たしてくれることはありませんでした。

私は、由香里を愛しています。一時期でも彼女を裏切ったことをひどく後悔しています。ああ、私はなんて下らない人間なんでしょうか。全く生きるに値しません。すぐにでも殺して下さい。死刑にして下さい」

押川は打ちのめされたようにうなだれた。

押川が浮気をしたという事実は、由香里さんの苦労を考えた場合、許し難いことだ。

しかし、一方では七海には人間らしいとも思えた。肯定する気はさらさらないが、浮気をしたのは押川が生きようとした結果なのではないのかと考えたのだ。

「由香里さんと健太さんがいなければ、自分はもっと違う人生を送ることができたのではないかと思われませんか？」

駿斗は、さらに追い打ちをかけるような質問をした。

押川は、きっとした目で駿斗を睨みつけた。怒りが満ちていた。奥歯を強く噛みしめているようで、ぎりぎりという音が傍聴席にまで聞こえてくるようだ。

「そんなことは思ったことはありません。由香里と健太は私の全てです。浮気をしたではないかと言うのですか。それは一時の気の迷いがありましたが、あくまで一時のことであって私の人生の全ては由香里と健太に捧げています。

これは健太が生まれた時に由香里と約束したことです。私は、由香里と健太を愛していました。だからこうして自分だけが生き残ったことが申し訳なくて……」

「違う人生があって当然だと思うことや、浮気があっても構わないではないですか。人間とは弱い生き物です。いろいろな間違いがあるからこそ人間なのだと思いませんか」

駿斗はまるで押川に論争を仕掛けているようだ。

「私はそうは思いません。思いたくないのです。頑な過ぎるかもしれませんが、三人で死ぬことは健太が生まれた時からの約束だったのです。決められていたのです。私は約束を果たさなかった裏切り者です」

押川は強い口調で言った。自分自身に怒りをぶつけているようだ。

駿斗は、自分を責め過ぎるなと言っているのだ。これほど押川にとって不利な質問ばかりするのは押川は弱い人間であり、裁判員や私たちと同じだと言いたいのだろう。誰が押川を責めることができるのかということだ。

キリストは、姦通の罪を犯した女を前にして、

「あなたがたのうち罪を犯したことのない人が、まずこの女に石を投げなさい」

と言った。

石を投げる人はいなかった。だれも彼女を罰すべきだと言えなかったのだ。

イエスは女に、

「私もあなたを処罰すべきだとはみなさない。行きなさい。そしてこれからは、もう罪を犯してはいけない」

と言った。

駿斗が言いたいのは、聖書に書かれていることと同じだ。

誰もが罪人であり、弱い人間だということだ。問題に直面した時に、それから逃げ

たいと思うことも当然だし、こうして罪を犯した後も、それを背負って生きて行くのが人間なのだ。

「マグダラのマリアか」

七海は、ふいに笑みをこぼした。

「しっ」

新藤が顔をしかめた。

駿斗は法的な罪を問うよりも、押川に人間としての弱さを自覚させようとしているのに違いない。しかし、その意図が裁判員に届くだろうか。

「押川さん、ダウン症児の父親が妻子を捨てて逃げ出すケースがあることをご存知ですか。それについてどう思いますか」

「以前障害を持って子供が生まれた時、妻と子供を捨てる父親がいるんだとあなたから伺いました。とても信じられないことでした。

妻に向かってこんな子供ができたのはお前のせいだと責めたあげくにさっさと別の女性と再婚するなんて、なんと無慈悲な父親がいるものだと思いました。許せないと思いました。

しかし、今、考えますと、私もその父親と同じではないかと思えてなりません。

勿論、由香里にそんな罵詈雑言を浴びせたことなどありません。健太を生んだことを責めたことなど一度たりともありません。

先ほど三人で死ぬことが約束だったと申しましたが、そんな暗黙の約束をしてしまったことが、結果的には由香里を追い詰めていたのでしょう。私は、由香里を本当の苦しみからも悲しみからも救ってやることがなかったのです。悲しみ、苦しむままに放置していたと言えるでしょう。その意味では、障害児を生んだ妻を捨てる男と同じくらい無慈悲な人間です。いや、妻子を殺さないだけ彼らの方が私よりましかもしれません。

あなたは人間とは弱い生き物だというような意味のことをおっしゃいますが、弱い人間だからその弱さに負けて無慈悲なことをしていいとは思いません。私は許されてはならない人間です」

押川は深くうなだれた。

駿斗は、押川をしばらく見つめていたが、裁判長に向き直り「終わります」と言った。

裁判長は、裁判員に質問を促した。

女性裁判員が「よろしいですか」と断り、「被告人は、健太さんのことで一番思い出に残っていることはなんでしょうか」と聞いた。

押川は、固い表情のまま、しばらく考えていたが、「あまりたくさんの思い出があって選びきれませんが、敢えて言えば生まれた時でしょうか。病院で、由香里に抱かれて眠っていた健太を見た時は、心から天使だと思いました。きらきらと輝いていたと記憶しています」と答え、右手で目の辺りを拭った。涙を滲ませたのかもしれない。

裁判長が次回の日程を決め、その日の裁判は終了した。

次回以降は、検事の論告及び求刑。それに対する弁護人弁論。そして被告人の最後の発言があり、裁判は結審になる。

## 3

安芸検事が立ち上がった。視線を押川に据え、小さく息を吐いた。

七海は、安芸検事に集中する。一言も聞き洩らさない意気込みでメモを持ち、ペンを握る。

「論告。罪名、承諾殺人、及び殺人。被告人、押川透」

安芸検事の声が法廷に響く。ディスプレイに表示された内容を裁判員たちが食い入るように見つめている。被告席の押川は、背筋を伸ばし、わずかにうな垂れている。

「本件、公訴事実は、当公判廷において取り調べられた関係証拠により、その証明は十分であり、被告人は有罪であります」

ディスプレイに「有罪」の文字が映る。押川の背中がぴくりと動いた。緊張が走っているのだろう。

「本件犯行の態様は、極めて危険、かつ残酷であって悪質極まりないと言えます」

安芸検事は厳しい口調で押川を断罪した。尋問の時に見せた、穏やかな様子は一切見られない。

押川は両肩を押し上げるようにした。身体全体に力が入っているようだ。

「被告人は、被告人方で並んで就寝していた妻由香里、及び長男健太を確実に殺すべく刃体の長さ約十二センチメートルという極めて殺傷能力の高い果物ナイフを持ち出しました。これは被告人方の台所にあったものであります。

被告人は、まず妻由香里に近づき、その頸部を一回突き刺し、続いてとどめを刺すべく、さらにもう一回突き刺したのであります。次に長男健太の頸部をなんと四回にもわたり、突き刺し、とどめを刺しました。その結果、両名とも大量の出血をなし、死に至ったものであります」

安芸検事は、ここで息を継いだ。七海は、自分の首に手をやった。ナイフで突き刺される場面を想像すると、激しい痛みに襲われる気がして、思わず目を閉じた。

「被告人は、両名が熟睡しているのを確認し、犯行に及んだもので、妻由香里を目覚めさせ、翻意を促し、死を思いとどまる余地さえ与えておりません。

さらに長男健太については重度の知的障害を抱え、父の殺意や母の精神的疲労を理解できたかどうか疑問ではありますが、何も知らず眠っていた長男健太は、よもや父親が自分を殺害しようとしているなどとは想像していなかったでありましょう。そのため逃げることもできなかったのであります。

被告人は、二人を殺害することになんら躊躇しておりません。被告人は、妻由香里から、自分と長男健太とを殺し、被告人自身も後を追って自殺するべしと要請されていたとしておりますが、それにいたしましても両名の安らかな寝顔を見れば、思いとどまることもできたと推察されます。

これらの観点から本件犯行は極めて残酷であり、その態様は極めて悪質であると結論づけられましょう」

安芸検事は裁判員を見つめながら、強い口調で言った。

「被告人は、本件犯行により、なにものにも代えがたい尊い妻由香里と長男健太の命を奪いました。その結果はあまりにも重大であります。

本件犯行当時、妻由香里は、長男健太の介護に疲れており、死を願ったという主張を被告人はしておりますが、だからと言って殺害という形で両名の命を奪うことは決して許されるものではありません。

むしろどのようなことをしても妻由香里を翻意させ、かつ必要な治療を受けさせようとするのが夫であり、父親である被告人の務めであるべきだと言えるでしょう」

安芸検事の言うことは正しいと七海は思った。妻が精神的に病んで死にたいと何度も繰り返すことを思い留まらせられなかったからといって殺害に及ぶことは絶対に許されない。

妻は病気なのだ。正常な精神状態での発言ではない。夫なら何としてでも妻を正常な精神状態に戻すように努力すべきだ。

しかし、多くの問題のある家庭で、心中事件が何度も起きるのは、どうしてだろうか。

家庭内の問題を外部の第三者を交えて解決するということを選択する人が少ないせいだろうか。当事者同士で解決を図っている間に、どうしようもない隘路《あいろ》にはまり込んでしまい、抜け出せなくなってしまうのだろうか。

「長男健太は、生まれた当初から心臓等にも疾患があり、医師から余命二年と言われておりました。

しかしながら妻由香里らの献身的な養護により、順調に成長し、二十八歳にまでになったのであります。

これはとりもなおさず長男健太が強い生命力を有していた証であると言えるでしょう。

長男健太は、通っていた施設では職員らとともに仕事をし、少ないながらも収入を得、なおかつ職員らと一緒にテレビを見たり、ゲームやダンスに興じるなど、同人なりに人生を楽しんでいたようであります。

また妻由香里も体調を崩し、精神的に疲労を覚えるまでは長男健太の養護を進んで行い、その成長を喜んでおりました。

そうした事実を被告人は十分に承知していなければならない立場にありながら、施設にも積極的に足を運ばず、妻由香里の肉体的、心的疲労を積極的に肩代わりしようとした様子はありません。

いずれにしても長男健太は旺盛な生命力に加え、生きること、人生を楽しむことへの意欲は十分に持っていたと推察されます。また妻由香里にしても体調等が回復さえすれば、死を望むことなどなかったはずであります。

そうした事情があるにもかかわらず両名を果物ナイフで突き刺して殺害し、命を奪い去った行為はあまりにも重大で、当然、断罪されねばならないでありましょう」

押川は、身体を何かで固められたようにじっと動かない。

「被告人は、妻由香里から、同人と長男健太を殺害したうえで被告人も自殺するようにと執拗に促された結果、もうこれ以上は三人で暮らして行くのは不可能だと考え、本件犯行に及んだものであります。被告人は、妻由香里を翻意させようと努力したと言っておりますが、それは、妻由香里の夫であり、長男健太の父であることを考えれば、被告人としては至極当然のことであり、なんら情状酌量すべきことではありません」

安芸検事は、咳払いをし、裁判員席をひと渡り眺めた。

「では本当に被告人は妻由香里を翻意させるべく努力したのでありましょうか。

驚くべきことに被告人は本件犯行に及ぶまでの間、妻由香里を積極的に病院に受診させたり、被告人の知人、職場の上司、同僚、さらには妻由香里の友人、長男健太を通わせていた施設の職員などの第三者に被告人の悩み、妻由香里の状況など家庭内の問題を打ち明けて相談するなどの積極的行為を一切、行っていないのであります。

被告人は、相談するに値するような友人、知人などはいなかった、また家庭内の問題はやたらと他人に話すものではないとの考えが強く、悩みを打ち明けようと考え及ばなかったと供述しておりますが、人命という最高に尊いものに関わる重大な問題であり、かつ被告人自身が妻由香里を翻意させられない、被告人だけでは問題を解決できないという状態であり、こういう場合、通常であれば、第三者に助けを求めるのが当然であるにもかかわらず、それをせず、あたかも家庭内のことは家庭内で解決するとの信念で本件犯行に及んだことは、まことに身勝手であります。

特に長男健太は、死を望んでいないにもかかわらず殺害したというのは、あたかも長男健太の命を自己の所有物であるかのごとく扱ったに等しく、到底賛同できるものではありません。

被告人は、両名を殺害し、みずからも命を絶つことで全ての問題が解決するかのごとく考えて本件犯行に及んだようでありますが、それはまことに短絡的としか言いようがありません。

たとえ自殺を図ったからといって、それを理由に過大に斟酌《しんしゃく》するべきではないと考えます。

妻由香里は、深刻に死を望んでいたと被告人は供述しておりますが、何度も自殺を図ったということもなく、また妻由香里が長男健太の殺害に及んだ事実もなく、当然ながら長男健太が自ら死を選択することなどありえないことを勘案すれば、被告人が両名を果物ナイフで突き刺すという行為をしなければ、両名の死は回避できたのであります。

被告人は、極めて短絡的、安易に人の命を奪うという行為に及び、さらに自らの命さえ絶とうとしたことは、生命軽視の態度がうかがわれ、本件犯行の動機、すなわち長男健太の養護疲れなどの理由を過大に斟酌するのは適当でないと考えます」

安芸検事は続けた。

「さらに本件は被告人らが長く暮らしてきた街で、突然、一家の主人である被告人が、妻子を果物ナイフで突き刺し、殺害するという信じられない凶行に及んだわけであり、近隣及び地域社会に与えた驚愕、恐怖は計りしれないものがあります。

さらに長男健太が通い、同人を愛情を持って世話していた施設の職員、長男健太と一緒に過ごしていた、同じく障害を抱える人々、またその親族たちに与えた衝撃は非常に大きいものがあります。

長男健太が通っていた施設の責任者である浅岡証人は、障害を抱える子供を育てている親族に、被告人への情状酌量を求めた嘆願書を依頼したようでありますが、誰も賛同しなかったという事実は、いかに被告人の行為が与えた衝撃が大きく、かつ身勝手であるかを如実に物語っているのであります。

以上、被告人の刑事責任は重大であり、かつ現在においても被告人は、殺害した両名の後を追い、自殺を図る可能性が否定できないことを勘案すれば、早期の社会復帰は適当ではありません。

したがって被告人には相当期間刑務所にて服役させ、贖罪の日々を送らせることが必要であります。

なおこうした観点から被告人には自首が成立するものの、あえて自首減軽すべきではないと考えます」

安芸検事は、ここで再度押川を厳しい目で見つめた。

「被告人は本件犯行を一貫して自白していること、被告人に前科、前歴がないことなど被告人に有利な情状を最大限考慮しても、なお、相当期間の施設内処遇が必要であります。

求刑。被告人を懲役十年の実刑に処するを相当と考えます。以上で終わります」

安芸検事が着席した。

裁判長は、弁護人である駿斗に弁護を促した。

駿斗が立ち上がった。

「本件犯行は争うものではありません。また被告人は極刑を望んでおり、弁護人としましては減刑を望むことは被告人の意に沿うことではありません。従って特に申すべき意見はありません」と答えた。

裁判長は、意外な表情を浮かべたが、続いて押川に「被告人、前へ出て下さい」と証言台に立つように言った。

押川は、うなだれたままゆっくりと被告席から立ち上がり、証言台の前に立った。

両目が赤いのは、由香里と健太を思い出して涙ぐんでいたのだろうか。

「最後に裁判所に対し、何か述べたいことがあれば述べなさい」

裁判長が言った。

押川は、顔を上げ、裁判長を見上げた。

七海は緊張して押川の背を見つめた。

「私には生きる意味も価値もありません。二人も殺したのです。求刑十年は軽すぎます。裁判長、ぜひ死刑にして下さい」

法廷内に押川のやや甲高い声が響くと、傍聴席がざわめいた。

裁判長は、不愉快そうに眉根を寄せ、何か言いたげに口を開こうとしたが、言葉を飲み込んだ。

# 第十章　審判

# 1

「駿斗、まるで検察官みたいだったよね」

七海は駿斗に言った。

事務所には駿斗と七海と新藤がいたが、いつもの騒がしさはなかった。

「そうかな」

駿斗は疲れた顔を七海に向けた。

「まあ、終わったな。駿斗はよくやったよ。これで裁判員と裁判官が協議して、量刑を決めるだけだ。押川の意に反して死刑の求刑はなかったがね」

新藤も疲れた様子で言った。

「検察の求刑が十年だからそれ以上ってことはないわね。押川は最後まで自分を死刑にしてくれって言っていたけど、求刑を聞いてどう思ったのかしら」

「さあね、どうだろうか」

「なぜあんなに押川を追い詰めたの」

「依頼人からの死刑になるように努力して欲しいという要請だったから……。いや、違うな。僕にも本当のところはよくわからない。でもそうせざるを得ない気持ちだった。弁護士としては失格だけどね」

駿斗は薄く笑った。

「駿斗、ビールがあるけど、飲むか？」

新藤がキッチンの冷蔵庫から缶ビールをかかえて来た。

「私の分もあるみたいね」

「大丈夫だよ。七海の飲む分もちゃんと用意してある」

「すみませんね。いただきます」

駿斗は、新藤から缶ビールを受け取るとプルタブを引いた。静かな事務所内に泡が飛び出る音が響いた。

「乾杯しようや」

新藤が缶を持ち上げた。

「お疲れ様」

七海が音頭を取った。

「ありがとう」

駿斗は、七海の缶に自分の缶をコツンと当てると、一気に飲んだ。冷たい刺激が口、喉、食道、胃に電流のように走る。

「裁判は、あらためて真実を明らかにしないって分かったなぁ」

駿斗はため息とともに呟いた。

「そうだよなぁ。駿斗の気持ちが分かるよ」

新藤も暗く呟いた。

「どうしたの、二人とも。おかしいよ。精一杯、被告人のために働いたんでしょう？」

七海だけは元気だ。

「検察官はあくまで被告人の悪をあげつらい、弁護人は、ただひたすらに被告人の罪を軽減しようとする。裁判官や裁判員は、それらの両極の意見を聞き、事件の真実に迫ろうとする。そして刑罰を決める。検察官、弁護人のお互いが真実に迫ろうとしていない弁論を戦わせて、裁判官と裁判員が真実を見極めることができるだろうか。僕は、今回、大いに疑問に思ったんだ」

駿斗は、缶ビールを飲み干し、新しい缶に手を出した。

「だから押川の責任も追及したの？」

「責任を追及したというより、なぜ殺したのかという疑問を解き明かしたかったと言った方が適切かな。僕は、弁護士として彼の罪を可能な限り軽減し、無罪に近づけなくてはならない役割を持っている」

「例えば心神耗弱だったとか理由をつけることもできた……」

新藤が呟いた。どこから持って来たのか、テーブルに煎餅の袋が破られ、新藤はそれを摘みにしている。

「しかし、押川は、自分を死刑にして欲しい、そうなるように弁護活動をして欲しいと言った。弁護士に期待される役割と明らかに違う」

駿斗は遠くを眺める目をした。

「駿斗なりに悩んだんだね」

七海が優しく言った。

「僕は、決めたんだ。この裁判では押川の真実を追求しようってね。だって彼は人間社会が決める最高の刑罰を望んでいるんだ。ということは人間社会が決める罪の軽減を図る必要性がないということだろう？　だってどんな罪になろうと、彼は満足しないんだからね」

「駿斗は、人間が法律で決める罪とは、別の審判をやろうと考えたんだ。最後の審判みたいなものだな」

新藤が嚙み砕く煎餅の音が鮮やかに響く。

「傲慢だとは思ったよ。それは神の仕事だからね。でもなぜ殺したのか？　なぜ殺さざるを得なかったのか？　これは殺すなかれという人間の共通の戒律違反への問いかけだと思ったんだ」

駿斗は七海の目を見つめた。

七海は、まぶしそうに目を細めた。

「よく被告人は裁判に臨んでも、一体誰の裁判だろうかと思うみたいね」

「自分の裁判ではない。検察官、弁護人の裁判になっているからだよ。被告人が、どんな罪、人間としてどんな罪を犯したのか、あるいは犯していないのか、被告人の心に迫るように追及しなくてはいけないと思うんだ」

「今回、被告人は、量刑の軽重を問題にしてはいないから？」

七海が聞いた。

「そう、だから押川自身が裁判の過程で人間としての罪に向き合ってくれないかと。それだけを願っていたというわけさ」

「俺たちは今回、押川の家族に関わりのある人たちや障害を持つ子供を育てている家族などに精力的に会った。なぜ殺したのか？　なぜ殺さざるを得なかったのか？　という問題の真実を知るためにね。それは殺された妻や子にとってはなぜ、殺されなくてはならなかったのか？　なぜ死ななくてはならなかったのか？　という問題でもあった……」

新藤は呟くと、新しい缶ビールのプルタブを引いた。泡が抜ける音がした。

「お父さん……」

七海が新藤を見つめた。

「俺は、お前が今、何を考えているか分かるよ。母さんのことだろう？」

「うん」

「母さんは病気で死んだ。別に殺されたわけじゃない。でもなぜ死ななくてはならなかったのか、という疑問が俺にはずっと解けなかった。今だって解けたわけじゃないけど、押川の事件と向き合うことで死と向き合うことになったなぁ。押川だって妻と子を殺したかったわけじゃない。何度も殺さなくてもいい選択の機会があった。でも死という奴は、その選択の機会を押川に選ばせないんだ。それが不幸だった。人間の死というのは、天寿を全うするまで何度も避けられる機会があるんだ。しかし、それを選択する機会を選ぶことができない。素通りしてしまう。不思議なくらいにね。

俺だって母さんをもっと早く病院に連れて行っていれば、もっと母さんと真剣に話していれば、母さんの死を避ける機会を得られたかもしれないんだ。その意味では押川と同じだなって思ったよ。昨日、仏壇で母さんに真剣に謝ったところだ」

新藤は、目頭を拭った。七海が新藤の胸に飛び込んで、啜り泣いた。

「僕は、傲慢にも少し弁護士の矩《のり》を超えてしまったかもしれません。押川がどう受け止めたかは分からないけど、押川が自分の犯した人間としての罪に向き合う選択の機会は提供したと思う気持ちはあります。十年の求刑も、その結果としての判決も、押川にとっても僕にとってもあまり意味を持たないでしょうね」

駿斗は、缶ビールをあおるように飲んだ。

## 2

「被告人、今から判決を言い渡します。証言台に立って下さい」

裁判長の声が聞こえて来た。

被告席から身体を起こす。重い。証言台までの距離がものすごく遠く感じられる。

今日で裁判は終わる。私の罪の重さが決められる。控訴しなければ、それで確定する。

死刑にはならない。検察官は十年を求刑したから。可能性としては十年以上の刑もあるが、通常は同じか、それ以下だ。

ゆっくりと被告席に近づいて行く。裁判官や裁判員たちが私の歩みを見つめている。

被告席のところに誰かがいる。大柄な男性と細身の女性だ。二人が振り向いた。

由香里と健太だ。

私は、思わず歩みを止め、目を閉じ、急に激しさを増した心臓の鼓動を抑えようと努めた。

そしてゆっくりと目を開けた。

私は、自宅のリビングに立っていた。目の前にいる由香里がものすごい形相《ぎょうそう》で私を睨んでいる。

健太は裸だ。白く膨れ上がった身体。うずくまり尻をこちら側に向けている。尻の辺りに小さくて赤い発疹が点在している。入浴のために裸になったのだ。

健太は両腕を股間に差し込み、何やらもぞもぞと動かしている。何をしているのかと思い、私は健太の前に立った。

「何やっているんだ」

私は声を荒らげた。

健太が自分の性器を摑んでいる。性器は怒張し、健太の両手からはみ出ていた。

ちらっと私を見たが、いったい何で怒っているのだという顔だ。

私の怒りを無視して、性器をいじり続けている。

由香里の元に駆け寄る。

「健太が自分のちんぽをいじっているんだ。なんとかしろ」

由香里に言った。私は明らかに動揺していた。まさか健太が自分の性器をいじると は思ってもいなかったからだ。

「健太、ダメでしょ。そんなことをしたら」

「お前の教育が悪い。こんなことをするなんて信じられない」

「健太は、もう二十四歳になったのよ。ようやく男になったんじゃないの。普通の子は、幾つから？　中学生くらい？　あなたはどうだったの？」

由香里は、いとおしい男に出会ったような目つきで健太を見つめた。

「知らん、知らん」

私は健太から顔を背けた。こんな不潔な行動を正視できない。

「あなたがちゃんとしたやり方を教えてやってよ。私はもう疲れたわ」

由香里は私を見つめた。疲れているという言葉に嘘はない。目の辺りに黒い隈が出ている。

私は、健太の教育には基本的に関与しない。仕事が忙しいというのを理由にしているが、健太を段々と受け入れられなくなっているのが正直な気持ちだ。

幼い頃はそんなことはなかった。自分なりに受け入れ、またそうしようと努力していた。しかし成長するに従って避けるようになった。今や健太は体格だけなら私を凌ぐようになった。こうなると恐怖心としか表現のしようのない気持ちが湧きあがってくるのだ。

そのことは健太も鋭敏に理解しているらしく、私を他人のような目で見るようになっていた。そうなるとますます避けるようになる。

いつごろからか私の顔を見ても「ううう」としか言わなくなった。以前は「押川のお父さん」と言っていたが、その呼び方は忘れてしまったようだ。

「そんなこと、教えられるか」

「教えてやらないと人前でもやるのよ。それでもいいの」と由香里がヒステリックに叫んだ後、急に声の調子を落とし、「あなたが教えないなら私がやってやるわ」と思い詰めた表情をして、健太に近づこうとした。

「ば、ばかやろう。何をふざけたことを言っているんだ」

私は由香里を突き飛ばした。由香里は膝を折って倒れた。

健太が私を見た。まだ行為を止めていない。

「健太、いいかげんにしろ」

私は、健太の腕を摑んだ。私は、自分の腕を思い切り高く上げた。健太が怯えて顔を伏せた。

「あなた、止めて。健太をぶたないで」

由香里が私の服の裾を摑んだ。

「こいつの頭は子供なんだ。幼児なんだぞ。なぜ、なぜ、こんなことをするんだ」

健太の腕を握る手の力が強くなる。健太が痛みに顔を歪めている。うっうっうっと唸っている。性器は怒張したままだ。

「成長しているのよ。大人になっているのよ」

「大人？　そんなわけない。怪物になっているんだ」

「あなた、なんてことを言うの。あなたの子供よ」

「俺の子供じゃない！」

私は叫んだ。

優しく献身的な妻、賢い子供、安定した仕事。私が求めていた家庭にこの目の前にいる裸の男は要らない。この男は、私のささやかな夢を破壊する怪物……。


「大丈夫ですか」

裁判長の声が聞こえた。声の方向に振り向くと、心配そうな裁判長の顔が見えた。

私は何も答えずに証言台に歩み寄った。

被告席に立ち、裁判長を見上げた。

「気分が悪いのではないですか」

裁判長が問いかけた。

「大丈夫です」

私は答えた。


裁判長の背後に由香里と健太の笑顔が見える。

私たちは福島県二本松の岳《だけ》温泉に来ていた。

安達太良山《あだたらやま》の麓の温泉だ。ここは彫刻家で詩人である高村光太郎《たかむらこうたろう》の妻だった智恵子《ちえこ》の故郷だ。
「智恵子は東京に空が無いといふ、
ほんとの空が見たいといふ。
私は驚いて空を見る。
桜若葉の間に在るのは、
切つても切れない
むかしなじみのきれいな空だ。
どんよりけむる地平のぼかしは
うすもも色の朝のしめりだ。
智恵子は遠くを見ながら言ふ。
阿多多羅山《あたたらやま》の山の上に
毎日出てゐる青い空が
智恵子のほんとうの空だといふ。
あどけない空の話である」
高村光太郎が智恵子のことを詠んだ『智恵子抄』の中の『あどけない話』という詩だ。

久しぶりの家族旅行。宿は『喜ら里』という。由香里がインターネットで予約をした。古民家風の旅館だ。

今回の旅行は由香里の提案だった。私は二つ返事で賛成した。

私は信金を辞め、健太の世話を手伝い始めたが、最初は戸惑いばかりだった。しかし徐々にリズムを摑み始めていた。健太を連れての旅行も上手く行くに違いない。

ある日のことだ。私は健太を連れて買い物に行った。近くのコンビニだ。健太はお菓子売り場でしゃがみこみ動こうとしない。

私は、健太の腕を引っ張り無理に動かそうとした。しかし、健太は絶対に動こうとしない。唸って、私を睨む。

「これっ、これっ」

仮面ライダーかゴレンジャーのような絵が描かれたおまけ付きのチョコレート菓子を棚から取って、私に差し出す。

「それを買いに来たんじゃないよ。牛乳だよ」

「これっ、これっ」

健太は譲らない。

ふいに健太の中に幼い頃の表情が現れたのを発見した。すっかり大きくなり、運動不足のせいか太ってしまった健太の顔に生まれて数年たった、まだあどけなさの残っていたころの表情が浮かんだのだ。

「そうか、買ってやるぞ」

私は笑みを浮かべた。

健太は、素直にチョコレート菓子を私に手渡した。

健太は、退行しているように感じる。二十八歳になり、由香里が一生懸命教育して来たが、ある時から成長がゆっくりとなり、逆に幼児期に還りつつあるようだ。それまでできていた一人でトイレで用を足すこともできなくなり、『ほうぷ』での作業中も遊んでばかりいるという。

通常の場合、子供は、段階を追って成長するだろう。知識や経験が蓄積して行く。健太もある時点までは時間はかかるが成長をしていた。

ところがある時から幼児期に退行し始めた。原因は分からない。それが由香里を苦しめている。

しかし今日は違った。私は、幼い頃の健太の表情を見つけ、なんだか嬉しくなったのだ。

「この人、だぁれだ？」

私は笑みを浮かべて、自分を指差した。

健太は一生懸命考えていたが、「押川のお父さん」と言った。

「えらい」

私は、健太の頭を撫でた。私は、健太を連れてレジに行った。

レジの若い男は、健太の顔を見て、すぐに目をそらした。迷惑な客が来ているという顔をしている。

私は、そのチョコレート菓子を店員に差し出した。

「これ、この子が好きなんです。この子はこの絵のスーパーヒーローが分かっているんです」

私はせかされるように言った。店員は何も答えず、無機質な機械音を立ててレジを打ち、「百二十円です」と言った。

「この子、私の息子です」

私は財布から百二十円を取りだしてカウンターに叩きつけた。

「夕食の前にお風呂に入って来てよ」

由香里が言った。

「健太は？」

「あなたが入れてよ」

「分かった。健太、行くか？」

私は健太に声をかけた。

「健太、押川のお父さんと一緒にお風呂に入りなさい」

由香里が健太の背中を押した。

「ううっ」

健太は立ち上がって服を脱ごうとした。

「おいおい、健太。ここじゃなくてお風呂で脱ごうな」

と健太に注意しながら「大浴場に行って大丈夫かな」と由香里に聞いた。

他の人が入っていたら迷惑をかける可能性がある。その不安があったのだ。

由香里は、一瞬、考えたが、「せっかくだもの。大きなお風呂でゆっくり入らせてよ。よい温泉だから」と言った。

私は、自分の浴衣と健太の浴衣を持って大浴場に行った。

従業員の女性とすれ違う。健太を見ても「ようこそいらっしゃいました」と優しい笑顔で挨拶をしてくれる。そのたびに健太は、声にならないような声を出す。

大浴場の脱衣場に上がった。幸いにも誰もいない。

「健太、服を脱ぐぞ」

私は健太の長袖シャツの裾を摑み、一気に引き上げた。頭のところでひっかかった。健太が苦しんでいる。私は笑った。なんだか健太が喜んでいるように思えたのだ。

ようやく服が脱げた。髪の毛が逆立っている。健太が笑顔だ。

「次はズボンだ」

私は健太のベルトを外し、足を上げさせ片足ずつズボンを脱がせた。その際、健太の手は私の背中に置かれ、身体を支えていた。

パンツも脱がした。

私も急いで裸になった。親子で裸になった。健太の堂々たる身体を見たら、嬉しくなった。生後まもなく死ぬと医者に言われたが、健太は死ななかった。今もしっかりと生きている。神様が生きよ、と言っているに違いない。なんの役に、誰の役に立つなどということは全く意味を持たない。神様は健太に生きよと言っている。私は嬉しくなって涙が滲んできた。

「さあ、健太、風呂に入ろうか」

私は健太の手を取り、湯船に通じる戸を開けた。硫黄の刺激が鼻についた。

「男同士、裸の付き合いだぞ」

私は健太の身体に湯をかけた。

「おー」

健太は手を叩きながら、嬉しそうに声を上げた。

由香里は、この旅行を家族の最後の思い出にしようとしていたようだ。そのことを後から聞き、知った。由香里は、ずっと死を考え続けていたのだ。


「それでは判決文を読み上げます」

裁判長は言った。

## 3

「主文、被告人押川透を懲役十年に処す」

駿斗の目には、押川の背中がすっと伸びたように見えた。さすがに緊張しているのだろう。押川は、瞬《まばた》きもせず裁判長を見つめている。

検察官の求刑通りの判決となったということは、裁判員が押川の責任、罪をより重く考えたということだ。押川はそのことを素直に受け止めただろうか。

駿斗は押川に何度も同じことを問いかけた。

あなたには居場所があったのですか？　もし居場所があれば、妻子を殺害するという不幸な結果を生まなかったのではないですか？

駿斗は、最初、この事件を世の中によくある一家心中事件の一つという程度にしか考えていなかった。

ダウン症の子供を育てるのに疲れた妻からの度重なる要請に負け、妻を殺害した承諾殺人と子供を殺害した殺人。自分は自殺しようとしたが死に切れなかった。

被告人は犯行を認めており、検察官も彼の置かれた立場に同情するだろうから、さほど難しい事件だとは考えていなかった。

しかし出会った被告人押川は死刑を望んでいた。

駿斗は、弁護士として被告人の罪を軽減しようと働くことはできるが、罪を重くするために働くことはできない。だが、それでは依頼人の意向に忠実に従うという弁護士の義務に違反することになる。悩んだ結果、駿斗は、取り敢《あ》えず動きだすことにした。

解き明かすべき疑問は、なぜ殺さなくてはならなかったのか？　なぜ殺されなくてはならなかったのか？　ということだ。

七海、新藤の協力を得て、駿斗は多くの人の話を聞いた。最も考えさせられたのは、押川と同じダウン症の子供を育てている親たちの話だった。

彼ら全員に、押川の行為についてどう思うか、同情するか、否定するかと問いかけた。

彼らの答えは全員同じだった。

殺すこと、一緒に死ぬということ、ダウン症の子供を遺して死ねないこと、これらのことを考えない親はいないという意見。

障害のある子供を育てるというのは、死と隣り合わせにあるほど家族にとって過酷な現実なのだろうか。

世の中には、子供が障害を持って生まれてきてくれたお陰で人生が豊かになりました、自分が成長しましたなどという言葉が溢れているが、それらはきれいごとに過ぎないのかもしれない。

だが、全員が言った言葉がある。それは、「私は、殺さない」ということだ。

押川は妻とダウン症の子供を殺した。しかし、同じような、あるいはもっと深刻な状況にある家族もいるが、彼らは当然ながら「殺さない」という選択をしている。一方、押川は「殺す」選択をした。

その選択の違いはいったいどこから生まれるのだろうか？

駿斗は、押川には居場所がなかったのではないかと考えた。

非常に月並みな考えだが、人は生きるためには居場所が必要なのだ。

それは逃避場所、あるいは自分の存在を主張できる場所、あるいは癒され、何もかも許されると思える場所、どんな場所かはその人によって違うだろう。しかし、どんな場所であろうと、それは外見上の違いがあるだけで、その人が求めているのは自分の居場所だ。もしその居場所が見つけられなかったり、急に喪失したりすると、人は自分自身の存在を否定する選択をしてしまう。

もし押川に居場所があれば、彼は「殺す」選択を回避できた可能性があり、由香里も健太も「殺される」ことはなかったのではないか。

押川は幼い頃からどこにも居場所を見つけられずにいた。誰からもその存在を認められず、自分の逃避場所を見つけられず成長してきた。

妻になる由香里に会った。彼は、ようやく居場所を見つけることができた。ところが健太が生まれた。それでも押川は、由香里と一緒に健太を育てることに居場所を見いだそうとした。

しかしそれは押川が描いていた居場所ではなかった。優しく賢明な妻に賢い子供、それを守る父親、これが彼が描いた居場所、即ち家庭だった。

ところが由香里は、人生の全てを健太に賭けるかのようになり、押川の存在など認めなくなった。それは押川にも問題があった。積極的に健太の育児に参加しなくなったからだ。いつの間にか由香里からあてにされなくなったのだ。結果として押川には居場所がなくなった。

さらに押川は生来の引っ込み思案、消極性などが災いして、勤務している信用金庫では仕事上の評価が低かった。

押川は営業に出るが、最も活躍すべきバブル期でさえ実績は上げられなかった。バブル期は、不動産や株が高騰し、金融マンにとって最も高揚した時代だった。どんな取引先も融資を求めて金融機関に列をなした。

バブル崩壊で多くの金融マンも崩壊していった。不良債権を作り、融資先と癒着し、あたかも一時期のあだ花であったかのように散り、腐ってしまったのだ。

押川はそれには無縁だった。無縁だったから評価されたかと言えば、それは全く違った。全員で戦っている時に戦線を離脱したような戦い振りしかしない押川を、信用金庫側は同志と認めなかったのだ。

押川は、営業を外され、最も地味で目立たない部署を任されることになった。それは勤務しながら座敷牢に入れられているようなものだった。解けることのない牢獄の日々が続いた。企業戦士として戦いを放棄したような押川に目をかけるものはいなかった。

由香里は体調を悪化させた。健太の育児に疲れてしまったのだ。

しかし由香里はある意味で幸せだった。健太がいたからだ。健太は自分のことを慕ってくれる。頼りにしてくれる。健太は自分なしでは生きて行くことはできない。こう思い込むことで居場所を見つけていた。しかし身体の不調はいかんともしがたい。もしできることなら健太と共に死にたいと願うようになる。

由香里は押川に自分と健太を殺すように求める。押川にも一緒に死ぬように話しただろう。家族だから、死ぬ時は一緒だと……。

しかしそれは本気だったのだろうか。由香里は健太さえいればよかったのだ。健太を私物化しているという批判は承知だ。そんな批判など由香里の耳には入らない。健太だけが由香里の居場所だった。体調の悪化によってそれを奪われてしまうかもしれない。死によってか、入院という形でか分からないが奪われることは確実に思われてきた。

いつしか、健太という居場所は死に場所へと変わって行ったのだ。

そこに押川の入る余地はない。

押川は、由香里から心中を持ちかけられ、抵抗はした。しかし抵抗を続けるうちに、ひょっとしたら一家心中という中に自分の居場所を見つけられるかもしれないと思ったのだろう。もしかしたら家族を再構築できるかもしれないと思ったのだろう。

家族だから、死ぬ時は一緒……。

居場所を求めて彷徨《ほうろう》していた押川にとってそれは甘美な囁《ささや》きだった。押川は心中を決意する。

しかし、首に果物ナイフを刺され、絶命する寸前、押川の耳元に由香里は何か別の言葉を囁いたのではないだろうか。

だから押川は、その場で死に切れなかった。そして法律と言う他人の手を借りてでも死にたがっているのではないだろうか。それはいったいどんな囁きだったのだろうか。

駿斗は、判決に聞き入る押川の横顔を見つめていた。

## 4

「被告人は平成二十三年十一月二十九日午後九時頃、千葉県幸が丘市幸が丘第五団地七号棟一〇三号室の被告人方において、就寝中の妻押川由香里、当時五十五歳に対し、その承諾を得た上、殺意をもって、持っていた果物ナイフ、刃体の長さ約十二センチメートルで、同人の頸部などを二回突き刺し……」

裁判長が判決理由を読みあげている。

目を閉じた。ナイフを握っていた右手にあの時の感触が蘇ってくる。

ナイフは大きな抵抗もなく由香里の首の皮膚を突き破った。あえて言えば一度やや固いゴムのような弾力が刃先から手に伝わって来た。その時、眠っている由香里が抵抗を試みているような気が一瞬、過《よ》ぎった。その時、ナイフを突き刺すのを止めようという意識が働いた。しかし、もはや手遅れだった。ナイフは由香里の首に深く入っていた。血が吹き出して来た。苦しめてはならないと思い、ナイフを抜くと、もう一度、刺した。その時は迷いなく刺した。

目を開けた。

「あなた、お帰りなさい」

ふと隣を見ると、由香里が微笑んでいる。

「ただいま」

私は通勤鞄を渡した。由香里はそれを大事に抱きこむようにかかえると「食事、それともお風呂」と聞いた。

私は照れ臭かった。女性からこんなに優しくしてもらったことがないからだ。これが結婚というものかと胸が熱くなった。

由香里は新婚当時に戻っていた。私は夢を見ているのだろう。

「食事にして欲しい」

「分かったわ。じゃあ、すぐに着替えてね」

私はスーツを脱ぎ、Tシャツと半パンツに着替えた。暑い、暑いと言っているから夏なのだろう。

テーブルについた。

「はい」

由香里が冷えたビールを私のグラスに注いでくれる。

「おお、よく冷えているな」

テーブルには冷や奴、野菜サラダ、チンジャオロース、鰤の照り焼きが並んでいた。なんだか統一がとれていないメニューだが、新婚らしい一生懸命さが溢れていて、私は嬉しかった。

人生でこんな幸せが待っていたなんて信じられない。母に捨てられ、父に無視され、笑顔を忘れて暮らしてきたが、ようやく由香里を得て、笑顔の作り方を思い出した。

「美味しいよ」

私は笑みを浮かべた。

「よかったわ」

由香里も笑顔だ。

部屋の空気は緩み、温かい。これが家庭なんだ。これが求めていた家庭の空気なんだ。私は大声で叫びながら、走りまわりたい気分だった。

「あなた、お話があるの」

由香里が悪戯っぽい目つきで私を見た。

由香里はどんなびっくり箱を開けようとしているのか。うきうきした気分になる。

「話って、なに？」

私はわざと関心がないような素振りを見せて、ビールを飲んだ。

「ちゃんとこちらを向いて」

由香里が、両手を伸ばして私の顔を挟んだ。そして自分の方に私の顔を向けた。急に自由を奪われた私は、「わかった、わかった、ちゃんと話を聞くから」と笑いながら言った。

「いい、ちゃんと聞いてね」

「わかりました。ちゃんと聞きます」

私は由香里の顔を見つめた。

由香里は、声を出さず、口の形だけで伝えようとする。

「で、き、た。できた？」

由香里が頷いた。

「できたのか？　子供ができたのか」

私は、椅子から立ち上がった。

「三ヵ月だって。今日、診てもらったの」

「でかしたぞ。由香里、でかしたぞ」

私は由香里の腹をさすった。

「おい、俺がパパだぞ」

「まだ、分かんないわよ」

「そんなことあるものか。聞いているかもしれないから。俺は、今日から毎日、俺がパパだっていうぞ」

「あなた……」

由香里が嬉しさに笑いながら涙を流した。

やっと、やっと、私にも幸せというものが実感できた。

「同所において、同人を頸部刺創による失血により死亡させ、殺害した……」

裁判長の朗々とした声が聞こえている。

目の前に血まみれになった由香里が眠っている。首から流れ出た夥《おびただ》しい血が夜具を赤黒く染め、血だまりを作っている。

私はじっと見つめている。

「由香里、悪かったな。痛かっただろう」

私は泣きながら呟いた。

「あなたなぜ私を殺したの？」

由香里ががばりと上半身を起こした。首からはだらだらと血が流れ落ちている。顔色はどす黒く、黒目は灰色になっているが、その目で私を睨んでいる。

「なにを今さら。お前が殺して欲しいと何度も頼んだんじゃないか。忘れたのか」

「確かに頼んだわ。でも健太ともっと長く暮らしたかった……」

由香里の灰色の目から涙が落ちた。

「お前、死にたくなかったのか。それなら殺さなかったのに……」

「死にたかった。でもそんな気持ちって、ここのところずっと心の中にあったから。身体が調子よくなかったから。私、悩んでいたのね。このままじゃ健太を置いて死んでしまうことになるって。そんなこと絶対に嫌だもの」

「だから健太と一緒に、そして俺も一緒に死にたかったんだろ？　俺がお前を殺したのは間違いじゃないんだろう？」

由香里は生気のない顔を傾げた。

「よくわからない。私、なぜ、『ほうぷ』の浅岡さんたちにもっと心を開いて相談しなかったのかしら。みんないい人なのにね。私、健太が嫌なことがあると暴れたり、騒いだり、私の髪の毛を引っ張ったりするようになっても、誰にも言わなかったの。ある時、ごっそりと髪の毛が抜け、血が出たまま、『ほうぷ』に行った。浅岡さんが私を見て、驚いて、大丈夫と声をかけてくれたけど、私、大丈夫、大丈夫って、いつものように笑顔で答えて……。無理、しちゃっていたのね」

由香里は虚しく言った。

「我が家のことは我が家で解決する。他人には迷惑をかけない。そうやって健太を育てようと決めたのがよくなかったのか」

健太が生まれた時、私は由香里と誓った。二人でどこまでも健太を守って育てよう。三人はいつも一緒だと。

ところが私はいつごろからか健太を育てることに自信を持てなくなった。それは健太のことをどこか恥だと感じていたのかもしれない。それで他人に委ねたり、相談することを拒んでいたのだとしたら由香里を追い詰めたのは私ということになる。

「あなた覚えてる?」

「なにを?」

「健太が、アンパンマンの音楽が流れると踊りだしたときのことよ」

由香里が笑った。

「ああ、覚えているよ。健太はダンスが好きだったからな」

「ダンスが好きだったわ。音楽もね。健太はもっと踊りたかったのじゃないかなぁ……。私、どこで間違ったの」

由香里が隣に横たわる健太を見つめた。その横顔はぞっとするほど寒く、寂しそうだった。

「同時、同所において、被告人は就寝中の長男押川健太、当時二十八歳に対し、殺意をもって、同果物ナイフで同人の頸部を四回突き刺し、よって、その頃、同所において、同人を頸部刺創による出血性ショック及び頸髄損傷により死亡させて、殺害した……」

裁判長の声が法廷内に響く。

私は、裁判長の顔を見た。裁判長は判決文に目を落としている。

私は、講演会の会場にいた。地域限定の新聞に『思春期から成人期を見通して』という講演の案内が紹介してあった。

主催はダウン症児を持つ親の会『つくしの会』だ。会の存在は聞いたことがあったが、まったく接触をしたことはなかった。

信用金庫を退職し、由香里を助けて健太の世話に専念することになった私は、その講演を聞きに行くことにした。会に入っていなくても聞くことができると書いてあったからだ。

会場は、市の福祉会館内にある百人も入ればいっぱいになる大きさの会議室だった。参加者は七十名くらいか。私のような父親が多いかと思ったが、やはり母親が中心だ。

私は知り合いもいないので会場の隅に席を取った。

講師は自分自身もダウン症の子供を持っているという障害児教育の大学教授だった。

講師の話によると、幼い頃は天使のようね、と言われる素直で可愛いダウン症児が、成人期になると粗暴になることがあり親からの相談が増えるらしい。

無知な医者に相談すると、鬱病、統合失調症などと診断し、薬をくれるだけだ。誤診しているわけだから決して回復はしない。

ダウン症の成人期についての研究はまだ発展途上のため、医者も教育機関も正確な情報を持っていないのが現状だという。

幼い頃は、がんばったね、よくできたね、と言っていたが、成人期になると、迷惑をかけないようにね、と言うようになる。いつまでも幼児扱いをしていては、成人した我が子の現実を見ようとしない。これでは親も子も自立できないと彼は言った。

自立して、我が子を他人に託せるかということを講師は問いかけている。ダウン症の子供を持つ家庭の悩みは、どこも私たちと似たり寄ったりなのだ。

子離れ、巣立ち……。

私の中でその言葉がぐるぐると廻っている。

講演が終わると、会場に集まった人たちは、お互いの情報を交換している。それは彼らの支えになっているのだろう。どの表情も晴れやかだ。

私は、黙って会場を後にした。誰とも接触をしなかった。会場で『つくしの会』の入会案内を受け取ったが、私はそれを会場の外にあったゴミ箱に捨てた。

なぜ、捨てたのか。なぜ、誰とも会話をしなかったのか。

講師の話は私の胸にグサリと刺さった。

「成人したダウン症の子を他人に託せ。一生、親がダウン症の子の養護を続けねばならぬと気負う必要はない。親と子が自立することで、それぞれが自分らしく生きることもできる」

私は講師の言葉を自分の言葉に置き換えて、頭の中で繰り返した。

「無理だな」

私は、由香里が健太を他人に託すはずがないと思った。そんなことをすればきっと由香里が壊れてしまうだろう。自立していないと言われようが、どうしようが、由香里と健太は一心同体だ。私を含めてだと言いたいが……。

健太が生まれた時に、由香里と一緒に健太を育てようと誓った。誰にも迷惑をかけずに、誰にも頼らずに、生きる時も死ぬ時も三人は一緒だ。それが我が家のルールだ。その誓いが、自立をさまたげることになったのか。

もしあの時、『つくしの会』の入会案内を捨てなかったらどうなっていただろう。それを持ちかえって由香里に「この会に入ろう」と話していたら……。

明るい表情で我が子の症状について話している彼らの仲間になることができていたら、殺すことはなかったかもしれない。仲間と自分たち親子の問題について話すこと、それが他人に託するということであり、自立ということなのだろう。きっと……。

「被告人は、本件犯行前の三日間連日由香里を翻意させようと説得したが、由香里が『遺書を書いた』などと言って決意を変えようとしなかったため、由香里がいなくなれば、由香里と一心同体の関係にある健太が生きていけるはずはないと考え、由香里の希望通り心中を決心するに至った……」

裁判長の言葉が聞こえている。

「健太、ごめんよ」

私は、夜具の中で、のけぞり、苦しんで果てた健太を見つめていた。健太は由香里と違い、身体が大きく、なかなか上手く刺せなかった。ナイフを突き刺そうとしても一、二度、はね返されてしまった。早く楽にしてやろうと、四度も突き刺した。健太は、痛がり、眠ったまま唸り、身体を動かした。私は、抑えつけ、深く、深く、とどめを刺した。

「痛かっただろうな」

私は、健太の姿勢を整え、身体の上に夜具をかけた。

アンパンマンの音楽が流れて来た。裁判所にアンパンマンの音楽？

証言台の横の少し広くなっているところで健太が踊っている。ぎこちない動きだが、手を振り、足で床を打ち鳴らしている。

「健太、上手、上手」

私は手を叩いて誉めた。

「あ、り、が、と、う、おしかわの、おとうさん」

健太が振り向き、笑顔を見せた。

「楽しいか?」

「う、ん」

「ダンス、好きか?」

「う、ん」

「もっと、踊っていたいか?」

「う、ん、お、どって、いたい。ぼく、お、ど、り、すき」

健太の笑顔が輝いた。

「由香里が強く拒絶していたとしても、医師に受診させることはできたはずであるし、相談する具体的な相手が思い浮かばなかったとしても、健太の将来の問題について、第三者に相談することはできたはずである。そうすると、被告人としては、本件に至る前に、他に採るべき手段が十分あったのであって、本件の動機、経緯はやはり短絡的であったと評価せざるを得ない。被告人がそうしなかった背景には、被告人の恵まれない成育歴の影響などがあり、親しい友人や気楽に相談できる相手がいなかったこともあると推測されるが、この点は、被告人は家庭をもち、信用金庫という社会的にも重要な機関の職員として働いてきたわけであり、決して過大な要求ということにはならないと言うべきである」

裁判長の声が厳しくなった。

私は、由香里も健太も助けることができなかった。父親失格？

健太は、まだ踊り続けている。

「健太、ごめんよ。もう、踊れないんだ」

私の声に健太が振り向き、怪訝な表情をする。

「もっと、お、ど、り、た、い」

「お前、死んだんだ。お父さんが殺してしまった……」

「し、ぬ、し、ぬ。ぼ、く、お、ど、る。い、つ、も、お、ど、る」

健太は真剣な表情だ。

やはり健太は死の意味さえわからないのか。

それでは成仏できないのではないか。

「ぼ、く、し、ん、で、な、い。い、つ、で、も、お、ど、る」

健太は、再び、音楽に身を委ねて、身体を動かし始めた。

健太は死んでいないと言った。死の意味を、私より深く理解しているじゃないか。

私が、死を理解しているかと聞かれれば、全てが終わるのが死としか答えられない。

しかし健太には終わりがない。踊り続けている。

ふいに健太の声がはっきりと聞こえて来た。とどめのナイフを突き刺したときだ。

「もっと踊りたい。踊りたい」

それはいつものたどたどしさはなく、驚くほど明瞭な言葉だった。健太は夢の中で、音楽に身を委ね、素晴らしいダンサーになっていたのだろう。その時、突然、私が音楽を打ち切ってしまった……。ああ、なんてことをしてしまったのだ。

「あなた、健太は本当にダンスが上手ね」

由香里が私の側に立っている。微笑みながら健太を見つめている。

「私はなんてことをしてしまったのだろう」

私は頭を抱えた。

「どうしたの、あなた？」

「健太がダンスをできないようにしてしまった。どうしよう、ああ、どうしよう」

私は救いを求めるように由香里を見つめた。

由香里は静かに微笑んでいるだけだ。

「どうしたらいいんだ。健太になんて謝ったらいいんだ」

私は気が狂いそうになった。

「あなた、健太は踊っているじゃないの？　あんなに楽しくダンスをしているわ。見てよ」

私は由香里が指差す方を見たが、そこには誰もいなかった。目を凝らして探したが健太は見えない。

「由香里、健太がいない。どこにいったのだろうか」

私は由香里に聞こうと振り向いた。

ところがそこには渺々《びょうびょう》たる闇が広がっていた。由香里はどこにもいない。私は再び、一人置き去りにされてしまった。

「……真面目に働いて家族を支えてきたことなど被告人にとって有利に斟酌できる事情も考慮し、主文掲記の刑が相当と判断した。よって、主文の通り判決する」

　裁判長の言葉が強い調子で法廷内に響いた。

　私は、裁判長に一礼した。

「被告人、よろしいですか？」

「はい」

「あなたは今もまだ死刑を求めていますか？」

「はい」

「今回の判決の趣旨は、今のあなたには届かないかもしれませんが、他に方法がなかったと、こういうことをしてしまって大変残念に思います。あなた方夫婦に健太君が障害を抱えて生まれたことにも意味はあると思います。そしてあなたが生き残ったことにも意味があると思います。残された人生を有意義に生きていってほしいと思います」

　裁判長は優しい口調で言った。

「ありがとうございます」

　私は、深々と頭を下げた。

# エピローグ

押川は控訴した。駿斗は、その控訴審にも弁護人として立ち会った。死刑にして欲しいという訴えは受け入れられるはずもなく、控訴棄却となった。押川はさらに最高裁に訴えたが、最高裁でも棄却された。押川の刑は確定した。


「長嶋先生、お世話になりました」

押川が面会に来た駿斗に礼を言った。

「できることはやりました。意に沿わなかったかもしれませんが」

「いえ、先生はよくやって下さいました」

「そう言っていただければ嬉しいです」

「私、自分が許せなかったのだと思います。だから最高裁まで訴えてしまいました」

押川は真剣な表情で言った。

「許せなかったのですか」

「ええ、なぜ生き残ってしまったのか。なぜ由香里と健太だけを殺してしまったのか。その疑問が解けず、生き残った自分が許せなかったのです」

「今はどうですか?」

「今も許せていません」

押川はきっぱりと言った。

「そうですか。一つ伺っていいですか?」

駿斗は押川を見つめた。

「なんでしょうか?」

押川は少し不安そうな表情をした。

「由香里さん、ひょっとしたら亡くなる寸前に、押川さんに何か言い残したのではないですか?」

駿斗はじっと押川を見つめた。

押川は口ごもった。うつむき、何も言わない。駿斗は、押川が口を開くのをじっと待った。

押川が顔を上げた。

「何も、何も言いませんでした。静かに死んだのです」

押川は、消え入りそうな声で言った。

「そうですか？　何もおっしゃいませんでしたか」

駿斗は席を立った。

「押川さん、私はこれで失礼します。身体に気をつけてください」

「ありがとうございました」

押川は、駿斗に頭を下げると、刑務官に支えられて、席から立ち上がった。

「あのぉ」

押川は、駿斗に何か言いたげに口を開いた。

「はい」

駿斗は、押川に近づいた。

「生きてって。あなたは生きてって」

押川の目からものすごい勢いで涙が溢れてきた。

「そうですか。そうおっしゃいましたか」

駿斗も涙を滲ませた。

「どうしてそんなことを言ったのか、よく考えてみます」

押川はとぎれとぎれに言った。

「ええ、考える時間はいっぱいあると思います」

駿斗は、刑務官に支えられるようにして面会室を後にする押川を見送った。

駿斗が、東京拘置所の入り口フロアーに行くと、新藤と七海が手を振っている。

「叔父さん、七海ちゃん、来てたんだ」

「押川はどうだった？」

新藤が聞いた。

「元気だったよ」

駿斗は答えた。

「まさか自殺を考えているんじゃないわよね。あれほど死刑を望んでいたから」

七海が心配そうな表情で言った。

「わからないな。決めるのは自分だからね。これからどう生きるか考えるんじゃないかな。時間はたっぷりあるしね」

駿斗は歩きながら答えた。

「裁判所も押川に十年という考える時間を与えようとしたのだと思うから。その時間を有効に使ってもらいたいな」

新藤が言った。

「どうしたの？　駿斗、目が腫れていない？　泣いたみたい」

七海が駿斗の顔を覗き込んだ。

「泣いてなんかいないさ」

駿斗は苦笑した。

「いや、絶対に泣いたね。泣き虫弁護士だな」

七海がからかい気味に言った。

「生きて……か」

駿斗は、空に向かって呟いた。押川の背負った重い課題に、再び涙が滲んできた。

＊

幸が丘駅前は、通勤のラッシュ時になりサラリーマンたちが溢れていた。朝日に照らされた彼らの表情は、誰も彼も明るく輝いていた。

山脇信吾は、交番の前で彼らを眺めていた。山脇はこの時間が最も好きだった。この時間を過ぎると、幸が丘は静かで音のない高齢者の街になってしまうからだ。

一人のスーツ姿のサラリーマンが子供の手を引いて歩いて来た。その後ろから母親が急ぎ足でついて来る。

山脇の側をその子供が通った。山脇は子供を見た。ダウン症だなと思った。

「おはようございます」

子供が山脇に言った。

「おはよう」

山脇はあいさつを返した。子供が微笑んだ。朝日に照らされた笑顔は、きらきらと輝いていた。

「天使の微笑みだな」

山脇は呟いた。

# 謝辞

本書の執筆にあたっては、
『加茂隆康法律事務所』の弁護士であり作家でもあられる加茂隆康様
『独立行政法人　国立重度知的障害者総合施設　のぞみの園』理事長　遠藤浩様、研究部長　志賀利一様、企画研究部研究課係長研究員　木下大生様
『独立行政法人　国立特別支援教育総合研究所』上席総括研究員　医学博士　西牧謙吾様
『NPO法人　みのり共生会』理事長　石川容子様
医学博士　福本良之様
そして『横須賀ダウン症児者の会　つくしの会』の皆様ほか、多数の方々にご協力いただきましたことを感謝いたします。
本書が少しでもダウン症などの障害について、社会の理解を深める一助になれば幸いです。

平成二十五年　一月　　江上剛

# 参考文献

『図解　障害者自立支援法早わかりガイド』　行政書士　山内一永・著　日本実業出版社
『子どものためのバリアフリーブック　障害を知る本②　ダウン症の子どもたち』　茂木俊彦・監修　池田由紀江・編　稲沢潤子・文　オノビン＋田村孝・絵　大月書店
『日本の着床前診断――その問題点の整理と医学哲学的所見』　国立大学法人鹿屋体育大学教授　児玉正幸・著　永井書店
『平成一八年版　刑事弁護実務』　司法研修所・編　日本弁護士連合会
『社会福祉士シリーズ14　障害者福祉制度障害者福祉サービス　障害者に対する支援と障害者自立支援制度』　福祉臨床シリーズ編集委員会・編　責任編集　日比野清・大熊信成・建部久美子　弘文社
『母よ！　殺すな』　横塚晃一・著　立岩真也・解説　生活書院
『はじまった着床前診断――流産をくり返さないための不妊治療』　大谷産婦人科　大谷徹郎　フェアネス法律事務所　遠藤直哉・編著　はる書房
『子育てと健康シリーズ8　ダウン症は病気じゃない――正しい理解と保育・療育の

ために』愛児クリニック院長　飯沼和三・著　大月書店
『安楽死事件――模擬裁判を通してターミナルケアのあり方を問う』奥野善彦・編集
医学書院
『ダウン症の子をもって』正村公宏・著　新潮文庫
『てのひらのメモ』夏樹静子・著　文藝春秋
『子どもを選ばないことを選ぶ――いのちの現場から出生前診断を問う』大野明子・
編著　インタビュー・臨床遺伝医　長谷川知子　写真・宮崎雅子　メディカ出版
『横須賀ダウン症児者の会　つくしの会』記念誌『つくし』
各種裁判関係資料

本書は二〇一三年二月にポプラ社から単行本として刊行されました。

|著者|江上 剛　1954年、兵庫県生まれ。早稲田大学政治経済学部政治学科卒業後、第一勧業銀行（現・みずほ銀行）に入行。人事部、広報部や各支店長を歴任。銀行業務の傍ら、2002年には『非情銀行』で作家デビュー。その後、2003年に銀行を辞め、執筆に専念。他の著書に、『不当買収』『小説 金融庁』『絆』『再起』『企業戦士』『起死回生』（すべて講談社文庫）などがある。銀行出身の経験を活かしたリアルな企業小説が人気。

慟哭《どうこく》の家《いえ》

江上《えがみ》 剛《ごう》



2015年3月13日第1刷発行

講談社文庫

定価はカバーに
表示してあります

発行者——鈴木 哲

発行所——株式会社 講談社

東京都文京区音羽2-12-21　〒112-8001

電話 出版部（03）5395-3510
　　 販売部（03）5395-5817
　　 業務部（03）5395-3615

Printed in Japan

デザイン—菊地信義

本文データ制作—講談社デジタル製作部

印刷———豊国印刷株式会社

製本———加藤製本株式会社



ISBN978-4-06-293086-4

# 講談社文庫刊行の辞

二十一世紀の到来を目睫に望みながら、われわれはいま、人類史上かつて例を見ない巨大な転換期をむかえようとしている。

世界も、日本も、激動の予兆に対する期待とおののきを内に蔵して、未知の時代に歩み入ろうとしている。このときにあたり、創業の人野間清治の「ナショナル・エデュケイター」への志を現代に甦らせようと意図して、われわれはここに古今の文芸作品はいうまでもなく、ひろく人文・社会・自然の諸科学から東西の名著を網羅する、新しい綜合文庫の発刊を決意した。

激動の転換期はまた断絶の時代である。われわれは戦後二十五年間の出版文化のありかたへの深い反省をこめて、この断絶の時代にあえて人間的な持続を求めようとする。いたずらに浮薄な商業主義のあだ花を追い求めることなく、長期にわたって良書に生命をあたえようとつとめるところにしか、今後の出版文化の真の繁栄はあり得ないと信じるからである。

同時にわれわれはこの綜合文庫の刊行を通じて、人文・社会・自然の諸科学が、結局人間の学にほかならないことを立証しようと願っている。かつて知識とは、「汝自身を知る」ことにつきていた。現代社会の瑣末な情報の氾濫のなかから、力強い知識の源泉を掘り起し、技術文明のただなかに、生きた人間の姿を復活させること。それこそわれわれの切なる希求である。

われわれは権威に盲従せず、俗流に媚びることなく、渾然一体となって日本の「草の根」をかたちづくる若く新しい世代の人々に、心をこめてこの新しい綜合文庫をおくり届けたい。それは知識の泉であるとともに感受性のふるさとであり、もっとも有機的に組織され、社会に開かれた万人のための大学をめざしている。大方の支援と協力を衷心より切望してやまない。

一九七一年七月

野間省一

# 講談社文庫 最新刊

**北山猛邦**
**猫柳十一弦の後悔**〈不可能犯罪定数〉
頼りなげな女探偵・猫柳と、探偵助手をめざす大学生が、孤島で奇怪な殺人事件に遭遇！

**吉村龍一**
**光る牙**
相次ぐ食害被害者。厳寒の地で日本最強の獣《けもの》「羆《ひぐま》」と若き森林保護官の死闘が始まった。

**芝村凉也**
**狐《きつね》嫁《よめ》の列**〈素浪人半四郎百鬼夜行（零）〉
若き半四郎が慕う美しき娘・志津《しづ》の理不尽な運命。今こそ真《まこと》の剣を振るう時。〈書下ろし〉

**江上剛**
**慟《どう》哭《こく》の家**
愛しているから、殺しました。家族を愛することと生きること。貫きたかった家族の絆。

**大城立裕**
**対馬丸**
暗い海に沈み失われた少年少女の命。疎開事業における最大の悲劇を後世に伝える名著。

**赤井三尋**
**面影はこの胸に**
アインシュタイン、幣原《しではら》喜重郎、柳家金語楼。彼らの危難に学者探偵が挑む歴史ミステリー。

**浅野里沙子**
**花《はな》篝《かがり》**〈御探し物請負屋〉
探し物を請け負う前髪立ちの少年文平に、頼もしい助っ人が二人。三人三様わけありで!?

**信濃毎日新聞取材班**
**不妊治療と出生前診断**〈温かな手で〉
進化する不妊治療と出生前診断の実態を描いたルポ。新聞協会賞受賞〈文庫オリジナル〉

**東直子**
**トマト・ケチャップ・ス**
仲良し漫才トリオがそれぞれに抱える胸のつかえ。ビターに突き刺さる、少女たちの物語。

**菅野雪虫**
**天山の巫女《みこ》ソニン④**〈夢の白鷺《しらさぎ》〉
江南を襲った嵐が巻き起こした三国の外交駆け引き。沙維のイウォル王子に命の危機が。

**トルーマン・カポーティ**
**安西水丸 訳**
**真夏の航海**
N.Y.《ニューヨーク》社交界に翻弄されるグレディに訪れた危険な恋の行方は。若き著者、幻の傑作を文庫化。

# 講談社文庫 最新刊

**佐伯泰英　血脈**
〈交代寄合伊那衆異聞〉
東方交易の行く手に暗雲が。野分《のわき》で、僚船ストリーム号が消息を絶つ!?〈文庫書下ろし〉

**松岡圭祐　探偵の探偵Ⅲ**
対探偵課探偵・玲奈《れな》は、妹を死に追いこんだ「死神」と対峙する。果たしてその決着は?

**風野真知雄　隠密 味見方同心(二)**
〈干し卵不思議味〉
兄・波之進《なみのしん》はなぜ殺されたのか? 弟・魚之進《うおのしん》が味見方同心に抜擢。新シリーズ連続刊行。

**内田康夫　悪魔の種子**
「奇跡の米」が招いた農業技術者二人の死。謎を追う浅見光彦は、みちのく路へ向かう。

**香月日輪　ファム・アレース②**
滅亡した王家の歴史の謎に迫るララとバビロン。ララの聖なる魂は魔女に狙われていた。

**深木章子　衣更月《きさらぎ》家の一族**
強欲と憤怒に目がくらむ人間達が堕ちた地獄。因業に満ちた世界を描いた傑作ミステリー!

**田中芳樹　魔境の女王陛下**
〈薬師寺涼子の怪奇事件簿〉
恐怖の連続殺人鬼を追って警視庁史上最強女王はシベリアへ。魔人・魔獣が待ち受ける!

**輪渡颯介　蔵盗み**
〈古道具屋 皆塵堂〉
山積みのがらくたの奥に、開かずの蔵がある。盗賊団は皆塵堂のその蔵に目をつけたが!?

**睦月影郎　とろり蜜姫・掛け乞い**
〈睦月影郎傑作選〉
睦月極上時代官能を存分に。短編「掛け乞い」他4作、東スポ連載中編「とろり蜜姫」収録。

**吉村昭　白い遠景**
著者の原点である戦争と、文学をめぐる言葉の瑞々《みずみず》しさ。初期随筆集、初めての文庫化。

**近衛龍春　長宗我部 最後の戦い(上)(下)**
土佐人の意地を見せよ! 大坂の陣に散った盛親の凄烈な生涯を追う。〈文庫書下ろし〉

## 講談社文芸文庫

### 川端康成
# 非常／寒風／雪国抄
## 川端康成傑作短篇再発見
編・解説＝富岡幸一郎　年譜＝川端香男里

実際の失恋を描き、関連書簡が二〇一四年に発見された「非常」、夭折した作家への痛切な心情が胸を打つ「寒風」、遺稿の抄作「雪国抄」他、川端文学の深奥に触れる十二篇。

978-4-06-290263-2
かF10

### 庄野潤三
# 鳥の水浴び
解説＝田村文　年譜＝助川徳是

時は流れ、夫婦だけになった丘の上の家。静かな日常の連続。そこには陽だまりのような「小さな物語」が穏やかに重ねられて、読者に幸せな時間をそっと与えてくれる。

978-4-06-290265-6
しA12

### 講談社文芸文庫編
# 素描　埴谷雄高を語る

『死霊』を著した難解な作家。文学と哲学、個人と宇宙を繋いだ知の巨人。謎に包まれたその実像を、同時代を生きた友、敬慕する後輩が生き生きと綴るエッセイ集。

978-4-06-290247-2
はJ7

# 講談社文庫　目録

# 講談社文庫　目録

岡嶋二人　どんなに上手に隠れても
岡嶋二人　タイトルマッチ
岡嶋二人　解決まではあと6人〈5W1H殺人事件〉
岡嶋二人　なんでも屋大蔵でございます
岡嶋二人　眠れぬ夜の殺人
岡嶋二人　珊瑚色ラプソディ
岡嶋二人　クリスマス・イヴ
岡嶋二人　七日間の身代金
岡嶋二人　眠れぬ夜の報復
岡嶋二人　ダブルダウン
岡嶋二人　殺人者志願
岡嶋二人　コンピュータの熱い罠《わな》
岡嶋二人　殺人！ザ・東京ドーム
岡嶋二人　99％の誘拐
岡嶋二人　クラインの壺
岡嶋二人　増補版　三度目ならばABC
岡嶋二人　ダブル・プロット
岡嶋二人　新装版　焦茶色のパステル
岡嶋二人　チョコレートゲーム　新装版

太田蘭三　密殺源流
太田蘭三　殺人雪稜
太田蘭三　失跡渓谷
太田蘭三　仮面の殺意
太田蘭三　被害者の刻印
太田蘭三　遭難渓流
太田蘭三　遍路殺《ころ》がし
太田蘭三　奥多摩殺人渓谷
太田蘭三　白の処刑
太田蘭三　闇の検事
太田蘭三　殺意の北八ヶ岳
太田蘭三　高嶺の花殺人事件
太田蘭三　待てば海路の殺しあり
太田蘭三　殺人猟域〈警視庁北多摩署特捜本部〉
太田蘭三　夜叉神峠　死の起点〈警視庁北多摩署特捜本部〉
太田蘭三　箱根路、殺し連れ〈警視庁北多摩署特捜本部〉
太田蘭三　首輪〈警視庁北多摩署特捜本部〉
太田蘭三　殺人熊〈警視庁北多摩署特捜本部〉
太田蘭三　殺《さっ》・風《ぷう》景《けい》〈警視庁北多摩署特捜本部〉

太田蘭三　殺人理想郷〈警視庁北多摩署特捜本部〉
太田蘭三　虫も殺さぬ〈警視庁北多摩署特捜本部〉
大前研一　企業参謀　正・続
大前研一　やりたいことは全部やれ！
大前研一　考える技術
大沢在昌　野獣駆けろ
大沢在昌　死ぬより簡単
大沢在昌　相続人TOMOKO
大沢在昌　ウォームハート　コールドボディ
大沢在昌　アルバイト探偵《アイ》
大沢在昌　調毒師を捜せ　アルバイト探偵《アイ》
大沢在昌　女王陛下のアルバイト探偵《アイ》
大沢在昌　不思議の国のアルバイト探偵《アイ》
大沢在昌　拷問遊園地　アルバイト探偵《アイ》
大沢在昌　帰ってきたアルバイト探偵《アイ》
大沢在昌　雪蛍
大沢在昌　ザ・ジョーカー
大沢在昌　亡命者〈ザ・ジョーカー〉
大沢在昌　夢の島

2015年3月15日現在